中国现当代文学研究文库

主编 韩春燕

新时代文学：走向人民与美

李云雷 著

北方联合出版传媒（集团）股份有限公司
春风文艺出版社
·沈 阳·

图书在版编目（CIP）数据

新时代文学：走向人民与美 / 李云雷著；韩春燕主编．—沈阳：春风文艺出版社，2021.12
（中国现当代文学研究文库）
ISBN 978-7-5313-6144-2

Ⅰ．①新… Ⅱ．①李… ②韩… Ⅲ．①中国文学—当代文学—文学评论—文集 Ⅳ．①I206.7-53

中国版本图书馆CIP数据核字（2021）第270932号

北方联合出版传媒（集团）股份有限公司
春风文艺出版社出版发行
http://www.chunfengwenyi.com
沈阳市和平区十一纬路25号　邮编：110003
辽宁新华印务有限公司印刷

责任编辑：姚宏越	**助理编辑：**周珊伊
责任校对：张华伟	**封面设计：**马寄萍
印制统筹：刘　成	**幅面尺寸：**155mm × 230mm
字　　数：233千字	**印　　张：**17
版　　次：2021年12月第1版	**印　　次：**2021年12月第1次
书　　号：ISBN　978-7-5313-6144-2	
定　　价：50.00元	

目录

第一辑

第二辑

第三辑

第四辑

附　录

第一辑

新时代文学，“新”在哪里

习近平总书记在党的十九大报告中指出：“经过长期努力，中国特色社会主义进入了新时代，这是我国发展新的历史方位。”这是对我国发展方位的战略判断，必将对我国各方面事业产生极大的影响，对于文学来说也是如此。

现在不少学者在谈论“新时代文学”，但大多是在宽泛的意义上使用这一概念，即只是在自然时间的意义上谈论“新时代”，而不是在新时代的“本质”或“质的规定性”的意义上加以探讨。在这个角度上，“新时代文学”就和曾被广泛使用的“新世纪文学”一样，只是一个时间标识，而没有更多的“质的规定性”。在笔者看来，“新时代文学”既包含着自然时间的属性，也包含着其“质的规定性”，从“新时代文学”的视角去看，应该重新定义文学，重新确立文学优劣的标准，重新建立文学与现实世界的关系。这是由于，“新时代文学”是中国文学发展到一个新阶段所产生的文学，而我们关于何为文学、何为好文学的理解与认识，仍是在此前阶段认识基础上所产生的，我们必须调整自己的思维惯性、知识结构与判断标准，以促进“新时代文学”的到来。那么，何为“新时代文学”呢？笔者以为，“新时代文学”尚需要在实践中形成，但我们可以在

“新时代文学”与“新时期文学”、“新中国文学”、“五四新文学”、传统中国文学的比较中，大体把握其性质与未来的发展。

相对于“新时期文学”，“新时代文学”之“新”在于“以人民为中心”。“新时期文学”主要是指改革开放以来的文学，有的特指20世纪80年代文学，也有的将其范畴延伸至20世纪90年代文学，笔者以为，可以将1978年至2012年的文学称为“新时期文学”。“新时期文学”是在对“文革文学”批判反思的基础上发展起来的，文学在新时期之初走在时代前沿，率先反思“文革”及其文学成果，参与并促进了思想解放运动，在语言、形式等方面的探索中，拓展了现代汉语的表达能力。但是在20世纪80年代中期以后，我们的文学逐渐形成了一种精英化、西方化与现代主义式的审美标准；在20世纪90年代以后，伴随着大众文化的崛起，则形成了一套以市场为中心的出版发行机制。以现在的视野来看，精英化、西方化与现代主义的审美标准，显然并不是“以人民为中心”的创作倾向，而是面向知识分子、评论家或海外奖项的写作，所谓“走向世界”只是走向欧美发达资本主义国家，是以外在的标准评价、规范中国文学。而市场化在促进通俗文学、类型文学发展的同时，也催生了大量低俗、庸俗、媚俗的作品，在整体上突出了文学的娱乐、消遣功能，而削弱了文学所具有的认识、启迪功能，让严肃文学在文学市场乃至整个社会领域逐渐边缘化，失去了对世界观的塑造、引领作用。在这个意义上，习近平总书记在文艺工作座谈会上提出的“以人民为中心的创作导向”，具有现实的针对性。“新时代文学”在发展的过程中，应该将“新时期文学”相对化、历史化，并在重新审视“新时期文学”的基础上重建一种新的文学，重建一种新的文学评价体系，只有新的文学评价体系建立之后，“新时代文学”才能在良好的轨道上运行。

相对于“新中国文学”，“新时代文学”之“新”在于尊重文学的相对独立性，在于“创作是自己的中心任务，作品是自己的立身之本”的提出。新中国头三十年的文学，有的论者称之为“十七年文学”“文革文学”，有的论者称之为“共和国文学”，笔者将之称为“新中国文学”。“新中国文学”在延安文艺的基础上，建成了一种“人民文学”的体制，这一体制的长处在于以工农兵等最广大的人民群众为服务对象，形成了独特的美学风格，涌现出了柳青、赵树理等人民作家，并发展出了一套较为完善的评价体系与一套较为完整的生产—传播—接受体系。但其弊端也较为明显，一是在文学与政治的关系上，过于强调政治的决定性作用，而忽略了文学的相对独立性；二是以批判、运动的方式管理文艺，将艺术问题上升为思想问题、政治问题，造成了文艺界较为肃杀的氛围。新时期之后，研究者们对“新中国文学”有深刻的反思，尤其是对其弊端有着深入的认识，但对“人民文学”的价值取向、美学风格与评价体系等正面价值认识不够。习近平总书记在文艺工作座谈会上的讲话中，一方面强调“以人民为中心的创作导向”，另一方面又指出，“文艺工作者应该牢记，创作是自己的中心任务，作品是自己的立身之本，要静下心来、精益求精搞创作，把最好的精神食粮奉献给人民”。正是从正反两方面总结了“新中国文学”的经验，从而精准地指出我们既要坚持“人民文学”的价值取向，又要将“人民”从群体概念落实到“一个一个具体的人”，充分尊重艺术规律，尊重作家艺术家，这样才能迎来文艺的真正繁荣。在这个意义上，“新时代文学”在摒弃“新中国文学”弊端的同时，可以借鉴其价值取向、美学风格与评价体系，并结合新时代的条件进行新的探索与创造。

相对于“五四新文学”，“新时代文学”之“新”在于“文化自信”。这里的“五四新文学”是泛指，指的是1919年至1949年的中国现代文学。“五四新文学”是在对传统中国文学与通俗文学进行批判的基础上发展起来的，它以“启蒙”和“救亡”为口号，通过新思想、新道德的引进，开拓了现代中国人的思想空间，塑造了现代中国人的灵魂，在20世纪中国历史上发挥了独特而重要的作用。但是另一方面，我们也可以看到，“五四新文学”本身也是文化不自信的产物，其文学的观念是参照西方文学的形式与标准而形成的，并在发展的过程中受到西方文学、俄苏文学的极大影响。鲁迅对国民性的强烈批判，郁达夫面对日本人的自卑感，胡适“全盘西化”的主张，等等，都可以说是文化不自信的表现。当然他们的文化不自信有着深刻的时代背景，在列强环伺、山河破碎的旧中国，这些中国最优秀的作家深刻地感受到了时代的痛苦，他们“掮起黑暗的闸门”，创造了中国的“新文学”，并使之成为现代中国文化的核心，在思想启蒙与民族解放中始终处于先锋位置，为促进中国社会的进步做出了重要贡献。但是今天，我们已处于一个完全不同的环境与语境中，对几代中国人来说迫在眉睫的“救亡”问题，对现在的中国人来说已经基本不构成问题了，虽然西强我弱的整体文化态势没有改变，但是伴随着中国在世界格局中位置的提升，中国人的文化自觉与文化自信越来越强，在这个时候回首当初的“五四新文学”，就可以发现当时提出的不少思想命题都是文化自卑或文化不自信的产物，这便需要我们做出梳理、反思和调整，在新的现实的基础上提出新的思想命题。在这个意义上，“新时代文学”既要继承“五四新文学”思想启蒙与忧国忧民的优良传统，又要具备充分的文化自信，在新时代创造出新的经典。

相对于传统中国文学，“新时代文学”之“新”在于现代性，在于“创造性转化和创新性发展”。传统中国文学有一套完整的审美体系与评价体系，形成了一个自足的系统，这是当代中国人的文化背景与底色。但是经过现代性的巨大转折之后，传统中国文学离当代中国人的生活现实已很遥远，现在的中国人已经不可能再像古代中国人一样生活了，而只能置身于当代生活之中，但另一方面，传统中国文化对当代中国人的思维方式、情感结构以及审美的趣味、习惯、偏好仍有极大的影响，传统中国文学作为一个巨大的思想与审美资源，也可以为当代作家借鉴。伴随着中国人文化自信的增强，可以预期，在“新时代文学”的发展中，当代作家必将越来越多地借鉴传统中国文学的资源。但这里仍有一些问题需要注意：一是要避免简单的模仿，从模仿西方经典到模仿中国经典只有一步之遥，但模仿只能是模仿，并不能产生真正的杰作；二是要经过现代性的转化，并非传统文学的一切都是好的，都是值得借鉴的，我们需要在新的历史条件下做出自己的分析、判断、取舍，只有经过消化吸收之后，传统才能真正活在当下；三是要结合当代中国的实际，生活是创作的唯一源泉，创作只有深入当代生活中，以此为基础对传统文化进行“创造性转化和创新性发展”，才能创作出具有生机与活力的作品，才能在新时代真正地延续中国文脉。

我们简单梳理了“新时代文学”相对于“新时期文学”、“新中国文学”、“五四新文学”、传统中国文学的新颖之处，但这并非对后四者的否定，而是在充分肯定其历史功绩的同时，以今天的视野对其做出客观的分析与判断。中国文学的一个伟大之处在于它总是能与世推移，不断创造出新的形式与新的形态以书写中华民族的生活史与心灵史，“新时期文学”“新中国文学”等在过去的时代已完成了其历史使命，而“新时代文学”则刚刚开始，“新时代文学”是在一个新的语境中展开的中国文学，需要我们去创造。

新时代赋予文学以使命，新时代也带来了新的问题，需要文学去面对与解决。我们正走在前人所没有走过的道路上，我们正在创造新的历史，中华民族伟大复兴、社会主义市场经济、媒体的数字化移动化、人工智能对人类的挑战等等，这些在中国历史上是新兴事物，在人类历史上也是新兴事物。在一个充满无限可能性的世界中，“新时代文学”既要充分汲取历史的经验，又要勇于面对新的问题、新的现实、新的经验，以开阔的胸怀讲述新的中国故事，凝聚中国人的生活、情感与心灵世界，将中国经验熔铸为具有普遍意义与世界意义的经典，唯有如此，方不负使命。

在新时代如何“为人民”写作

2014年10月15日，习近平总书记在北京主持召开文艺工作座谈会，并做了重要讲话。这可以说是党中央所做的一项重要文化战略部署，不仅体现了我们党在新世纪新阶段对历史经验的继承与发展，也体现了我们党面对复杂国内外局势在理论上的高瞻远瞩，我们必须在战略的高度上理解与认识。习近平总书记的讲话在文艺界引起了热烈反响，掀起了一个学习习近平总书记讲话的高潮。要深刻理解习近平总书记的讲话精神，既要有理论视野与历史的眼光，又要对当前文艺界的核心问题有着清醒的认识。在我看来，习近平总书记讲话中最核心的命题是——在新时代如何“为人民”写作。我们必须辩证地理解习近平总书记讲话的不同层面，并在其内在联系中把握其精神与精髓，只有这样，才能更好地推进文艺的发展与繁荣。

“为人民”写作与市场经济

“为人民”写作，是我们党一以贯之的文艺思想与文艺政策。在延安时代，毛泽东《在延安文艺座谈会上的讲话》最早提出了文艺

“为群众”以及“如何为群众”的问题；在改革开放初期，邓小平在《在中国文学艺术工作者第四次代表大会上的祝词》中提出文艺“为人民服务，为社会主义服务”的方向。习近平总书记在讲话中提出“以人民为中心的创作导向”，既与我们党的历史经验一脉相承，又面对着一个新的语境，那就是市场经济的环境。在市场经济中如何为人民写作，这是我们在历史上没有面对过的新问题。如果说毛泽东的讲话是在抗战时期复杂的环境中提出了中国文艺的新方向，邓小平的祝词是在改革开放初期百废待兴之时吹响了文艺的号角，习近平总书记的讲话则是在我国已建立社会主义市场经济，中华民族走向伟大民族复兴之时提出的文艺发展的新方向。

习近平总书记在讲话中鲜明地指出，“文艺不能当市场的奴隶”，这句话在文艺界广为流传，很是鼓舞人心。如果我们更进一步思考便可以发现，习近平总书记说的是“不能当市场的奴隶”，而不是“不要市场”。应该承认，市场经济有其内在规律，文艺作品作为产品也具有商品的属性，也要在市场上流通，在这个意义上，通俗作品有其存在的价值，但另一方面，文艺也具有精神性，具有表达与塑造人们情感与内心世界的重要作用。现在的问题在于，市场的力量过于强大，市场经济的规则破坏了文艺界内部的生态，人们往往忽视了文艺的精神性，在这种境况下，“不能当市场的奴隶”的提出具有现实的针对性。但是，如何才能不当市场的奴隶？除了提倡提高作家艺术家的个人修为之外，我们还需要营造一个良好的文艺生态，构建一种超越于市场之上的文艺评价体系。而这样一种文艺评价体系，便是“以人民为中心的创作导向”。只有建立起这样的评价体系，我们才能在市场的规则之外对作家艺术家做出公正的评价。

在这里，我们可以看到，“以人民为中心的创作导向”与“不能当市场的奴隶”是相通的，是辩证统一的。“以人民为中心的创作导向”并不是不要市场，而是要以一种“主人”的姿态——具有独特的思想与艺术品格——去进入市场，不是以“奴隶”的心态去迎合市场。只有在这个意义上，我们才能更深刻地理解习近平总书记所讲的，“优秀的文艺作品，最好是既能在思想上、艺术上取得成功，又能在市场上受到欢迎”。这对于作家艺术家来说，是一个新的更高的要求。

“为人民”写作与通俗文艺

在市场经济时代，通俗文艺往往更能吸引人们，但如果一切向钱看，那么通俗作品则会走向低俗，习近平总书记在讲话中指出：“低俗不是通俗，欲望不代表希望，单纯感官娱乐不等于精神快乐。”在这里，习近平总书记并没有否定通俗，只是批评了其低俗化的倾向。不可否认，在人们中间也存在低俗、欲望与单纯感官娱乐的需求，这也是低俗作品存在并受到欢迎的原因。那么，我们该如何理解“以人民为中心的创作导向”与通俗、低俗作品的关系呢？

在我看来，低俗作品只是简单地迎合了人们的欲望与感官娱乐，而“以人民为中心的创作导向”不是要迎合，是要转换与升华，既承认其存在，又将其导向一个更高的思想与艺术境界，从而在根本上代表人民的利益，表达人民的愿望。在这个意义上，低俗作品只是满足了人们低级的趣味与欲望，而“以人民为中心的创作导向”则超越了这个层次，以更高的思想艺术水准提升人们的审美趣味。

“以人民为中心的创作导向”既可以是通俗作品，也可以是更加高级、严肃的文艺。“普及与提高”是毛泽东《在延安文艺座谈会上的讲话》所提到的经典命题，现在虽然时代不同了，我国人民的文化水准大大提高，但这样的区分依然有效，通俗作品与严肃文艺可以满足不同读者的需求层次。另一方面，正如习近平总书记指出的：“随着人民生活水平不断提高，人民对包括文艺作品在内的文化产品的质量、品位、风格等的要求也更高了。文学、戏剧、电影、电视、音乐、舞蹈、美术、摄影、书法、曲艺、杂技以及民间文艺、群众文艺等各领域都要跟上时代发展、把握人民需求，以充沛的激情、生动的笔触、优美的旋律、感人的形象创作生产出人民喜闻乐见的优秀作品，让人民精神文化生活不断迈上新台阶。”我们可以看到，在新的历史时期，“普及”与“提高”、通俗作品与严肃文艺既是相对的，又是统一的，它们统一于“让人民精神文化生活不断迈上新台阶”。

“为人民”写作与主体性问题

在习近平总书记的讲话中，“以人民为中心的创作导向”是一个中心，他指出：“人民是文艺创作的源头活水，一旦离开人民，文艺就会变成无根的浮萍、无病的呻吟、无魂的躯壳。“能不能搞出优秀作品，最根本的决定于是否能为人民抒写，为人民抒情，为人民抒怀。”要虚心向人民学习、向生活学习，从人民的伟大实践和丰富多彩的生活中汲取营养，不断进行生活和艺术的积累，不断进行美的发现和美的创造。”但是另一方面，习近平总书记又指出：“文艺工作者应该牢记，创作是自己的中心任务，作品是自己的立身之本。”那么，对于文艺界来说，值得思考的问题是，“为人民”与写作之间是什么关系呢，作家艺术家的主体性体现在哪里呢？

在我看来，这是一组辩证统一的关系，作家艺术家的主体性体现在“写什么”和“怎么写”、“写得怎么样”等问题上，也正是在这些问题上，我们应该铭记，“创作是自己的中心任务，作品是自己的立身之本”，不断地精益求精，力争写出思想性艺术性较高的作品。但是在这些问题之外，写作与创作还面临着更具根本性的问题，那就是“为什么写”“为什么人写”的问题，这是每一个写作者迟早都会面对与思考的问题，对这些问题的回答不仅是写作的内在动力，也决定着一个写作者可能达到的高度、深度与广度。可以说，习近平总书记提出的“以人民为中心的创作导向”，便是对这些问题的回答，一个写作者只有脚踏大地，与人民血脉相通，才有可能写出为人民所喜爱的作品。在这个意义上，“为人民”写作与作家艺术家的主体性是并不矛盾的，是辩证统一的。

如果历史地看，“创作是自己的中心任务，作品是自己的立身之本”是一个崭新的提法，在这里，我们可以看到，我们党对作家艺术家主体性与创造力的充分尊重，这也是我们文艺事业发展繁荣的基础。但是另一方面，习近平总书记也对文艺提出了更高的要求，他指出：“文艺是铸造灵魂的工程，文艺工作者是灵魂的工程师。好的文艺作品就应该像蓝天上的阳光、春季里的清风一样，能够启迪思想、温润心灵、陶冶人生，能够扫除颓废萎靡之风。”对于作家艺术家来说，“灵魂的工程师”是一个严肃的职业，也是一种精神与艺术上的事业，这与作家艺术家的主体性并不矛盾，而是辩证统一的。

我们正置身于一个大变革的时代，置身于中华民族伟大复兴的过程中，时代与人民需要优秀的文艺作品，我们也应该创作出无愧于时代与人民的优秀作品。习近平总书记在文艺工作座谈会上的讲话，为文艺界吹来了一股清风，也必将会带来一个文艺的春天。

历史新视野中的两个“讲话”

2014年10月15日，习近平总书记在北京主持召开文艺工作座谈会，并做了重要讲话。这可以说是党中央所做的一项重要文化战略部署，不仅体现了我们党在新世纪新阶段对历史经验的继承与发展，也体现了我们党面对复杂国内外局势在理论上的高瞻远瞩，我们必须在战略的高度上理解与认识。

72年前，1942年5月2日—23日，毛泽东主席在延安主持召开了文艺座谈会，他在会上所做的讲话，便是著名的《在延安文艺座谈会上的讲话》。这一讲话针对当时解放区文艺界所存在的问题做了系统回答，并指明了中国文艺发展的道路——为群众以及如何为群众的方向。《在延安文艺座谈会上的讲话》不仅是我们党在延安整风时期的重要文献，在抗日战争的复杂环境中发挥了重要作用，而且在新中国成立后，成为指导“人民文艺”发展的纲领性文件。

对比两次座谈会与两个“讲话”，我们可以发现既有相同，也有不同，既有继承，也有发展。两次座谈会都是由党的最高领导人主持召开的。这显示了我们党对文艺工作的高度重视。重视文艺工作，既显示了我们党领导人深厚的艺术修养，但又不仅仅与领导人的个人兴趣相关。在传统中国的视野中，文艺被视为“经国之大业，不朽之盛事”；在马克思主义的理论体系中，文艺是改造世界、改造人们思想观念的重要方式之一。而从文化领导权的角度，我们党只有在理论上深刻阐明自己的主张，才能在复杂的国内外环境中掌握主动权，引导中国文艺走向新的道路。

两次座谈会都是在关键的历史时期召开的。延安文艺座谈会召开之时，我们党外部面临着国共合作、共同抗日的复杂环境，内部正在进行整风，讲话不仅为文艺的发展指明了方向，而且在党的思想建设上发挥了重要作用。而此次座谈会召开之际，我们党正带领全国各族人民走在中华民族伟大复兴的道路上，数代中国人追求的“中国梦”正在变为现实，在这个关键时期召开文艺工作座谈会，显示了中国共产党人的历史眼光与理论创新。

两次座谈会都强调文艺与人民的关系。毛泽东主席在《在延安文艺座谈会上的讲话》中指出：“什么是我们的问题的中心呢？我以为，我们的问题基本上是一个为群众的问题和一个如何为群众的问题。”习近平总书记在《在文艺工作座谈会上的讲话》中则强调坚持以人民为中心的创作导向：“人民既是历史的创造者、也是历史的见证者，既是历史的‘剧中人’、也是历史的‘剧作者’。文艺要反映好人民心声，就要坚持为人民服务、为社会主义服务这个根本方向。”“以人民为中心，就是要把满足人民精神文化需求作为文艺和文艺工作的出发点和落脚点，把人民作为文艺表现的主体，把人民作为文艺审美的鉴赏家和评判者，把为人民服务作为文艺工作者的天职。”可见，强调文艺与人民的关系，是我们党一以贯之的思想立场，这也是我们文艺工作的核心。

两次座谈会都注重文艺与生活的关系。毛泽东主席在《在延安文艺座谈会上的讲话》中指出：“一切种类的文学艺术的源泉究竟是从何而来的呢？作为观念形态的文艺作品，都是一定的社会生活在人类头脑中的反映的产物。革命的文艺，则是人民生活在革命作家头脑中的反映的产物。人民生活中本来存在着文学艺术原料的矿藏，这是自然形态的东西，是粗糙的东西，但也是最生动、最丰富、最基本的东西；在这点上说，它们使一切文学艺术相形见绌，它们是一切文学艺术取之不尽、用之不竭的唯一的源泉。这是唯一的源泉，因为只能有这样的源泉，此外不能有第二个源泉。”习近平总书记则在《在文艺工作座谈会上的讲话》中强调：“人民生活中本来就存在着文学艺术原料的矿藏，人民生活是一切文学艺术取之不尽、用之不竭的创作源泉。”“文艺只有植根现实生活、紧跟时代潮流，才能发展繁荣；只有顺应人民意愿、反映人民关切，才能充满活力。”习近平总书记从中国发展的总体目标与总体布局出发，既涉及文艺与人民、文艺与生活等带有根本性的问题，又讨论了诸多具体的艺术问题，对这些问题做出了系统的回答。

郭沫若在谈到毛泽东《在延安文艺座谈会上的讲话》时指出“有经有权”，即是说其中有些道理是根本性的，恒久不变的，有些是“权变”的，是适应当时的具体环境的，将会随着环境的变化发生变化。胡乔木进一步谈道，《在延安文艺座谈会上的讲话》中至少有两个根本性原理是恒久不变的：文艺为人民服务的原则，生活是文艺创作唯一的源泉。我们可以看到，习近平总书记在根本上继承了《在延安文艺座谈会上的讲话》的精神与原则，同时面对新世纪以来文艺界出现的新问题、新现象、新经验，习近平总书记也做出了新的分析、新的判断、新的总结。

第一，民族复兴中的“文艺”。习近平总书记指出：“为什么要高度重视文艺和文艺工作？这个问题，首先要放在我国和世界发展大势中来审视。我说过，实现中华民族伟大复兴，是近代以来中国人民最伟大的梦想。今天，我们比历史上任何时期都更接近中华民族伟大复兴的目标，比历史上任何时期都更有信心、有能力实现这个目标。而实现这个目标，必须高度重视和充分发挥文艺和文艺工作者的重要作用。”习近平总书记是在民族复兴的视野中来谈文艺问题的，毛泽东主席面临的则是民族解放的迫切任务，这是他们出发点的不同，这也决定了在毛泽东的视野中，“要使文艺很好地成为整个革命机器的一个组成部分，作为团结人民、教育人民、打击敌人、消灭敌人的有力的武器，帮助人民同心同德地和敌人作斗争”。而习近平总书记更加重视文艺自身的价值和规律，他指出：“衡量一个时代的文艺成就最终要看作品。推动文艺繁荣发展，最根本的是要创作生产出无愧于我们这个伟大民族、伟大时代的优秀作品。没有优秀作品，其他事情搞得再热闹、再花哨，那也只是表面文章，是不能真正深入人民精神世界的，是不能触及人的灵魂、引起人民思想共鸣的。”在此基础上，他也更加重视中华美学精神的传承，他指出：“我们要结合新的时代条件传承和弘扬中华优秀传统文化，传承和弘扬中华美学精神。中华美学讲求托物言志、寓理于情，讲求言简意赅、凝练节制，讲求形神兼备、意境深远，强调知、情、意、行相统一。我们要坚守中华文化立场，传承中华文化基因，展现中华审美风范。”如果说毛泽东的讲话是在抗战时期复杂的环境中提出了中国文艺的新方向，习近平总书记的讲话则是中华民族走向伟大民族复兴之时提出的文艺发展的新方向。

第二，市场经济中的“文艺”。市场经济是20世纪90年代以后发展起来的，对于中国人来说是一件新事物。在市场经济中如何为人民写作，这是我们在历史上没有面对过的新问题。习近平总书记在讲话中鲜明地指出，“文艺不能当市场的奴隶”，这句话在文艺界广为流传，很是鼓舞人心。但是我们如果更进一步思考便可以发现，习近平总书记说的是“不能当市场的奴隶”，而不是“不要市场”。应该承认，市场经济有其内在规律，文艺作品作为产品也具有商品的属性，也要在市场上流通，在这个意义上，通俗作品有其存在的价值，但另一方面，文艺也具有精神性，具有表达与塑造人们情感与内心世界的重要作用。现在的问题在于，市场的力量过于强大，市场经济的规则破坏了文艺界内部的生态，人们往往忽视了文艺的精神性，在这种境况下，“不能当市场的奴隶”的提出具有现实的针对性。但是，如何才能不当市场的奴隶？除了提倡提高作家艺术家的个人修为之外，我们还需要营造一个良好的文艺生态，构建一种超越于市场之上的文艺评价体系。而这样一种文艺评价体系，便是“以人民为中心的创作导向”。只有建立起这样的评价体系，在市场的规则之外，我们才能对作家艺术家做出公正的评价。在这里，我们可以看到，“以人民为中心的创作导向”与“不能当市场的奴隶”是相通的，是辩证统一的。习近平总书记指出：“文艺不能在市场经济大潮中迷失方向，不能在为什么人的问题上发生偏差，否则文艺就没有生命力”“低俗不是通俗，欲望不代表希望，单纯感官娱乐不等于精神快乐。”“以人民为中心的创作导向”并不是不要市场，而是要以一种“主人”的姿态——具有独特的思想与艺术品格——去进入市场，不是以“奴隶”的心态去迎合市场。只有在这个意义上，我们才能更深刻地理解习近平总书记所讲的，“优秀的文艺作品，最好是既能在思想上、艺术上取得成功，又能在市场上受到欢迎”。这对于作家艺术家来说，是一个新的更高的要求。

第三，“个人”的文艺与“人民”的文艺。在习近平总书记的讲话中，“以人民为中心的创作导向”是一个中心，但是另一方面，习近平总书记又指出：“文艺工作者应该牢记，创作是自己的中心任务，作品是自己的立身之本。”那么值得思考的问题是，“为人民”的创作与个人的写作之间是什么关系呢，作家艺术家的主体性体现在哪里呢？在我看来，这是一组辩证统一的关系，作家艺术家的主体性体现在“写什么”和“怎么写”、“写得怎么样”等问题上，也正是在这些问题上，我们应该铭记，“创作是自己的中心任务，作品是自己的立身之本”，不断地精益求精，力争写出思想性艺术性较高的作品。但是在这些问题之外，创作者还面临着更具根本性的问题，那就是“为什么写”“为什么人写”的问题，这是每一个写作者迟早都会面对与思考的问题，对这些问题的回答不仅是写作的内在动力，也决定着一个写作者可能达到的高度、深度与广度。可以说，习近平总书记提出的“以人民为中心的创作导向”，便是对这些问题的回答，一个写作者只有脚踏大地，与人民血脉相通，才有可能写出为人民所喜爱的作品。在这个意义上，“为人民”写作与作家艺术家的主体性是并不矛盾的，是辩证统一的。如果历史地看，“创作是自己的中心任务，作品是自己的立身之本”是一个崭新的提法，在这里，我们可以看到，我们党对作家艺术家主体性与创造力的充分尊重，这也是我们文艺事业发展繁荣的基础。但是另一方面，习近平总书记也对文艺提出了更高的要求，他指出：“文艺是铸造灵魂的工程，文艺工作者是灵魂的工程师。好的文艺作品就应该像蓝天上的阳光、春季里的清风一样，能够启迪思想、温润心灵、陶冶人生，能够扫除颓废萎靡之风。”对于作家来说，“灵魂的工程师”是一个严肃的职业，也是一种精神与艺术上的事业，这与作家的主体性并不矛盾，而是辩证统一的。

第四，文艺的创新和创新的文艺。习近平总书记重视文艺的创新，他指出“创新是文艺的生命”，“文艺创作是观念和手段相结合、内容和形式相融合的深度创新，是各种艺术要素和技术要素的集成，是胸怀和创意的对接。要把创新精神贯穿文艺创作生产全过程，增强文艺原创能力”。他也重视创新的文艺，指出：“互联网技术和新媒体改变了文艺形态，催生了一大批新的文艺类型，也带来文艺观念和文艺实践的深刻变化。由于文字数码化、书籍图像化、阅读网络化等发展，文艺乃至社会文化面临着重大变革。要适应形势发展，抓好网络文艺创作生产，加强正面引导力度。近些年来，民营文化工作室、民营文化经纪机构、网络文艺社群等新的文艺组织大量涌现，网络作家、签约作家、自由撰稿人、独立制片人、独立演员歌手、自由美术工作者等新的文艺群体十分活跃。这些人中很有可能产生文艺名家，古今中外很多文艺名家都是从社会和人民中产生的。我们要扩大工作覆盖面，延伸联系手臂，用全新的眼光看待他们，用全新的政策和方法团结、吸引他们，引导他们成为繁荣社会主义文艺的有生力量。”对创新的重视，可以说是习近平关于文艺工作的方法论，这既是我们这个时代精神的反映，也显示了共产党人面对复杂文艺问题与文艺现象的理论创新与文化自信。

从历史的视野来看，在社会主义文化风起云涌的20世纪20年代，欧洲、美国、日本等国家都出现了左翼文学，中国的左翼文学也是在苏联、日本的影响下才产生的，但在20世纪40年代之后，欧美、日本的左翼文学都已烟消云散，中国的左翼文学却走入了“解放区”，开始了革命文学的新阶段。也正是在这样的新阶段，在新的环境中，毛泽东在《在延安文艺座谈会上的讲话》中才在理论上提出一系列全新的命题：作家与人民的关系，生活与创作的关系，普及与提高的关系，民族形式与大众化问题，等等。虽然在历史的具体实践中不无偏差，但即使在今天的世界视野中，我们也可以看到，相对于西方社会主义的精英化与学院化，中国社会主义文学与人民相结合的经验，对民族形式与大众化等问题的探索，无疑是更加值得重视与总结的。而习近平总书记的讲话，在新的历史时期继承与发展了共产党人以人民为中心的创作导向，在新的格局中对文艺界的形势与问题做了分析与判断，指明了中国文艺新的发展方向，是新时代中国文艺发展的纲领性文件，也必将对世界范围内社会主义文艺的发展产生深远的影响。

新时代文学评论：“以史为鉴、开创未来”

在举国上下热情学习习近平总书记“七一”重要讲话的时刻，近日，中央宣传部、文化和旅游部、国家广播电视总局、中国文联、中国作协等五部门联合印发了《关于加强新时代文艺评论工作的指导意见》，对文艺评论高度重视，做了重要部署，对当前和今后相当长一段时间内的文艺评论工作做了规划，为当代中国文艺评论的发展指明了方向和道路，提供了根本依据。

当前文学与文学批评面临的最重要问题之一，是要“以史为鉴、开创未来”，充分建构“新时代文学”的主体性与美学原则。党的十八大以来，“新时代”的展开已近十年，文学界也有不少关于“新时代文学”的讨论，但“新时代文学”的本质或特质尚未充分突显出来，“新时代文学”只是被视为简单的时间标识，或“新时期文学”的自然延续，而没有充分展现出其应有的革命性——在新时代，我们应该重新定义文学，重新确立文学优劣的标准，重新建立文学与现实、世界的关系。这一重要的工作尚未充分展开。而在这方面，文学批评应该起到开风气之先的作用，“一时代有一时代之文学”，新时代文学评论应该承担起构建“新时代文学”美学原则的历史重任。

在现代以来的文学史上，每当历史发生重大转折的时候，新的文艺理论家与批评家总是率先发声，以新的美学理想引导、呼唤新的作品，在与作品的互动中形成新的精神力量，为人们打开一个新的思想空间。“五四”时期，新文学的倡导者批判传统文学与通俗文学，提倡白话文，提倡民主与科学，为中国文学开辟了一个新天地；延安时期，毛泽东发表《在延安文艺座谈会上的讲话》，提倡“无产阶级领导的人民大众的反帝反封建”文艺，倡导作家走进人民生活，为人民群众创作，开辟了“人民文学”的广阔道路；新时期之初，在思想解放的潮流涌动中，一批新的理论家与批评家不断提出新的思想命题、新的美学议题，呼唤并促成了新的创作潮流，形成了新的美学原则，极大拓展了社会的精神空间。在这些时代的重要转折中，文学批评都能领风气之先，在一个新的思想视野中重新思考文学，重新定义文学，重新确立文学的审美标准，从而呼唤出新的诗歌、新的小说、新的散文、新的戏剧，呼唤出一个新的“文学的春天”。

2014年以来，习近平总书记发表了《在文艺工作座谈会上的讲话》等一系列关于文艺问题的重要论述，这是继《在延安文艺座谈会上的讲话》之后，党的最高领导人首次系统阐释对文艺问题的观点，其中提出的“坚持以人民为中心的创作导向”“文艺不能当市场的奴隶”“创作是自己的中心任务，作品是自己的立身之本”等重要观点，既继承了我们党“文艺为人民服务，为社会主义服务”的优秀传统，又对文艺界出现的新问题、新现象、新经验做出了新的分析与判断，为新时代文艺的发展指明了方向，已经改变了并将继续改变文学界的整体格局与面貌。对于新时代文艺评论来说，最重要的任务就是深入学习习近平总书记关于文艺工作的系列讲话精神，在新的思想坐标上，构建“新时代文学”的审美标准、批评方法与理论体系。

在《新时代文学“新”在哪里》（《人民日报》2018年2月6日）一文中，笔者在理论上论述了“新时代文学”的新颖之处，即相对于“新时期文学”精英化、西方化与现代主义的审美标准，“新时代文学”之新在于“以人民为中心”；相对于“新中国头三十年文学”，“新时代文学”之新在于尊重文学的相对独立性，在于“创作是自己的中心任务，作品是自己的立身之本”的提出；相对于“五四新文学”，“新时代文学”之新在于“文化自信”；相对于传统中国文学，“新时代文学”之新在于现代性，在于“创造性转化和创新性发展”。其中最重要的是“新时代文学”与“新时期文学”的区分，“新时期文学”参与并促进了思想解放运动，在思想、语言、形式等方面的探索中，拓展了现代汉语的表达能力，在历史上发挥了重要作用，但是在20世纪80年代中期以后，新时期文学逐渐形成了一种精英化、西方化与现代主义式的审美标准，在20世纪90年代以后伴随着大众文化的崛起，则形成了一套以市场为中心的出版发行机制，这是今天我们需要反思和改变的。

在今天，新时期所构建的美学观念很大程度上仍处于支配性地位，塑造着我们的文学观念与关于文学的想象。“新时期文学”建基于一系列文学命题与文学观念之上，这些命题与观念构成了一种文学范式，一种对文学的特殊理解。这样的文学范式不是永恒的，也不是自然而然的，而只是特定历史时期与特定文化氛围的产物。在今天，我们既应该认识到这一文学范式的历史合理性，也应该认识到其局限与不足，在新时代的语境中冲破旧观念的束缚，使文学获得新的生机与活力。比如，“新时期文学”强调文学的“主体性”，强调文学的“向内转”，这里主要处理的是文学与生活的关系，强调文学相对于生活的“独立性”，强调文学由关注现实到关注“主体”的转变。如果在文学史的脉络中梳理，我们可以看到这一观念是对“五四”文学中“为人生的文学”，以及左翼文学重视生活这一传统的一种反思，也与《在延安文艺座谈会上的讲话》中提出的“生活是文艺创作的唯一源泉”构成了一种对话。我们应该看到，这样的文学观念有其历史的合理性，“新时期文学”强调创作主体的主观能动性，强调艺术的独立性与多元化，是一种时代的选择。但是另一方面，这样的观念如果成为一种不可更改的“新的美学原则”，也会为文学带来伤害，比如强调“主体性”而割裂了文学与生活、现实、世界的连接，强调“向内转”，文学似乎不能表现“自我”之外的事情，这就让文学的路越走越窄。在这40年间，中国与世界都发生了天翻地覆的变化，但这一变化并没有充分进入作家的关注视野，因为他们为新时期的文学观念所束缚而对生活的变化习焉不察、熟视无睹，无法以一种更加开阔的视野把握这一巨变。“新时期文学”中类似的观念与命题还有很多，如“写什么”和“怎么写”、文学要“走向世界”等等，形成了一个系统性的文学观念集合体，也构成了我们这个时代文学观念的集体无意识。新时代的文艺评论应该将“新时期文学”“相对化”“历史化”与“问题化”，既充分肯定其历史功绩，又对构成其文学范式的一系列基本观念、命题进行重新审视，重新思考，重新探索，才能为“新时代文学”的发展奠定坚实的理论基础。

如果说以上是在历史视野中梳理的话，那么现实中新时代新的文艺现象、文艺经验、文艺作品就更多了，需要文艺评论做出分析、甄别与判断。比如，习近平总书记提出“坚持以人民为中心的创作导向”之后，“人民文学”的传统受到重视，《创业史》等红色经典也得到重新阐释与更大范围的认可。但另一方面，很多作家心目中的理想作品仍然是中国古典、俄苏19世纪批判现实主义或者欧美20世纪现代派作品，并未真正将“人民文学”作为自己可资借鉴的重要传统。在新时代如何让“人民文学”走进更多作家的文学价值系统？再如，近年来伴随着脱贫攻坚等重大事件的胜利以及一些国家重大工程的竣工，文学界涌现出了一批“主题性创作”，这些作品很难纳入“新时期文学”的观念中解释，也很难纳入新中国头三十年文学的框架中解释，我们该如何判断这些作品的艺术性及是否成功，以此为基点是不是可以发展出新的评论方法与标准？又如，对于网络文学等新的文艺形式和微博、微信等新的文学生产与传播方式，我们该如何分析，是以传统的文学审美标准对之进行判断，还是在其自身的特点上发展出新的评价体系与原则？这种种难题，既是新时代文艺评论面临的新课题，也为其进一步发展提供了契机。新时代文艺评论既要有历史的眼光，也要有未来的视野，这样才能“以史为鉴、开创未来”，才能真正构建“新时代文学”的主体性与美学原则。

新时代诗歌要有新气象

随着中国进入新时代，中国诗歌也进入了一个新时代。新时代诗歌是什么样的？这是一个有待在时间与历史中展开的问题，或者说有待在实践中突显其本质。但有一点是肯定的，那就是新时代诗歌必定会与此前时代——“新时期”“文革”“十七年”“五四”——的诗歌有所不同，因为我们的时代氛围、思维方法、情感结构与生活方式都发生了巨大的变化，我们应将此前的时代“相对化”“历史化”“问题化”，并在此基础上探寻新时代诗歌发展的道路。但是要将此前的时代“相对化”并不是一件容易的事，尤其是新时期诗歌影响巨大而广泛，在很多人的感觉结构中，新时代是新时期的自然延续，新时代诗歌也是新时期诗歌的自然延续，其间并不存在明显的“断裂”，甚至不少人对世界的认知、对时代的感觉、对诗歌的审美感受都是在新时期培养形成的，很难超脱出来将之“相对化”与“历史化”，也很难根据时代的变化调整自己的感觉结构、思维方式与美学标准，这必定会为他们带来认知的局限。而新时代诗歌要真正得到发展，必然要走出新时期诗歌的美学规范，必然要展现出新时代的新气象。

对新时期诗歌的美学规范进行反思，涉及诗歌的各个方面。但在我看来，其中最重要的问题是，新时期诗歌是“精英化”而不是

“民众化”的，是“西方化”而不是“中国化”的，是“形式化”而不是“生活化”的。可以说这些构成了新时期诗歌审美的规则与潜规则，决定了什么是诗、什么是好诗的潜在标准。当然我们也应该历史地看待新时期诗歌的巨大历史作用，面对“文革”诗歌的假大空诗风和语言泡沫，新时期诗歌走在了语言变革与思想解放的前沿，极大地拓展了现代汉语的表现能力与思想空间。但从现在的视野重新看，我们可以看到新时期诗歌既有其荣耀，也有其局限，我们必须有清醒的认识，并进行反思、调整，才能为新时代诗歌的发展打开新的空间。

新时期诗歌的“精英化”最初表现在为朦胧诗正名，但也可以由为朦胧诗正名转变到将朦胧、看不懂作为好诗的标准，这就使诗歌的审美标准走到了另一个极端。在这一观念的影响下，诗歌只是成了知识阶层审美的特权，或者某种审美趣味的标签，而将广大民众拒斥在诗歌创作、接受、欣赏的门槛之外，由此诗歌只是成了某个或某些诗歌小圈子内部相互辨认、彼此欣赏的符号，越来越学院化、边缘化、小圈子化，越来越与民众无缘，诗歌成了诗歌圈子的内部事务。近年来，“底层诗歌”“打工诗歌”“草根诗歌”等浪潮不断涌起，不断冲击着诗歌的“精英化”格局，但在整体上并未撼动精英诗歌的文化领导权。在今天，我们应该反思新时期诗歌“精英化”所带来的弊端，将诗歌从文化精英的垄断中解放出来，在诗歌与民众之间建立起有机的联系，让诗歌能够发出民众的声音，能够代表民众的声音。

新时期诗歌的“西方化”表现为中国诗人对西方诗歌、西方诗人的模仿与借鉴，西方诗歌尤其是现代派诗歌在新时期大量翻译出版，拓展了我们的眼界与精神视野，丰富了我们对诗歌美学的认知。但对西方诗歌的过分推崇也带来了新的问题，那就是我们在不知不觉中将西方诗歌及其中文翻译当成了诗歌的标准、好诗的标准甚至最高的标准，不少诗人以之作为自己诗歌创作的追求，这便走入了一个误区。言为心声，诗歌也只是一种情感、经验与思想的特殊表达方式，如果我们的欢喜悲伤、我们的生活也只能按照某种特定的流派风格与创作方法去表达，那只能是削足适履，不仅不能表达出丰富复杂的中国经验，而且也丧失了创新的冲动与动力。21世纪以来，伴随着我们提倡讲述中国故事，抒发中国情感，“西方化”的倾向得以扭转，不少诗人开始向古典中国寻找思想与艺术资源，这有助于打通古今隔阂，传承中国文脉，但如何将之与当代中国结合起来，仍然是需要我们不断探索的。

新时期诗歌的“形式化”表现在过于注重形式与技巧，而忽略了生活的丰富性。“形式化”将形式与内容割裂开来，将怎么写与写什么割裂开来，在其视域中，不仅很难容纳社会底层的经验，甚至很难容纳中国人的生活与情感。“形式化”的一个极端是“腔调化”，似乎只有以某种特定腔调写出来的才是“诗”，而在特定的腔调背后则是特定的姿态、特定的看待世界的角度与方法，或者说是中产阶级美学的一种表现。“腔调化”既抹杀了生活的复杂性，也抹杀了诗人的个性与特性。我们只有打破“腔调化”与“形式化”的窠臼，才能让诗歌真正恢复活力。

新时期诗歌的历史经验是丰富的，既取得了巨大的成就，也有不少弊端，我们只有冷静、客观地进行审视，将之相对化与历史化，才能为新时代诗歌的发展开辟出新的道路。在新时代，我们要扭转“精英化”的立场，将诗歌与人民的生活和内心连接起来，让诗歌成为广大民众可以创作、接受、欣赏的文学形式；我们要转变“西方化”的倾向，让诗歌讲述中国人的故事，抒发中国人的情感，凝聚中国人的精神；我们要走出“形式化”的藩篱，让诗歌成为我们认识生活、表达生活、创造生活的重要形式。

新时代诗歌是中国新诗百年之后的再出发，我们相信，承继百年新诗的优秀传统，借鉴古典诗歌与西方诗歌的精髓，新时代诗歌在当代中国的实践必然会焕发出新的生机，展现出新的气象。

马克思主义与当代诗歌的关键词

马克思主义作为一种系统完整的思想体系，对当代中国诗歌有着重要的影响，其影响主要体现在其立场、观点与方法上。马克思主义是一种“活的哲学”，这种哲学让人眼光向下，向前，在底层与草根的生活中发现诗意，从未来召唤改变现存世界的巨大激情，这些特质与诗歌的内在精神是一致的。

“自我意识”

如何处理诗歌与“自我”的关系，或者说在诗歌中如何呈现“自我”，是一个诗人必须面对的重要问题。而对于受到马克思主义影响的诗人来说，在其“自我意识”的构成中，必然会生成一种身份意识、群体意识或者说阶级意识，诗人清晰地认识到自己归属于什么群体，这种群体意识并不外在于自我意识，而是一个人的自我意识的内在组成部分，也正是在这个意义上，鲁迅才说：“无穷的远方，无数的人们，都与我有关。”现代中国的“自我意识”之诞生，与对新的共同体的认同有极大的关系。在“五四”之前，传统中国人的“自我”深刻镶嵌在血缘、亲缘、地方的认知框架中，一个人自报家门，总是会说其祖上是谁，家在何处：“帝高阳之苗裔兮，朕皇考曰伯庸。摄提贞于孟陬兮，惟庚寅吾以降。皇览揆余初度兮，肇锡余以嘉名”，这是屈原在《离骚》中的自述，也是典型的传统中国人对“自我”的认知。“吾乃常山赵子龙也”是《三国演义》中耳熟能详的一句话，在赵云或当时人们的认知框架中，“常山”与“赵子龙”是密不可分、融为一体的。

但是在进入现代之后，对家族、地方的认同在中国人的自我意识中不再占据主要位置，取而代之的则是一种更抽象、更现代的认知方式，那就是对民族国家的认同与对阶级意识的认同。这是一种“人”的现代化的过程，也是一个自我意识更新的过程，这一过程是波澜壮阔而又充满痛苦的。“我是我自己的”，《伤逝》中子君的一句话喊出了启蒙时代青年的心声，但是启蒙之后的青年很快陷入了迷茫与彷徨之中。在山河破碎风雨飘摇的旧中国，很多有为青年将个人的命运与国家的命运、底层的命运联系在一起，走入民间，走入群众，通过组织、动员，掀起中国革命，再造了一个新中国。新中国的国号“中华人民共和国”就是民族意识与阶级意识的融合，是“中华”与“人民”的有机体。在马克思、列宁、卢卡奇等理论家的视野中，“阶级意识”是革命的必要条件。“阶级意识”即人对自我阶级处境的认知。只有具备了“阶级意识”，底层民众才能够“觉醒”，才有联合起来改变现实的动力与可能。但阶级意识并不是天生的，在群众的头脑中落后的思想往往占据主流，只有在马克思主义的启发下，群众才能由自在的转变为自觉的，这就是为什么在赵树理、柳青等人的小说中，“算账”成为小说的重要情节，只有通过“算账”，群众才能真正意识到自己的阶级处境。

进入新时期之后，出于对“文革”时期“自我”革命想象泡沫化空洞化的反拨，在思想解放运动与新启蒙运动中，走在前沿的新潮诗歌勇敢地以“自我”为号召，发出了时代的声音。但是20世纪80年代大写的“自我”在进入20世纪90年代之后，却逐渐演变成了小写的“自我”——日常生活、私人生活中的“自我”，在这种小写的“自我”的视野中，自我的日常感受成为唯一值得书写的东西，“自我”便成为非历史化的飘荡在虚无中的主体，而失去了对世界与自我的整体认识与把握。同时从20世纪80年代开始，中国新诗形成了一种精英化、西方化、现代主义式的审美标准，这一“新的美学原则”的崛起拓展了现代汉语的表现能力，扩展了当代中国的思想空间与美学空间。但其不足在于，以个人英雄主义的姿态切断了诗人与民众的有机联系，以简单的外在化的标准规范着中国人的生活、情感及其诗歌表达。只有在新世纪之初兴起的“底层诗歌”“草根诗歌”“打工诗歌”中，我们才能真切地感受到中国经验及其切肤之痛。近年来，郑小琼、许立志、余秀华等人的诗歌，一再刺激着社会敏感的神经，他们通过对个人生活的描述，让我们看到了当代中国的复杂面向，也看到了诗歌的新的可能性。他们诗歌中的“自我”，既是个人经验的表达，也是一个群体或阶层集体经验的表达。

新时代文学在发展中，应该在对新时期文学的继承与反思中形成新的历史主体，形成新的“自我意识”。这种新的“自我意识”应该跳出日常生活“小我”的拘束，重新在自我与他者、中国与世界、历史与未来之间建构起一个更加开阔也更加丰富的“自我”。尤其重要的是，要在“自我意识”中重建一种新的归属感与认同感——一种新的集体意识，只有真正认清自己属于哪个群体或阶层，才可以更清晰地认识世界的结构与真实面目，也才可以更准确地表达出对世界的看法与感受。在这方面，马克思主义及其中国化的历程可以为新时代诗歌提供丰富的启迪，只有从这样的视角去看，“以人民为中心的创作导向”才不是外在于诗歌创作的理论命题，而是诗歌自我变革的内在动力与需求，而只有将个人的创作与命运与最广阔的“人民”联系在一起，想他们之所想，唱他们之所唱，一个诗人才可能真正获得新时代的荣耀。

“世界观”

世界观似乎成了一个落后的、为人嘲笑的词，但事实上并非如此。人们嘲笑的并非世界观，而是一种世界观的落后与僵化。世界观即关于世界的整体性、系统性思考与看法，所有的人都有世界观，有的人崇拜金钱，有的人迷恋权力，有的人重视名誉，这都是世界观。只不过有的人的世界观是不完整的，有的人的世界观是不自觉的，有的人的世界观是随大溜的，有的人的世界观是世俗的乃至庸俗的。真正具有整体性、系统性世界观的人很少，这些都是有思想、有超越性的人。马克思主义有一套整体性、系统性的世界观，是在与其他各种思想、学说的辩论中脱颖而出的，也经历过19、20世纪人类历史复杂曲折的实践考验。信奉马克思主义者常被称为左派，信奉自由主义者常被称为右派，可以说马克思主义与各种自由主义的争辩，是19、20世纪思想的主流。马克思主义注重平等、注重穷人、注重社会的公平与正义，在实践中愈来愈焕发出活力。21世纪中国马克思主义的实践，让世界既看到了中国的活力，也看到了马克思主义的生机。

马克思主义是在实践中前进的，在文学中也是如此。中国文学中的马克思主义从对旧社会的批判到对新社会的想象、建构，经历了一个复杂曲折的过程。在新中国成立之后，马克思主义的文艺理论与文学作品，在理论与实践上遇到了一个很大的问题，那就是以马克思主义理论批判旧社会是有力、有效的，但是能否形成一种具有建构性的马克思主义？这一问题的提出，既与中国共产党由革命党转变为执政党相关，也与世界性的文艺潮流转变相关。就后者而言，在19世纪批判现实主义文学的高潮之后，20世纪初西方兴起了现代主义，将批判与探索的对象从外在的社会转向了内在的孤独无力的“自我”；苏联则提倡社会主义现实主义，尝试将批判现实主义转变为具有建构性的现实主义，让崇高的理想落实在现实的大地上，可以说这两种方向的探索都是对人类困境的认知与突围。但是苏联的“社会主义现实主义”因其强制、僵化的思维与管理方式遭遇了失败，新中国头三十年的文艺实践也经历了与苏联类似的过程，“建构性的现实主义”并没有在实践中获得足够的说服力，反而因其矫饰夸张走向了马克思主义的反面。新时期之后，西方的现代主义思潮以其新颖别致冲击着中国文艺界，这是对“社会主义现实主义”的一种反拨，但在当时人们并不会思考，将人异化为甲虫的社会是不是真正值得向往？20世纪90年代初，苏联解体更加剧了人们思想上的困惑，“历史终结论”流行一时。但正是在这个时候，中国的马克思主义带领中国人民走出了一条新路，20多年的实践让世界充分看到了中国马克思主义的成功。

诗歌是否能够表达世界观，或者诗歌是否需要表达世界观？这在以前是不需要讨论的，而在新时期之后成了一个问题。新时期之后，诗人们更强调诗歌的灵感、形式与技巧，强调诗歌的感觉与想象力，强调诗歌对瞬间情绪的捕捉与呈现，却忽略了诗歌在思想上的探索，忽略了诗歌对世界的深度思考与表达。事实上，但凡大诗人无不拥有自己的世界观，有自己独特的感知与表达世界的方式，从李白、杜甫，到艾略特、庞德，再到马雅可夫斯基、聂鲁达，这些古今中外的大诗人，都有着自己独特的世界观。在新时代，我们应该超越新时期文学的美学规范，以诗歌的方式进行美学探索与思想探索，努力探索新时代诗歌与人民的结合之路，让诗歌真正成为代表一个时代思想深度的文本。当然也要看到，诗歌中的世界观与哲学中的世界观是不同的，诗歌有其独特之处，不是通过理性的辨析与逻辑的推理而达到的，而是通过感性与直觉的方式达到的，我们必须遵从诗歌的内在规律，才能创作出更加丰富，更加新颖，更具有艺术性的诗篇。

“未来”

马克思主义是可以预见未来的，它通过政治经济学的分析方法，让我们从当前的现实境遇出发，眺望到人类未来发展的远景。诗歌是最为敏感的，它以直觉和感性的方式，从时代的脉动中敏锐地意识到世界的变化，并以美学的触角触摸到未来。当今是一个未来已来的时代，中华民族面临着前所未有的历史机遇，面临着诸多新经验、新现象、新问题，在这样一个时代，中国向何处去，世界向何处去，是世人都在关注的。

在过去一百年的历程中，中国新诗深刻介入了现代中国人的历史与现实，在巨大社会变革中描绘了中国人的生活与情感，塑造了中国人新的审美感觉，凝聚了中国人的精神。可以说，中国新诗和中华民族一起走过了20世纪布满艰难险阻的道路，并在其中发挥了独特而重要的作用。中国新诗的现代化和中国人的现代化是同步的，而在精神和艺术层面，中国新诗在引领着中国人的现代步伐，刻画着现代中国人的灵魂。

中国新诗是在新文化运动中诞生的，新文化运动是中国文化在民族危机最为严重时刻的自我批判、反思与转型。在新思想、新道德、新文化的倡导中，中国新诗始终走在时代的最前沿。在“五四”时代，在启蒙主义思想大潮中，中国新诗挣脱了传统文化与诗词格律的束缚，以一种崭新的面貌抒写着时代精神，展现了中华民族浴火重生的巨大活力和生命力。在抗战时期，在中华民族面临生死存亡的严峻时刻，中国新诗是民族解放的火把与号角，中国诗人和中国民众一起经历了民族的苦难和艰苦的奋斗，并从中迸发出民族觉醒的巨大吼声。在延安文艺座谈会讲话之后，中国新诗开始更自觉地探索民族化和大众化的道路，并在新中国成立之后，以巨大的热情描绘中国人民的伟大实践，抒发对民族独立的赞美，呼唤理想的未来社会。在新时期，中国新诗走在思想解放的前列，以先锋的姿态抒写着时代的心声，为当代中国人打开了新的思想与审美空间。可以看到，在中华民族面临重大转折的关口，中国新诗总是以其敏锐的心灵与触觉，走在时代的最前沿，呼喊出一个时代的最强音。可以说，中国新诗的历史就是现代中国人的心灵史与精神史。

在美学上，中国新诗自诞生以来，一直生存在中国古典诗歌与西方现代诗歌两大传统的阴影之下，尚没有形成自足的或稳定的美学传统。在当代中国，什么是好诗？这仍然是一个并不确定的问题，也是一个需要不断探索的问题。当然不能用中国古典诗歌的标准来评价中国新诗，也不能简单地用西方现代诗歌的审美规范来评价，中国新诗的发生与发展有其独特性，但也有与中国古典诗歌、西方现代诗歌的共通性，需要辩证地分析与把握。中国新诗的独特性在于，它是在传统中国及其文化崩溃过程中产生的，伴随、参与着现代中国及其文化的诞生，并在其中有着先锋性的作用；而其共通性则在于，它同样是人类经验情感的美学呈现与结晶。

中国新诗的未来，正在于对中国与世界未来变化的敏感，并准确把握中国人生活经验、思维方式、情感结构的微妙变化，在历史的巨大转折中再次走在时代前沿，不断开拓当代中国人的美学与思想空间，为未来留下当代中国人的情感与精神的结晶。

“境界”

在新时代，伴随着中国人文化自信的增强，中国新诗的精神与形态必将发生巨大的变化。中国新诗本身就是在西方文学的影响下产生的，在其发展的过程中，中国新诗切断了与中国古典诗歌的联系，积极汲取西方现代诗歌的营养，创造了中国现代诗歌浴火重生的奇迹。但是另一方面，中国新诗也面临着诸多问题。

中国新诗在一百年的时间中，其发展过程充满了种种“断裂”，以及内部不同派别的激烈争论，其美学标准与评价体系也在剧烈的变动中，充满了不确定性。不过这种不确定性正是其生命力之所在。中国古典诗歌与西方现代诗歌的审美规范是明确的、稳定的，什么是诗歌，什么是好诗，都有一整套内在的标准。而中国新诗的不确定性，一方面在于它与现代中国及其变化的密切联系，另一方面也在于它正在创造出一种“新的美学”，这不是一种圆熟的美，也不是一种标准的美，而是一种全新的美，一种当代中国的美。而要创造这样的新的美学，最重要的问题在于，如何将当代中国人丰富复杂的生命体验生成为新的诗歌，以及这样的诗歌如何在与大众的互动中凝聚起时代精神。要做到这一点，中国新诗既要借鉴现代西方诗歌的经验，也要继承传统中国文化的文脉，而更重要的是从当代中国人鲜活的生命经验中汲取力量与美感，并以巨大的创造性赋予其新的诗意和新的审美感觉。而在这方面，中国新诗需要摒弃精英化、西方化和现代主义式的简单标准，在新的语境中继续探索民族化和大众化的道路，并在与大众的结合中寻找中国经验新的美学表达方式。

现在不少诗人开始从中国古典诗歌中寻找写作的思想与美学资源，这可以说是文化自信的表现，也是当代诗人接续中国传统文脉的努力。但是另一方面，经过一百多年现代性的洗礼之后，中国人的生活与内心世界较之于古典时代已经发生了天翻地覆的变化，不是简单地回归传统就能解决问题。我们应该在正视现代性的基础上重建一种新的诗歌审美标准，这种审美标准不只是中国新诗的内部标准，而要将中国古典诗歌的评价体系容纳进来，这种标准也不只是中国诗歌的内部标准，也要将西方现代诗歌的审美规范容纳进来，只有这样的审美标准建立起来，中国新诗才能具有更加宽广的视野以及更高的审美“境界”。

新时代赋予诗歌以使命。我们正走在前人所没有走过的道路上，我们正在创造新的历史。中国的马克思主义正在创造一个日新月异的中国，也正在引领一个新时代，这是一种全新的“境界”，是近代以来饱经苦难屈辱的中国人的梦想。在这样的历史时刻回望历史，展望未来，不禁让人百感交集。我们需要重新认识中国人的价值观，需要以诗歌的方式讲述中国人的生活、情感与心灵世界，讲述中国人艰难曲折的历史、纷繁复杂的现在与前程似锦的未来，但是要完成这一时代任务，也对我们的知识结构、思维方式、审美感觉等提出了极高的要求。近代以来，除了极少数历史时期，我们已经习惯了讲述失败的经验，习惯了以落后者、追赶者自居。要对近代以来构成了我们思维、美学无意识的庞大知识体系进行反思、清理，是一个长期的工程。但值得欣慰的是，我们在自己的时代迎来了这一巨大的历史转折，可以在一个新时代讲述新的中国故事。

置身于这个时代的中国诗人，应该在时代的转折中发出自己的声音，充分展现中国人走向新时代的欢欣、痛苦与内心波动，把历史实践的新境界熔铸为诗歌创作的新“境界”，凝聚当代中国人的情感，创造新的中国精神与新的诗歌美学。

脱贫攻坚战的诗意与新时代诗歌创作

脱贫攻坚战，是一篇书写在中华大地上的宏大史诗，其中既有千年梦想一朝实现的历史情感，也有置身其中亲身实践的诸多艰苦繁难。不少诗人亲身参与扶贫工作，写出了许多优秀的诗歌作品。2020年5月，《诗刊》社、中国诗歌网以“奋斗在扶贫第一线的诗人”为主题面向全国征集诗歌作品，以专题的形式展出，汇集了53组优秀诗歌，以及谢宜兴、王单单、芦苇岸等诗人的3篇访谈，向人们集中展示了诗人们的所思所想，所见所感。我们从中可以看到诗人们风尘仆仆奔走在扶贫第一线的身影，也可以看到他们丰富、复杂、独特的内心体验，更可以看到他们如何从艰辛的生活中发掘诗意，并将之锻造成了一首首优秀诗篇。作为扶贫工作队员，这些诗人是可敬的，他们亲自参与了小康梦想实现的过程，作为诗人他们也是可敬的，他们留下了最为深刻的时代印痕。

这些诗歌创作的过程，也是诗人们重新发现自我、发现诗歌的过程。如诗人王单单所说：“到花鹿坪之前，我在北京工作、生活了两年，那两年我满天下行走，惯看秋月春风，与坦率豪爽之人交往，诗酒人生，十分快意。哪知在毫无征兆的情况下，突然接了个电话，立即就从万都之首的北京城来到花鹿坪这个偏远的犄角旮旯里……但从另一个层面上来说，正是这次‘还乡’的经历挽救了我的写作”，“每个人的身体里，都装着若干个不同的自己，有时候，不是我要拿出什么样的自己去应对什么样的工作，而是什么样的工作摆在眼前时，迫使我释放出与之相对应的那个自己”。芦苇岸是《诗刊》社的驻村诗人，他也谈道：“我的本业是新闻，身份是记者，写诗是业余爱好，两种身份的契合与转换，没有丝毫违和感。诗人驻村，不是隐逸，而是下沉现实前沿，通过深度接触重新唤醒自我，在驻村的过程中具体积累家国情怀的诗意感知。”

在这些诗歌中最富诗意的是，作为现代主体的“我”与贫困乡村、扶贫工作的相遇。诗人们大多以第一人称“我”的视角书写自己的感想，但这个抒情主体“我”已不是朦胧诗时期启蒙式的“我”，也不是第三代诗以来沉浸于城市日常生活中的“我”，而更接近于1942年延安文艺座谈会之后艾青、田间、李季、阮章竞等人诗歌中的抒情主体，即诗人的“自我”不再是封闭的、外在的或高高在上的，而是与他人、与时代、与世界紧密联系在一起的，是一种开放式的、走入民间的“自我”。这可以说是朦胧诗以来诗人“自我意识”的一个重要转变。

从这样新的自我、新的视角出发，诗人们发掘出了新的诗意，所呈现的便是一个新的艺术世界。王单单的《新作十首》和《暮春之初》看似简单随性，但又诗意盎然，下乡扶贫的新鲜经验激活了他的灵感，他的诗歌仿佛山泉一样活泼泼地流淌而出，清新自然，但又饱含着对时世的深刻省思，《早春》中，“山背后有片密林／全是梨树。入春不久／一片梨花便压满枝头／平时也只听见叽叽喳喳的喧闹／却见不得一只喜鹊”，仿佛一幅山水画，颇富意境，但随之，“我向过路的老乡打听／赵大发家住在哪里／有人指向密实的梨花丛中／昨夜大风，将那儿吹出一个窟窿／两间瓦房，隐约其中”，诗到这里戛然而止，留给人思索的余味无穷。王单单还有一类诗歌直接写扶贫的场景与具体工作，如《易迁户》《小户主》《复垦记》

《拆旧记》等，注重从细节中捕捉诗意，生动描摹出了乡村中不同人的生活和精神状态。而《生命之网》《中国民工》等诗歌，表现出了他对时代问题的整体思考与表现能力。

北乔的《入村记》也是一组优秀的诗歌，“在村里，高原深山里的小村庄／每位乡亲的身影都会按住我的脚步／无意间，抽出一小部分的我”，“转身，从此伤感成为影子的一部分／鲜亮的村庄，渐成为一幅水墨画／我不得不转身，离开别人的生活”，这样的诗句既表现出了不同时期对扶贫村庄的复杂情感，也将村庄与“自我”的关系描摹得细腻入微。周碧华的《陈家湾纪事》同样如此，在《进村》一诗中，“一湾又一湾 陈氏在云端／寻找到这个村子／我必须由湘入鄂 再由鄂折返／导航失灵了 只有一只鸟带路”，“我深信它是陈家湾派来的向导／鸟语含着浓重的当地口音／它最后歇在一块巨石上／顺着它的目光／林深处露出一角飞檐”，生动表现了作者最初进村扶贫时的细微发现。赵之逵的组诗《扶贫手记》中就有《夜访一个贫困户》《入村访贫》《忆建档立卡户老彭》《脱贫攻坚会议》《建档立卡户方美兰》《扶贫日记》《入户小丫口》等作品，仅从这些诗歌标题，我们就能感受到作者扶贫工作的深入细致，其中的诗句如“去年初我来山乡驻村，入户扶贫／手里，总握着一根木棍／不知道：放养的狗，都不咬人//一年又八个月，如今／风见到我，不再陌生／没有村干部引路，我也能／找到每一户贫困的门”，则细微地呈现了作者深入扶贫村的过程与细节。远村的《扶贫组诗》将现实与历史联系在了一起：“来自不同的姓氏，三个男人，为一个满意的扶助／走到了一起。他们坐在我对面的石凳上，说着往事。多年前，他们的父辈把一家人救命的口粮给了北上抗日的红军。还把三个后生送给了队伍。几十年过去了，音讯全无。”这样，扶贫工作便不仅具有现实意义，也具有了更为深远的历史价值。专题中还有不少优秀诗歌，在这里不一一赘述。

值得思考的是史诗与抒情诗的关系问题，脱贫攻坚战无疑是一篇书写在中华大地上的宏大史诗，但我们目前的诗歌创作大多是以抒情诗或组诗的形式出现的，抒情诗真切自然，擅长抒写个人感受，组诗则以碎片化的方式表现了诗人的零星、具体的感受，都无法从整体上呈现脱贫攻坚战所具有的价值与“诗意”。这也许是诗歌本身的局限，或者是在提示我们可以探索另外的形式，将现实中的巨大诗意转化为诗歌。

历史视野下的新乡村书写

当我们谈论乡村的时候，最难以克服的可能是对乡村的“固定化”理解和想象，对于没有乡村经验的人来说是如此，对于有乡村经验的人来说也是如此。比如我个人是在乡村长大的，但是我所熟悉的只是20世纪八九十年代的乡村，等上大学离开家乡之后，虽然年年回去，但对乡村的了解就不像在家乡时那么细致深入。现在文学界很多作家都在书写乡村，但是他们所书写的大都不是当下的乡村，而是他们记忆或想象中的乡村，比如莫言、贾平凹所写的农村，基本是20世纪七八十年代的乡村经验。而“60后”“70后”作家所写的，则大都是20世纪八九十年代的乡村经验，很少有人能对当下中国的乡村经验做出整体和细致的把握。当然这里可能涉及艺术创作的内在规律，尤其是虚构性写作需要一个回忆、反思与反刍的过程，需要长时间的积累才能写出来。

但是另一方面，中国乡村和中国一样，一直处于飞速发展与剧烈变动之中，并且每个时期都呈现出鲜明的特征。新中国成立之前不说，新中国成立之后，20世纪50年代的“合作化”，六七十年代的“人民公社”，80年代的“包田到户”，90年代的“进城打工”，新世纪前后的“三农问题”，都带有各个时代最鲜明的特征。而“脱贫攻坚”是最具当下这个时代特征的事件，可以说“脱贫攻坚”改变了中国乡村的整体面貌。但是理解“脱贫攻坚”的伟大意义，并不意味着只是单纯地理解它为中国乡村带来了哪些新变化与新特点。如何从乡村生活的内部逻辑来理解这些变化，如何将作家熟悉的农村与当下的农村建立一种有效的连接，这构成了一个难题，对作家来说也构成了一种挑战。

或许作家应该意识到，他们熟悉的乡村已经发生了巨大的变化，他们的乡村经验已经在很大程度上“失效”了，关键的问题在于如何理解和面对这一变化。对于某个“主体”来说，构成其生命体验的某种乡村生活的消失，可能会对之造成创伤性体验，从而产生对“失乐园”的永恒追求与感喟，或者产生“历史中间物”的生命意识，深感那个“属于自己的时代”已经过去，因而对历史和未来都有悲观或茫然之感。但如果从更宽广的历史视野去观察与思考，也可能产生更加积极乐观的主体意识与情感。柳青之所以去皇甫村扎根，是因为他深刻意识到，“合作化”所带来的土地关系调整和人际关系变化将是数千年中国史上前所未有的新经验，正是为了观察记录历史巨变中的新变化与新经验，他才倾注全部热情亲临正在发生变化的农村现场。从现在的视野来看，柳青笔下的乡村经验已经过去了，但正是由于他和同时代作家的书写，我们才能理解那个时代的乡村生活与时代精神。现在不仅鲁迅、柳青，连路遥笔下的乡村经验也已经过去了，路遥所写的“城乡交叉地带”以及改革初期朝气蓬勃的时代氛围已成为历史。为什么“城乡交叉地带”这个术语似乎只属于路遥？因为在路遥之后，伴随着大规模农民进城打工，更多的“交叉”不是发生在城乡之间，而是城市内部了。从《平凡的世界》所写到的1985年到现在，已经过去了37年，在这期间，中国和中国乡村又发生了多么巨大的变化，这些变化在文学中却并未得到充分、有效的书写和呈现。

近年来开展的“脱贫攻坚”行动，对于当代中国乡村来说，或许是相对于“合作化”“包田到户”“进城打工”“三农问题”等更加巨大的、更具根本性的变革。“合作化”“包田到户”通过土地关系和生产关系的调整，结束了历史上私有制所带来的土地兼并与治乱循环，奠定了新中国土地制度的基础；“进城打工”解决了农民的迁徙自由，在生产力提高的同时，将农村剩余劳动力转移到城市和工厂，为我国成为制造业大国提供了保障；21世纪，为解决“三农问题”所采取的取消农业税、新农合等措施，增加了农民收入，提高了农民的社会保障水平。但与“脱贫攻坚”相比，这些政策措施所解决的只是基础性或枝节性问题，而“脱贫攻坚”所要解决的是根本性问题——贫困问题。从实际效果上来说，无论是否开展“合作化”“包田到户”“进城打工”，以及解决“三农问题”，都有可能出现贫困人口与贫困家庭，而“脱贫攻坚”所直接针对的就是贫困现象，以精准扶贫的方式直接面对每一家、每一户、每一个人，这是我国在新的历史条件下所采取的新战略。

在这一巨大的社会变革过程中，我们以前所熟悉的乡村将会变得越来越陌生，我们在20世纪70、80、90年代所形成的乡村经验将会越来越“过时”，但这是我们所乐于见到的——可以说这是“共同富裕”改革理想和“小康社会”民族理想的初步实现。没有历史感就没有现实感，那些“过时”的经验可以让我们更加深刻清醒地认识当前的现实及其变化。从鲁迅到柳青，中国革命为乡村带来了巨大的变化，从柳青到路遥，改革开放也为乡村带来了巨大变化，现在我们正置身于另一个伟大的社会巨变之中，但如何观察、思考、记录这一社会巨变，也对当代作家提出了更高的要求。我们必须突破旧有的思维惯性和知识框架，重新认识和熟悉乡村生活，我们要像鲁迅写阿Q和闰土一样，要像柳青写梁生宝和梁三老汉一样，要像路遥写孙少平和孙少安一样，深入时代，讲述新的中国故事，塑造出饱满生动的人物形象，描绘出时代变革的宏伟画面，为未来的历史留下我们新时代中国人的经验、情感与精神。

飞速发展的时代与不断重构的“自我”

中国的“70后”作家，从20世纪90年代中后期进入文学界，到现在已经20多年了。20多年间，他们已经从当初文学的“新生力量”成长为文坛的“中坚力量”。现在“70后”作家已经占据了重要文学刊物的半壁江山，也有一些“70后”作家推出了重要的长篇小说，在文学界引起了广泛的关注。但与此同时，他们置身其中的中国文学界已发生了天翻地覆的变化，这为他们的成长与“经典化”带来了新的挑战，也带来了新的机遇。

变化之一是网络文学的崛起。20多年间网络文学从无到有，到蔚为大观，已经改变了中国文学的整体格局，但“70后”作家大多没有加入网络文学创作，而仍延续着“新文学”或“纯文学”的传统，坚守着自己的文学理想，他们的创作在网络文学的视野中被谓为“传统文学”。这固然有着轻蔑与意图超越的因素，但如果从长时段的历史来看，“70后”作家可以说是处于“纯文学”与“网络文学”夹缝中的最初一代作家，他们的理想主义让他们的坚守带有悲剧色彩。

变化之二是市场机制的出现。市场经济在20世纪90年代初出现，对于中国是一个新事物，也对文学界产生了极大的影响。市场机制不仅影响着文学的生产、流通、接受等外部环境，也影响到文学的内在评价标准。什么是文学，什么是好的文学？在单纯的市场逻辑中，只有能够畅销的文学才是好的文学，韩寒、郭敬明等“80后”作家的异军突起便借助了无坚不摧的市场逻辑。但文学作品不是简单的商品，而是一种带有审美意味的精神产品，这样特殊的商品如何进入市场？可以说至今我们仍在探索之中。但“70后”的创作处于市场机制带来的最初震荡时期，这对他们的创作产生了重要影响。

变化之三是文学位置的改变。在20世纪80年代，中国文学在社会领域中处于先锋位置，那时文学一方面通过率先提出并讨论社会与精神议题，引领社会进步的潮流，另一方面也对文学自身的形式、语言、叙述方式进行探索，拓展了文学的表现能力。但进入20世纪90年代之后，伴随着大众文化崛起，文学在整体社会领域中的位置迅速边缘化，在影视、网络等强势媒体的压力之下，文学只能固守一隅，这为“70后”作家的成长造成了重重阻碍。

这种种不可预料的重大变化是“70后”作家的成长背景与环境，如此巨大的变化可以说是“五四”以来中国新文学史上前所未有的。与“50后”“60后”作家相比，“70后”作家身上延续了他们的文学理想，将文学视为一种精神或美学的事业；但是另一方面，“70后”作家普遍接受了高等教育，这让他们的知识更加丰富系统，在社会阅历与人生经验上则不如“50后”“60后”作家曲折、复杂与宽广。而与“80后”“90后”作家相比，“70后”作家则经历过物质匮乏时代，大多是非独生子女，没有受到社会与家庭过多的关注与宠爱；但是他们也不像“80后”“90后”作家普遍受到大众文化与消费主义的影响，并不将文学视为娱乐、消遣之物。在多个层面的意义上，“70后”作家可以说是“过渡的一代”或者“独特的一代”。“过渡的一代”是指在“70后”作家身上，既有“50后”“60后”作家的理想气质，也有“80后”“90后”作家的务实品格，在文学的气质与观念上有一种“过渡”性质；“独特的一代”是指“70后”作家的经历与经验是独特的，无法复制的，他们置身于巨大的文化断裂带之上，无论是日常生活还是内心世界都经受了巨大的冲击，而他们的作品也正是在这种独特的环境中所绽放的花朵。

改革开放40多年，中国一直处于飞速发展与剧烈变动之中，在经济层面中国已飞跃至世界第二，但是在内心层面，“70后”这一代人每一个人都处于心灵的动荡之中。相较于10年前、20年前、30年前，他们的日常经验与内心生活已经发生了天翻地覆的变化，他们的自我认知与感觉也处于剧烈的变动之中，需要不断打破旧的“自我”，重构新的“自我”，才能适应新的生活方式与生活节奏，这是每一个中国人都会遇到的现实与内心问题。

但是从另一个角度来说，这种自我重构带来的不是仅有痛苦，也有欢乐与欣喜。正是改革开放改变了中国，也改变了每一个人，中国一直处于上升的趋势，生活是变得越来越好而不是越来越坏了，心灵的动荡只是来自对飞速发展的不适应，来自内在自我的断裂与冲突。如果从前人或后人的眼光中来看，或许“70后”正处于他们梦想的境界之中，“70后”的自我分裂与挣扎，在他们看来，可能显得有些矫情或“身在福中不知福”，但是“70后”这一代人的感受也是真实的，矛盾与裂变也是真切的，并没有因为在变好而消失或不存在了。对于将来的人们来说，了解飞速发展所带来的眩晕或不适感，以及精神上的痛苦与分裂，可能会更加丰富他们对历史的认知，而对于“70后”作家来说，或许更重要的是留下最真切的生命体验，留下作为“历史中间物”的我们这一代人丰富、复杂而微妙的内心生活。

文学的温度就是人心的温度

文学是有温度的，文学的温度就是人心的温度、生命的温度和良知的温度。在所有的艺术形式中，文学使用的工具是语言，是最接近人类生活经验与思维方式的工具，可以呈现人类经验、想象与思维中最宏大与最细微的部分。文学可以将作者最重要的生命体验融入其中，也可以让读者从中辨认出自己，在作者与读者之间建立起一座交流的桥梁，形成一个文学的共同体，让不同性别、种族、阶层的人在这个空间中进行交流，相互理解，“随风潜入夜，润物细无声”，在潜移默化中浸润人心。对作者来说是将自己最珍贵的生命经验“相对化”“艺术化”，是在孤寂写作中的漫长跋涉；而对读者来说可能是人心的慰藉，心灵与心灵的沟通。这就是人心的温度，文学可以使本来“悲欢并不相通”、彼此隔绝的个体之间建立起精神的连接，也可以使个体与经典作品、伟大的文学传统建立起内心的联系，从而扩展有限个体经验的视野与丰富性，让我们的心灵更宽广，更博大，更柔韧。在李沧东导演的电影《诗》中，我们看到那个陷入生活困境的老妇人美子，一边处理棘手的事件，一边仍在学习写诗，“诗”使她既处于现实生活之中，又超越于现实生活之外，可以以一种审美的态度对待生活中的一切。这是李沧东的诗歌观、文学观，也是东亚儒家文化圈中普遍的文学观。孔子说诗可以“兴观群怨”，在社会上发生重要作用，而这些作用就是靠人心之间的交流与沟通实现的。

文学的温度是生命的温度，是作者将自己生命体验“相对化”所赋予作品的温度，我们读经典作品，感受到的温度是不同的：鲁迅的冷峻，郭沫若的炽热，老舍对北京城的温情，巴金对青年的激情，沈从文的清冽，汪曾祺的烟火气，等等。作家及其作品带给人的感觉各不相同，甚至相似的温度也各有细微的差异，比如艾青的“热”是温和的，田间的“热”是滚烫的，贺敬之的“热”是激动人心的，再如钱锺书的冷是站在人生边上旁观的“冷”，张爱玲的“冷”是看透人性之后的“冷”，20世纪90年代以来的零度叙述是存在主义哲学基础之上的“冷”，等等。我们从这些经典作家身上可以看到他们各自的人生态度、艺术修养和命运选择。对于改革开放以来的当代中国来说，最大的经验就是中国发展的迅疾和变化的剧烈，置身于其中的每一个人，不仅日常生活在发生变化，内在的自我也在重新构造，在这样的时代，我们尤其需要来自文学的温度来抚慰各自的心灵，重建新的自我和新的世界视野。

文学的温度也是良知的温度，“致良知”是一个阳明心学的命题，也是一个文学的命题，文学是应该引人向善的，应该培育人的恻隐之心、同情之心、同理之心，以人心温暖人心，以人心唤醒人心，对弱小者、无助者、边缘者的同情，既是良知的表现，也是文学的传统。良知是一种先天的本能，但也需要后天的培养。在现代社会，每个人都隔绝在个体经验的孤岛上，很难理解他人的痛苦与苦恼，甚至父子、夫妻等最亲密的关系之间也充满了隔膜，更不用说阶级、性别、种族之间的差异了。而文学可以让我们进入他人的世界，了解他人的感受，对他人的生活、经验和内心世界有一种“同情之理解”，从而可以善意地理解他人、理解世界，建立起一种温暖和谐的关系。“良知”既来源于人的内心，也存在于人与人的关系之中，文学可以良知引导人心向善，在人际关系疏离的“陌生人社会”开辟出一个温暖的空间、善意的空间。

我们置身于有温度的文学传统之中，从《诗经》到《红楼梦》，培养了中国人“有情”的世界观和人生观，从19世纪的雨果、托尔斯泰到20世纪的高尔基、鲁迅，都在思考革命与人道主义的关系。在新世纪新时代的今天，作家应该继承中国文学和世界文学的优秀传统，以有情、有温度的书写温暖人心，将这个时代独特的生活经验与内心感受凝聚成新的作品，将一个更加美好、更加温暖的文学世界留给读者，留给后人。

重建新的思想视野

“国际友人与20世纪中国经验”是一个大题目。何谓“国际友人”？就是那些在中国革命处于艰难时期毅然投入其中，给予我们巨大帮助的外国人，他们同情、理解、帮助中国的社会主义革命和建设，并做出了独特与重要的贡献，这是中国人无论何时都不能忘记的。在民族复兴的背景中，回望这些国际友人的无私奉献，我们既要感恩与铭记，也可以从中激发新的思想资源，触发新的思考，但其前提是对这些国际友人有深入的理解。

埃德加·斯诺、诺尔曼·白求恩等国际友人，都是中国人耳熟能详的人物，以至于我们常常会忽略他们是外国人，是“不远万里，来到中国”的。但他们是在什么样的情况下来到中国的，在自己国家生活的状态是什么样的，他们为什么要来到中国，这些问题平常很少有人深究，在当下这个时代也是越来越难以理解了。要理解这些问题，需要重返20世纪历史现场，需要重建一种新的国际视野，需要重新认识理想主义和国际主义，而这在消费主义、物质主义以及资本主义全球化愈演愈烈的当今时代，并不是一件容易的事。

从2018年回到北大开始，为了给当代年轻人打开新的思想视野，张慧瑜带领他的学生们以“非虚构”的形式撰写这些国际友人的传记，这既是一种新的写作实践，也是一种新的进入中国革命史与国际友人生活世界的方式。“非虚构”在中国是于2010年左右兴起的一种新的写作潮流，主要目的在于扭转文学界“纯文学”的空疏风气，重建文学与社会生活乃至世界的有机联系。“非虚构”的写作实践大多集中于当下中国的某种群落或某种现象，很少有人关注历史尤其是革命史。但也有如《不远万里：国际友人与20世纪中国经验》等“非虚构”文学作品的出现，以“非虚构”的形式关注20世纪革命史中的“国际友人”，为我们描画出了20世纪经验中最值得珍视的壮丽思想图景。

毛泽东在《纪念白求恩》中指出：“一个外国人，毫无利己的动机，把中国人民的解放事业当作他自己的事业，这是什么精神？这是国际主义的精神，这是共产主义的精神，每一个中国共产党员都要学习这种精神。”这段话我们都很熟悉，以至于对其中包含的深意习焉不察，甚至视作理所当然了。但如果试想一下，我们作为中国人，是否可以毫无利己的动机，把其他民族的解放事业当作自己的解放事业？是否可以远离自己熟悉的生活环境，奔赴炮火纷飞的战场，为弱小民族的革命与解放奉献自己的青春、热血甚至生命？相信很多人和我一样是很难做到的，或者至少是要经历复杂的思想斗争才能做出这样的选择。但是白求恩做到了，埃德加·斯诺、海伦·斯诺、爱泼斯坦、史沫特莱、赛珍珠、路易·艾黎、林迈可、阳早、寒春、韩丁、柯鲁克夫妇、马海德、乔治·何克等“国际友人”做到了，他们每个人的人生都是一本大书，都闪耀着青春和理想的光辉，他们的精神值得学习，他们的人生值得铭记。

这些“国际友人”的出现，不是孤立的，他们是20世纪国际共产主义运动的一部分，也是其中最富光彩、最具理想主义的一部分，他们不只同情与支持中国革命，也同情与理解世界上所有被压迫的民族与人民，如白求恩就是从西班牙内战反对法西斯的战场，来到了中国抗日战争的战场；史沫特莱既声援印度独立运动，在波兰参加革命，又来到中国长期支持中国革命。有些人则将“中国人民的解放事业当作了自己的事业”，如路易·艾黎和埃德加·斯诺等人发起的“工合”运动，以及路易·艾黎和乔治·何克创办的培黎工艺学校，不仅为中国抗日战争的胜利提供了物质基础，也为中国的工业化培养了大批技术人才；如爱泼斯坦、阳早、寒春、韩丁、马海德等人，都将他们的人生与中国的命运紧紧联系在一起，成为中国社会主义革命与建设事业的参与者与见证人。也有人在中国革命成功后，回到了自己的祖国，如柯鲁克夫妇、林迈可，但他们一直都在关注和支持中国的革命与建设事业，与中国人民结下了深厚的友谊。

在民族复兴的背景中，重新梳理与讲述“国际友人”的故事，既有重要的历史价值，也有新的时代意义。在中国人民站起来、富起来、强起来的艰难过程中，这些国际友人给予了我们无私的帮助，中国在真正“强起来”之后，不应该忘记他们的功绩与精神，而应该继承并将他们的精神发扬光大。具体地说，就是我们即使强大起来，也不应该复制资本主义与殖民主义的逻辑，以强凌弱，以大欺小，将我们近代以来身受的列强入侵的痛苦，让其他国家和民族的人民承受。正因为我们深知这种痛苦，所以我们不能成为这种痛苦的制造者，应该像这些“国际友人”支持中国一样，同情、理解弱小民族国家的人民并尽其可能地提供我们力所能及的帮助。这一问题之所以重要，在于近代以来，我们拥有的更多是落后、挨打、追赶的经验，至于追赶上之后怎么办，尚缺乏足够的知识、思想和理论准备，我们不能重建传统中国的“朝贡体系”，也不能走西方国家新旧殖民主义的道路，更不能走苏联“大国沙文主义”的道路，那么我们在民族复兴之后，能够想象或建立一种什么样的国际关系与国际秩序呢？在这方面，还有很多问题值得深入探讨，而“国际友人”的无私奉献与帮助可以说是最直接的思想资源，值得借鉴与学习。

这些国际友人也将“国际主义”这一消失已久的思想视野重新带到了我们的面前，只有在这一视野中我们才能够理解他们的所作所为，否则我们将无从把握他们的理想或动机。“国际主义”是以共产主义理想为前提的、跨越国界共同抵抗资本主义的思想，是以人类整体利益为核心的高远追求，也是马克思主义的内在视野极其重要的组成部分。在一个资本自由流动的“全球化”时代，重建“国际主义”的视野，既是一种反思，也是一种超越，这将会使我们在民族复兴的视野之外，别具一种更加高远的理想与追求。这正如“人类命运共同体”概念的提出一样，可以让我们意识到中国人不仅负有民族复兴的使命，同时也负有国际的或人类的责任。

何为创新，创新何为

习近平总书记在中国文联十一大、中国作协十大开幕式上的重要讲话中指出，“希望广大文艺工作者坚持守正创新，用跟上时代的精品力作开拓文艺新境界。衡量一个时代的文艺成就最终要看作品，衡量文学家、艺术家的人生价值也要看作品。广大文艺工作者要精益求精、勇于创新，努力创作无愧于我们这个伟大民族、伟大时代的优秀作品”。

“创新”是文艺界耳熟能详的词语，但正因为太过熟悉，可能很多人对其深意习焉不察，“创新”按字面意思是指“创立或创造新的”，或是指“首先”创造。文艺领域的“创新”主要是指创造出不同于前人的新内容、新形式、新技巧，这是一个很高的要求，是对创作者思想、艺术、技巧等多方面能力的综合考验，不少人可能穷尽一生也无法创新，真正能够创新的人必定对艺术有独特的理解与过人之处。所以创新是极为艰难的，不能因为我们常说就觉得是轻而易举之事，但创新也是极为可贵的，创新可以为我们打开新的思想艺术空间，可以让我们获得新的表述方式，可以让我们在一个新的坐标系上重新认识和思考世界、艺术与自我。创新是符合艺术自身发展规律的，一部艺术史就是人类在艺术各个方面创新累积的历史。

“创新”的前提之一，是有新的话要说，有新的情绪要抒发，有新的故事要讲述。“太阳底下无新事”与“每一天的太阳都是新的”是辩证统一的，很多人可能无法感受到生活的细微变化，但敏感的艺术家应该把握时代与历史脉搏的跳动。当代中国的一个特殊的境遇是，在我们的社会中，既有源远流长的传统农耕文明，也有门类齐全、独立完整的现代工业体系，更有飞速发展甚至在某些领域领先世界的信息技术与产业。在西方不同历史阶段相继出现的农业文明、工业文明与信息文明，被极大地压缩在一个特定时空中彼此共存、共生，我们的生活中既有传统文明与现代文明的冲突，也有工业文明与后工业文明的矛盾，包蕴着无限的丰富性、复杂性与可能性。从世界文学的角度来说，我们的时代所面临的不仅仅是19世纪劳伦斯、哈代等人所感叹与惋惜的工业文明的碾压和田园牧歌的消失，也不仅仅是巴尔扎克、德莱赛等人所描绘的乡下人进城的故事和资本所催生的各色人等，也不仅仅是托尔斯泰、陀思妥耶夫斯基等人笔下“上帝死了”这一传统价值观崩塌所带来的精神磨难和灵魂痛苦，甚至也不仅仅是20世纪高尔基、萨特、加缪、帕斯捷尔纳克等人对革命与现代性的深刻体验和书写，而是更加丰富复杂、更加多元驳杂的时代图景，是不同历史阶段、不同文明体系的矛盾冲突混合杂糅在一起的新形态。面对如此丰富驳杂的时代经验，我们的作家艺术家只有不断创新，才能将生命体验充分转化为艺术文本。

“创新”的前提之二，是既熟悉已有的艺术形式，但又对其局限性有深刻的认识。创作主体，在创作中以丰富的生命体验自由书写，让思想冲破形式的牢笼，自然而然就会形成新的艺术形式。杜甫“转益多师是汝师”，是一位集大成式的诗人，在他之前的所有的诗歌技艺他都汲取，在他之后的所有诗人都从他的诗歌中学习技艺；《红楼梦》突破了才子佳人的创作模式，“正因写实，转成新鲜”；鲁迅先生的《野草》既是散文、诗歌，也是散文诗，但又不只是散文、诗歌、散文诗，巨大的思想容量与委婉曲折的表达方式使之成为不可模仿、复制的独特文体。不只中国如此，世界文学史也是如此。托尔斯泰的《安娜·卡列妮娜》的双线叙事最初不被欧洲文学界接受，但最终成为不可忽视的世界经典，马尔克斯在《百年孤独》中"现在过去将来时"的发明，博尔赫斯对小说叙事哥白尼式的革命，都是对既有艺术形式的一种超越，也是一种创新。

"创新"的前提之三，是要适应新的技术与媒介条件，适应新的文学生产、传播、接受环境。在报纸杂志作为新兴媒体崛起的时候，很多作家的作品都是因新媒体的需求而创作的，鲁迅先生在《呐喊》的自序中就说他的小说是被《新青年》编辑钱玄同催出来的，《阿Q正传》最早也是连载在报纸上。在世界文学史上，狄更斯、巴尔扎克、陀思妥耶夫斯基等人的很多经典之作最初也都在报刊上连载，新的媒介也生成了他们作品的一些特点。在当下的文学环境中，网络、移动网络、电子化与数字化构成了一种新的媒介环境，也深刻影响着文学的生产、传播与接受，我们这个时代的作家艺术家也应适应并充分运用新媒介的特点，并将之内化、融合于艺术创作之中，形成新的艺术探索与创新。目前网络文学的发展方兴未艾，已在多个类型上有所突破，但传统文学如何适应新媒体，以及如何创造出超越网络文学与传统文学界限的新的"文学性"，仍需要网络文学与传统文学做出更大胆的尝试与创新。

"创新是文艺的生命"，创新是方法，也是目的。没有创新，文艺就没有生机与活力，就只有死水一潭，只有创新才能让人耳目一新、眼前一亮、脑洞大开。但是我们也不能为创新而创新，不能因创新而炫技，不能因创新而走向偏、怪、乱的窄路，我们要"守正创新"，创新是为了更好地表达，更好地凝聚我们的生活与情感，只有不断地创新，才能适应新的媒介环境，才能创造新的艺术形式，才能充分表达我们这个时代中国人的生命体验与时代经验。

第二辑

重申“新文学”的理想

当前，文学的“边缘化”似乎已经成了一个被默认的事实，有的人为之愤愤不平，有的人认为这才是一种“正常”的状态。另一方面，在文学及文学研究界，对当代文学整体评价的争论此起彼伏，批评者认为其中大部分是“垃圾”，赞同者则认为当代文学“达到了前所未有的高度”，或者“处于最好的状态”。这样的争议在文学界引起了激烈的讨论，而在外部看来，只不过增添了一些“话题”与热闹。

在我看来，上述争论的表面喧嚣，掩盖了一个重大而深刻的变化，即我们的文学正在经历一个新的转折，这一转折不仅是对20世纪80年代以来文学秩序的挑战，而且是对“五四新文学运动”所确立的基本的文学观念与文学体制的挑战。如果站在“新文学”的立场上来看，那么我们的文学正在经历一种前所未有的危机，或者变化。

这也有必要让我们将“五四”以来“新文学”的不同流派、脉络、阶段视为一个整体，在一个更加开阔的视野中加以审视，从而在历史经验中探索文学的未来。具体说来，无论是“五四文学”“左翼文学”“解放区文学”“十七年文学”“文革文学”“新时期文学”

“后新时期文学”等不同的发展阶段，还是“为人生”的文学、“为艺术而艺术”、“左翼文学”、“自由主义文学”、“民主主义文学”、“工农兵文学”等不同的文学追求、主张和流派，都可以视为“新文学”的一部分。它们在整体上既区别于传统的中国文学，也不同于西方的现代文学，而是在中国创建民族国家的过程中所发展出来的“现代”的“中国文学”，是现代中国人探索、奋斗、挣扎的心灵史，而在今天，这样一种“新文学”面临着整体性的危机。

我们知道，“新文学”是在对传统中国文学及通俗文学的批判中发展起来的，在这一过程中，不仅现代中国的文学语言从文言文转换为白话文，而且“文学”的观念也发生了极大的变化。“文学”不再是“著诸竹帛”的所有文字，也不再包括传统中国文学的某些文类（如碑、铭、赋、诔等），而是现代性的“小说、诗歌、散文、戏剧”的特指；同时，“文学”也被赋予了“先锋性”“精英性”与“公共性”，不仅仅是个体之间的酬唱，或仅仅是一种消遣或娱乐，而被视为一种精神或艺术上的事业。与此同时，也发展出了一种新的文学体制，如以作协、文学期刊和出版社为中心的文学生产—流通—接受机制，以大学中文系与研究所为核心的文学教育、研究、传播机构，以文学批评、文学史、文学理论为基础的文学知识再生产模式，等等。这些新的文学体制既是“新文学”发展的制度或机制保证，也与“新文学”一起，构成了现代民族国家及其公共空间的一部分，并在其构建与发展的过程中起到了不可替代的作用。

在今天，我们遇到的挑战，是文学的“先锋性”“精英性”与“公共性”的丧失。这里的“先锋性”不是指20世纪80年代“先锋文学”对形式、语言与技巧的重视，或者对“现代”“后现代”思潮的模仿或追逐，而是指文学在整体社会生活及思想文化界中所处的位置，即在社会与思想的转折与变化之中，文学是否能够“得风气之先”，是否够能对当代生活做出独特而深刻的观察与描述，是否能够提出值得重视的思想或精神命题，是否具有想象未来的能力与前瞻性。我认为这是判断文学是否“先锋”的重要尺度，在这个意义上说，从“五四”一直到20世纪80年代，文学在整个社会与思想文化界一直处于“先锋”的位置。而20世纪90年代之后，我们的文学逐渐丧失了这样的地位。在今天，文学界所讨论的基本问题，不仅落后于思想文化界，甚至落后于社会民众，很多人只满足于文学内部或小圈子的自我欣赏与满足，对中国乃至文学体制发生的巨大变化视而不见，其“边缘化”的命运也就不可避免了。

所谓“精英性”并不是指创作者的身份，而是指新文学本身的严肃性与“精英性”，即“新文学”不是像通俗文学一样，要去迎合读者的阅读趣味，而意在通过艺术所具有的魅力与感染力，改变或提升读者对人生与世界的认识，在意识领域中引发读者对自我、世界或艺术自身的思考，从而扩展、丰富个人的审美体验，同时对自身的现实与精神处境有一种新的体认。正是在这个意义上，文学才是一种精神或艺术上的事业，而不仅仅是一个故事或讲述故事的方法，文学才是一种“高级文化”，而不是一种消遣或游戏。

而“公共性”，是指文学所可能产生影响的范围不限于私人领域，不是小圈子的互相欣赏，而是更为广泛的思想文化界及整个社会。这既是指“文学”的生产过程，不仅在于作家的私人“创作”，而且有赖于出版、印刷、发行、流通、阅读等不同环节，才能最终“完成”；也是指“文学”作为意识或象征领域的一个特殊部分，是不同身份、阶层、性别、种族、观点的声音相互交流、争夺与斗争的一个公共空间，这一空间的有效性不仅在于文学从业者是否具有自觉意识，也在于这种“公共性”范围的大小。在今天，文学读者数量的日益减少已成为一个公认的事实，而且仍有进一步发展的趋势。令人忧虑的是，“文学”已经很难成为公共话题，或者说很难产生公共影响，这可以说是文学丧失“公共性”的一种表现。

从“五四”到20世纪80年代的中国文学，尽管有可以鲜明区分的不同阶段，以及不同思想、政治、艺术派别的争论、批判甚至运动，但无论是“为艺术而艺术”，“为人生”，或者“工农兵文学”，在将文学作为一种精神与艺术事业上，或者说在坚持文学的“先锋性”“精英性”与“公共性”上，是一致的。而这样的文学理想或文学观念，面临着巨大的危机，这可以说是我们这个时代文学所面临的最大挑战。

在今天，当“文学”日益通俗化、娱乐化的同时，我们有必要重建文学的“先锋性”“精英性”与“公共性”，我们必须重申“新文学”的理想。

青年批评家面临的时代问题

新一代评论家面临的问题，不仅仅是对文艺作品做出具体的分析与评判，还有更多深层次的问题，这主要包括：我们为什么要评论？在什么样的环境中评论？评论能够起到什么样的作用？等等一系列的问题。这些问题的提出，既是时代语境变化的结果，也可以让我们更深入地面对批评本身运营的机制及其所遭遇的问题。如果我们不能对这些最具根本性的问题做出让自己信服的回答，批评自身的发展便会缺乏内在的动力，缺乏生机与活力，也无法负担起时代所赋予批评的使命。新一代评论家只有将这些问题纳入自己的问题意识之中，并加以探索，才能在文学史上留下足迹。

回顾“五四”以来的文艺批评发展史，我们可以看到，批评最重要的一个转变即是公共空间的开拓，在“五四”之前，以评点、诗话为代表的传统中国文艺批评，更注重对文艺作品的鉴赏品评，更多的是三五好友“奇书共欣赏，疑义相与析”。但“五四”以来，文艺批评的社会职能与面对的对象发生了重要的变化，伴随着现代报纸刊物等新兴媒介的发展，批评成了一个公共事物，不再面向私人，而是面向社会公众，批评本身也成了一个公共空间，任何读者，只要有兴趣和能力，都可以进入。这个空间也是开放的，任何人都可以阅读，既向作家与知识界敞开，也向社会公众敞开。应该说公共空间的开拓，并不是一件容易的事，这既是“五四”知识分子社会与文学整体理想的一部分，也是其重要载体。20世纪中国的“新文学”，正是在这样的公共空间中传播发展，并在历史中占据了重要位置。但我们今天所面临的问题，是这一公共空间的萎缩。萎缩的原因有很多，其中最重要的就是文学在文化与社会整体领域位置的变迁，以及文学观念的变化。在一个泛娱乐化与消费主义的文化环境中，文学的消遣娱乐功能得到突显，其认识启迪功能则大为弱化，文学尚且如此，批评的位置便显得更加尴尬。在这样的情境下，严肃的讨论与争鸣很难引起社会公众的关注，也很难发挥其社会功用，我们为什么要评论、评论能够起到什么样的作用等问题便突显出来。当然在这里，也存在批评自身的问题。20世纪90年代以来，伴随着学院体制的建立及其规范化，文学批评也被纳入学科建设之中，更多地成为学术研究的一部分，而不再直接面对读者、公众与当代社会及其精神问题，更多地在理论层面展开论述，而较少涉及当代的作家作品，文风也更加晦涩难懂，普通读者很难进入。这些都让文学批评从公共空间中退出，而成为一种专业领域的研究。

在这样的情境下，青年批评家要想在批评领域有所作为，不仅要对当代作家作品发声，而且要致力于重建文学批评的公共空间，让文学批评走出专业领域，在文学批评与当代社会之间建立起一种有机的连接。在这个意义上，我们有必要借鉴20世纪中国“新文学”的历史经验，研究文学批评的运行机制及其与社会发生联系的方式。在我看来，“五四”以后文学批评运行机制最重要的特征在于，文学批评构建了一个公共平台，在其中提出并讨论重要的文学、思想与社会问题，在不同派别之间的争鸣、讨论与商榷中，共同推动社会的整体进步。可以说这是一个更为开阔而又宏大的视野，文学批评所关注和评论的不只是文学，而且是包括思想、艺术、社会等问题在内的一个时代的大问题。在这方面，我们只需看看鲁迅、陈独秀、胡适、茅盾、周作人等“五四”时期的批评家，他们虽然讨论文学问题，但文学问题只是他们整体问题意识的一部分，他们身处传统中国向现代中国的巨大转型中，以其思想的力量承担起知识分子的使命，为中国文学开拓出新的境界与命运。值得关注的是，他们的思想、观念与态度并不相同，比如陈独秀谈的是“文学革命论”，胡适谈的是“文学改良刍议”，周作人谈的则是“人的文学”与“平民的文学”，但就整体而言，他们所谈论的问题构成了一个整体的话语场，一个公共性的文化空间。他们以文学的方式提出了一个时代最为核心的精神命题，引领时代风气之先。不只“五四”时期如此，可以说从“五四”一直到20世纪80年代，文学批评都走在时代最前沿，提出并回应时代提出的文学、思想与社会问题，在整个社会中也处于重要位置。

新世纪以来，文学批评最大的问题在于缺乏问题意识，缺少严肃的思想与艺术争鸣。我们并不缺乏对具体作品的评论，在这方面毋宁说是“过剩”的，但大多是就文学谈文学，缺少一种更加宏观的视野。而对于新一代评论家来说，缺乏问题意识并不是没有问题，而是尚没有将个人所遇到的问题学术化与历史化，让之成为其文学批评的一部分。或者说不少人的问题意识仍然是师长一辈的问题意识，并未将新一代人的经验、情感与思考带入研究之中，从而提出新时代青年所面临的新问题，这可以说是新一代评论家所面临的瓶颈问题。要解决这一问题，最重要的或许不仅仅是读书治学，而是从学院中走出来，对当代中国的社会生活有更多的观察与思考，同时将个人体验与时代经验“相对化”“历史化”，将之融入文学批评之中，只有这样，才能让文学批评充满生机与活力。评论应该有感而发，而在有感而发的背后，是我们对当代中国社会的观察与思考，以及我们的文学理想，在这个意义上，文学批评所面对的对象不只是作品，也是整个世界，或者说评论家是带着对整个世界的理解进入作品的，只有这样的批评才是及物的，才能不断为我们带来新的经验与新的美学。

青年批评家面临的时代问题，不仅仅是文艺批评及其语境的变化问题，他们面临的或许更加重要的问题是，如何承担起时代所赋予文学批评的使命，或者说如何以文学批评的方式介入当代文学与当代中国的变革之中。在这个意义上，发现自己的问题，或者发现时代的问题，就变得更加重要。在文学批评史的视野中，我们可以看到，伴随一代评论家成长起来的，是他们所倡导的新的美学原则，以及他们所面临的新问题、新经验以及解决问题的新路径。在20世纪80年代，当时评论家所面对的是“文革文学”的问题，他们也正是在反思中重建了一种新的美学原则。在20世纪90年代，当时的评论家所面对的是大众文化的崛起，当时的评论家集中讨论的便是市场经济、人文精神、日常生活、个人经验等重要命题。那么，对于新一代评论家来说，他们的问题是什么？我觉得这既涉及个人问题，也涉及时代问题，既涉及经验问题，也涉及美学问题。如果就具体的文学评论来说，我觉得有三个层面的问题：第一是我们如何评价一部文学作品，第二是我们如何理解作品产生的文艺环境，第三是我们如何认识作品产生的社会环境——我们如何认识我们的时代。这三个问题相互交织在一起，我们只有将一部作品置于更加宏阔的背景中，并结合当代中国社会与精神的重要命题加以讨论，才能对一部作品有更深刻的认识，才能让潜隐于时代无意识的问题得以显影，为读者与社会公众所认识、了解并参与。在这个意义上，一个新的公共空间才能真正形成。新世纪以来，围绕“底层文学”“非虚构”“中国故事”“80后”等命题所发生的讨论、商榷与争鸣，波及甚广，在文学界与社会领域引起了较为广泛的关注，也让我们看到了新一代评论家介入文学、介入实践、介入现场的姿态，虽然围绕着这些命题的争论尚不充分，理论建设也不足，但这些问题的提出与讨论，无疑为新世纪中国文学的发展提供了动力。这也向我们展示了，新一代评论家只有站在时代前沿，不断提出新的问题，才能重建新的公共空间，才能让文学问题与当代中国问题紧密联系在一起，并在积极探索与相互争鸣中，发掘新经验，创造新美学，与当代中国和当代文学共同成长，开拓出新的空间与新的境界。

重建文学批评的“中国视野”

所谓“中国视野”，既应该包括当代中国的现实，也应该包括传统中国文化与近代以来的中国历史，我们应该在这三个维度上重建文学批评的中国视野。中国视野是与世界视野相对的，当我们强调重建文学批评的中国视野时，并非是要摒弃世界视野，而是要在充分具备世界视野的新情势下，重建中国文学与文学批评的主体性。

当我们谈论重建文学批评的“中国视野”时，主要是想在以下层面对中国文学的未来发展做出新的思考：（1）“五四”以来的中国“新文学”，是在学习与借鉴西方现代文学的基础上发展起来的，甚至被认为是“世界文学的一支新拓的支流”，在今天，我们应该如何重新思考民族性与现代性的关系？（2）20世纪80年代以来，中国文学重新“走向世界”，模仿与借鉴西方现代派文学蔚成风气，影响至今，而在今天，我们应该如何重新认识中国文学与世界文学的关系？（3）新世纪以来，伴随着中国在世界格局中位置的不断提升，中国文学与中国作家在文化上更加自信，不少作家开始重新借鉴传统中国的思想与艺术资源，那么在今天，我们该如何重新认识传统中国文化，如何重新认识近代以来的中国历史，如何重新认识当代中国的现实？

“五四”以来的中国“新文学”，致力于创建一种中国现代文学——一种既“现代”又“中国”的文学。与古典文学的不同在于，它是“现代”的，是用现代汉语描述现代中国人经验与心灵的文学；而与西方文学的不同在于，它又是“中国”的，是用中国人的语言描述中国人生活与情感的文学，在不到一百年的时间里，中国的“新文学”取得了重要成就，不仅出现了鲁迅等文学大师，而且在与人民生活的血肉联系中，在20世纪中国人的苦难与奋斗中，发挥了独特而重要的作用。可以说相对于古典文学，“新文学”是一种活的中国文学，相对于西方文学，我们在中国“新文学”中，可以看到中国人的生活与心灵史，可以看到中国人的欢笑、泪水与悲伤。可以说，“新文学”在今天已成为中国文学的重要传统，当代中国文学的发展应该也必须沿着“新文学”开辟的道路前进，在与人民、与生活的血肉联系中，描绘新的中国经验，讲述新的中国故事。

20世纪80年代以来，“走向世界”成为文学界最为引人注目的倾向之一，但在我们今天看来，这一倾向也存在不少值得思考的问题。首先，中国本来就在“世界”之中，所谓“走向世界”却先在地将中国排除在了“世界”之外，尽管这只是一种抽象的表达，但在理论与语言层面都难以自圆其说。其次，所谓“走向世界”，走向的“世界”是有特指的，主要是指西方发达资本主义国家，而不是“全世界”。在这个“世界”中，不包括印度、伊朗等亚洲国家，也不包括非洲和拉美国家，更不包括今天“一带一路”沿线的国家。在我们今天看来，20世纪80年代的世界图景只是特定年代的一种“想象”，我们今天应该打破这样的思维框架，重建一种新的世界图景，只有在这种新的世界图景中，我们才能更清醒地认识中国，也才能更清醒地重建“中国视野”。

值得一提的是，在20世纪80年代，类似“走向世界”这样的文学观念还有很多，比如“三个崛起”，比如“论文学的主体性”，比如“论文学的向内转”，比如“怎么写”与“写什么”，等等。应该说，这些观念在特定时期有一定的历史合理性，但时过境迁，这些理论命题的现实针对性已经消失，我们应该对其重新审视与评价。可以说这些观念形成了20世纪80年代的审美规范，至今仍影响着我们文学评价的标准，甚至潜入我们的无意识之中，形成了一种西方化、精英化、现代主义式的审美原则，这是一种从外部视角评价中国文学的“标准”，也是一种以特定的文学观念审视丰富的中国经验的“原则”。今天我们重建文学批评的“中国视野”，重建中国文学的主体性，应该将这些观念“历史化”，在一个更高的层面对之做出反思，为中国文学开辟更加开阔的道路。

新世纪以来，中国作家更多地借鉴传统中国的思想与艺术资源，相对于20世纪80年代我们对西方文学的学习与模仿，可以说这一“转向”，既显示了中国作家的文化自信，也显示了我们民族认同感的增强。但是另一方面，我们也应该认识到，生活是文艺创作的唯一源泉，对于文化与传统，无论是西方的，还是中国的，我们只能学习与借鉴，而不能简单地模仿，我们应该以当代的生命体验去激活传统，让传统真正地活在当下，活在我们的生命中，而不是单纯地摹写。换句话说，我们不需要写得像《红楼梦》，而需要像《红楼梦》那样凝聚中国人的经验与情感，正如我们不需要写得像《百年孤独》，而需要像《百年孤独》那样深刻摹写一个民族的心灵史。新经典的创造，必定来自对当代生活的深刻体悟与理解，以及艺术上的融汇创新。在这个意义上，重建文学批评的“中国视野”，不仅仅是更多地借鉴传统中国的思想与艺术资源，更重要的或许是如何更深刻地理解当代中国的现实，如何更深刻地理解近代以来的中国历史。我们只有以鲜活的生命体验激活传统，才能让传统活在我们的生活中，才能在新视野中创造出活的中国文学。

告别“五四”，走向哪里

——“新文学的终结”及相关问题

1. 引子

作为一个理论问题，“新文学的终结”已有不少学者论及，虽然他们的看法与态度大不相同，但都认识到了“新文学”处于严重的危机之中。在我看来，“新文学的终结”不仅是一个理论问题，也是一个我们置身其中的现实问题，这主要表现在：(1)“新文学”的观念遭遇了前所未有的挑战，那种严肃的、精英的、先锋的文学观念，正在被一种娱乐化或消费主义式的文学观念所取代，或者说，在整体的大文学格局中，“新文学”的传统与地位正在被严重弱化。(2)“新文学”的体制也处于瓦解或边缘化的过程中，在新文学发展中形成的“文学共同体”也正趋于衰落或消散。(3)“新文学”的媒体也在发生变化，以往以报纸、期刊为核心的“新文学”的传播媒介，正在被网络化、电子化、数字化的新媒体所取代。

以上这些变化，可以说是自“五四新文学”发生以来所遇到的最大挑战，是一种前所未有的“断裂”，这一“断裂”远远超过以

1949年为界的现代文学与当代文学的“断裂”，以及以1976—1978年为界的“文革文学”与“新时期文学”的“断裂”。我们可以说现代文学与当代文学的“断裂”、“文革文学”与“新时期文学”的“断裂”仍然是“新文学”内部不同传统之间的取代、更新或变异，它们仍然分享着共同的文学观念与文学理想。但是我们正在经历的这一次“断裂”从根本上动摇了“新文学”的观念与体制，因而更值得我们重视并认真对待。但是另一方面，“新文学”的当前处境与空前危机，也提供了一个新的契机，让我们可以从一个更开阔的视野重新审视“新文学”的历程，研究其总体性特征，分析其“起源”与“终结”，并探讨其未来的可能性。

2.“新文学”的建构与瓦解

在《中国当代文学史》《问题与方法》等著作中，洪子诚教授以“一体化”与“多元化”为总体思路把握当代文学的脉络。他认为当代文学的历程是“左翼文学”走向“一体化”以及这个“一体化”逐渐瓦解的过程。在他的描述中，在1942年尤其是1949年之后，“左翼文学”在取得了文化领导权之后，其内部在不断“纯粹化”，“左翼文学”的“正统派”（以周扬等人为代表）对胡风、冯雪峰、秦兆阳等“左翼文学”“非正统派”的批判，构成了“十七年时期”文学的主要思潮；而在“文革”时期，以江青、姚文元为代表的“左翼文学”“激进派”更进一步，对周扬等“正统派”进行了激烈批判，占据了“文革”时期的文化领导权。在“文革”结束后，“左翼文学”的“一体化”开始瓦解，新时期以后的文学呈现出“多元化”的发展趋势。

洪子诚教授的描述与概括是富于创见的，他令人信服地解释了“十七年文学”“文革文学”与“新时期文学”之间的内在关系。但是在这里，也存在一个问题，那就是他对“多元化”持一种乐观而较少分析的态度。事实上，当他遇到金庸小说等通俗文学作品时，并不能像更年轻的一代学者那么顺畅地接受。在这里，可以看到洪子诚教授所能接受的“多元化”的限度——“新文学”的边界。对于超出“新文学”边界的通俗小说与类型文学，他是难以接受的。

如果我们借鉴洪子诚教授的分析方法，在一个更大的视野中考察，那么就可以发现，20世纪80年代以后的“多元化”是在不同层面展开的：（1）“左翼文学”内部的多元化，这表现在左翼文学“正统派”与“非正统派”的复出与共存，以及胡风、丁玲、孙犁、路翎、萧红等“左翼文学”“非正统派”作家、理论家重新得到肯定性的评价。（2）“新文学”内部的多元化，这包括对巴金、老舍、曹禺以及沈从文、钱锺书、张爱玲等作家的重新研究与评价，以及创作界“寻根文学”“先锋文学”等新思潮的风起云涌。（3）超出“新文学”界限以外的“多元化”，在文学研究上体现为严家炎、范伯群、孔庆东等学者对通俗小说的研究，在创作上表现为金庸小说、琼瑶小说的流行，以及新世纪以来官场小说、科幻小说与网络文学中“穿越文学”“奇幻文学”等类型文学的兴盛。

在这样一个整体性的框架中，我们可以发现，20世纪以来的文学史就是一个“新文学”建构、发展以及瓦解的过程。在这样一个过程中，“新文学”通过对“旧文学”（传统中国文学的文体与运行方式）的批判，通过语言文字的变革（文言文转为白话文），通过对“通俗文学”（黑幕小说、鸳鸯蝴蝶派小说等）的批判，建构起了“新文学”的历史主体性与文化领导权。在此之后，“新文学”内部形成了“为人生的文学”“为艺术而艺术”等不同流派。在20世纪20—30年代，“左翼文学”通过对自由主义文学、民主主义文学、“为艺术而艺术”等不同艺术派别的论争与批判，确立了在文学界的主导地位。在20世纪40—70年代，“左翼文学”经历了上述洪子诚教授所说的“一体化”与“纯粹化”的过程。而在“新时期”以后，“左翼文学”的“一体化”逐渐瓦解，在20世纪40—70年代被压抑的自由主义文学、民主主义文学、“为艺术而艺术”等“新文学”内部的不同派别开始复兴与活跃。但是时间并不长久，“多元化”便突破了“新文学”的界限，被“新文学”压抑近一个世纪的通俗小说与类型文学卷土重来，在此后近三十年的迅猛发展中，不仅以“畅销书”的形式占据了文学市场的大部分份额，而且借助网络这一新兴媒介，吸引了更多读者与研究者的目光。与此同时，延续了“新文学”传统的严肃文学或“纯文学”却处于越来越边缘化的处境。

如果我们认可这一分析框架，便会将“新文学”视为一个整体，视为一个动态的过程。但在这里，需要强调我们与黄子平、陈平原、钱理群的《论“二十世纪中国文学”》、陈思和的《中国新文学整体观》等20世纪80年代著作的不同之处，这些著作虽然同样以20世纪的整体视野考察中国文学，但是：(1)这些著作立足于20世纪80年代的文学现实，所针对的主要是“左翼文学”“一体化”造成的伤害，所强调的是文学的“现代化”，仍是在“新文学”内部讨论问题，而我们所要讨论的，主要是“新文学”的内部一致性及其共同的观念与体制前提。(2)这些著作中的“20世纪”只是一个时间概念，而我们强调“新文学”的动态过程，将“新文学”视为一种体制的建构与瓦解的过程。(3)这些著作主要讨论的仍然是文学的主题、美感特征、语言现代化的进程等文学内部问题，而我们更重视“新文学”内部的互动关系及其与思想、社会的互动关系。

如果从“新文学”当前遭遇的危机出发，将“新文学”视为一个整体，视为一个动态的过程，那么我们可以更多地关注与思考：“新文学”在发生时何以能取得主导权？“新文学”内部的不同流派、不同阶段是否存在内在的一致性？面对当前的危机，“新文学”是否有可能重新整合内部资源与思想传统，从而获得新的生机？——对这些问题的思考，可以让文学史研究与当下的文学评论贯通，为文学史研究打开一个新的视野与问题空间，同时在历史梳理中，也可以更清晰地把握当前文学的现状与发展趋向。

3.“新文学”：观念与前提

站在今天的立场上，我们很容易将“新文学”作为一个整体来看待，也会发现很多以前视为理所当然的观念并不是“自然”的，而是有很多条件与前提的。当这些条件与前提逐渐丧失的时候，我们才知道文学史上的某些争论虽然激烈，但争论的双方在实际上仍然分享着共同的前提。以周扬与胡风的争论为例，他们之间观点的分歧（及宗派纠纷）所造成的后果可谓酷烈，但是我们也可以看到，在整个20世纪文学史上，他们在文艺思想上的共同之处远远大于他们的分歧，他们的争论是“左翼文学”内部不同派别的论争；再比如，20世纪20年代鲁迅与梁实秋围绕“阶级性与人性”所进行的论争，也可谓剑拔弩张，但他们仍分享着共同的前提，那就是无论在哪一方看来，文学都是一种严肃的精神事业，他们之间的论争仍是“新文学”内部的分歧。

那么在今天看来，“新文学”内部存在哪些一致性呢？如果将“新文学”作为一个整体来考察，以“新文学”建构之初所批判的“旧文学”与“通俗文学”，以及现在“新文学”瓦解之际所出现的类型文学与网络文学作为参照，我们可以试着总结一下“新文学”所共同分享的观念与体制前提。

在我看来，在文学的基本观念上，“新文学”具有先锋性、严正性与公共性。

（1）所谓先锋性，是指文学在整体社会生活及思想文化界中所处的位置，即在社会与思想的转折与变化之中，文学是否能够“得风气之先”，能够对当代生活做出独特而深刻的观察与描述，能够提出值得重视的思想或精神命题，从而具有想象未来的能力与前瞻性。在这个意义上，从“五四”一直到20世纪80年代，文学在整个社会与思想文化界一直处于“先锋”的位置，是“国民精神前进的灯火”（鲁迅语）。“新文学”通过率先提出前沿议题，引导思想界与社会的走向，直接参与了现代历史的构造，参与了现代中国人“灵魂”或内心世界的改造，在中国社会的变革与发展中起到重要的作用。而20世纪90年代之后，我们的文学逐渐丧失了这样的先锋性。在今天，文学界所讨论的基本问题，不仅落后于思想文化界，甚至落后于社会民众，很多人只满足于文学内部或小圈子的自我欣赏，对中国乃至文学体制发生的巨大变化视而不见，其“边缘化”的命运也就不可避免了。

（2）所谓严正性，是指“新文学”将文学视为一种重要的精神或艺术上的事业。正如周作人在为文学研究会起草的宣言中所说，“将文艺当作高兴时的游戏或失意时的消遣的时候，现在已经过去了。我们相信文学是一种工作，而且又是于人生很切要的一种工作”。“新文学”不是像通俗文学一样，要去迎合读者的阅读趣味，而意在通过艺术所具有的感染力，改变或提升读者对人生与世界的认识，在意识领域中引发读者对自我、世界或艺术自身的思考，同时对自身的现实与精神处境有一种新的体认。正是在这个意义上，文学才是一种精神或艺术上的事业，而不仅仅是一个故事或讲述故事的方法，文学才是一种“高级文化”，而不是一种消遣或游戏，而在今天，文学更多地充满了商业化、娱乐性与消费性的因素。

（3）所谓公共性，是指文学所产生影响的范围不限于私人领域，不是小圈子的互相欣赏，而是更为广泛地影响思想文化界及整个社会。“新文学”与中国社会，与现代中国人的经验及内心之间有着密切的联系，不仅记录了20世纪中国人生活方式与情感结构的变化，记录了中国人的“心灵史”，而且以其形象性将知识分子的思考与普通民众的关切联系在一起，形成了一种有机的互动关系，这也构成了中国现代历史的内在动力之一。而在今天，“文学”已经很难成为公共话题，或者说很难产生公共影响，这可以说是文学丧失

"公共性"的一种表现。

正是由于具有先锋性、严正性与公共性,"新文学"不仅在新文化中占据中心位置,而且在整个社会领域中也有着广泛的影响力,在20世纪中国具有一种特殊的重要性。正是因此,也发展出了一种新的文学体制,如新中国成立后形成的以作协、文学期刊和出版社为中心的文学生产—流通—接受机制,以大学中文系与研究所为核心的文学教育、研究、传播机构,以文学批评、文学史、文学理论为基础的文学知识再生产模式,等等。这些新的文学体制既是"新文学"发展的制度或机制前提,也与"新文学"一起,构成了现代民族国家及其公共空间的一部分,并在其构建与发展的过程中起到了不可替代的作用。

由于"新文学"的特性,在20世纪的大部分时间,"新文学"相对于通俗文学具有绝对的优势,我们所说的"文学",一般也都是在新文学的意义上来使用的。也是在这个意义上,"文学"才被视为一个民族的心灵史,作家才被视为时代的良心或"人类灵魂的工程师"。正如金庸说他永远无法与鲁迅相提并论一样,金庸的小说在娱乐性、大众性等方面非鲁迅所能及。但是鲁迅文学作为一个民族的心灵史,对现代中国人灵魂刻画的深度、广度以及在中国现代文化史上的重要性,远非金庸及鲁迅同时代的张恨水、还珠楼主等通俗文学大家所能企及。我想也正是在这个意义上,画家吴冠中才会认为"一百个齐白石抵不过一个鲁迅",他说,"在我看来,一百个齐白石也抵不上一个鲁迅的社会功能,多个少个齐白石无所谓,但少了一个鲁迅,中国人的脊梁就少半截"[①]。——在这里,鲁迅的重要性也显示了"新文学"在文化界的中心位置——相对于其他艺术与文化形式,文学可以更有力地表达和构建民族精神。当然这里的文

① 《一百个齐白石抵不上一个鲁迅》,http://www.huajia.cc/gd/201006/2808503044.htm

学是“新文学”意义上的文学，我们很难想象，也很难寄希望于通俗文学承担这样的功能。

而今天所面临的问题主要在于，我们一方面袭用着“新文学”的精神遗产，另一方面却背叛了“新文学”的理想与立场，不断破坏着“新文学”存在的前提条件。

这主要表现在两个方面，一方面在整体的大文学格局中，类型文学、通俗文学、网络文学等占据了文学的大部分份额。这些文学样式以消费娱乐的功能取代了文学的思考认识功能，文学不再被视为一种重要的精神或艺术事业，而只是一种消遣或消费，只是以想象远离了现实，以模式化的写作取代了真正的艺术创造，可以说在文学的整体格局上现在又重新回到了“新文学”构建之前的文学生态。另一方面，仍延续了新文学传统的严肃文学或“纯文学”则趋于凝固保守，逐渐失去了与现代中国人经验与内心的有机联系，而且在新文学传统中形成的“文学共同体”——以文学为中心的作者、刊物、读者的密切联系——也趋于瓦解。正是在这个意义上，“新文学的终结”是我们正在经历的过程。

从“五四”到20世纪80年代的中国文学，尽管有可以鲜明区分的不同阶段，以及不同思想、政治、艺术派别的争论、批判甚至运动，但无论是“为艺术而艺术”，还是“为人生的文学”或者“工农兵文学”，在将文学作为一种精神与艺术事业上，或者说在坚持文学的先锋性、严正性与公共性上，是一致的。这样的文学理想或文学观念，在今天却面临着巨大的危机，这可以说是我们时代文学所面临的最大挑战。

4.“新文学”的动力与运作机制

“新文学”在今天所遭遇的危机是全面的，这主要包括两个方面：一个是文学的基本观念，另一个是文学的运行机制。今天，这两方面都受到了颠覆性的挑战。相对于文学基本观念，文学运行机制的变化更不易察觉，这里重点考察一下。

在我们今天看来，“新文学”形成了一种特殊的运行机制，即：（1）文学的运行方式主要以文艺思潮的方式推进。（2）文艺思潮的形成主要以不同思想艺术流派的斗争、争鸣、批判等方式体现出来。（3）在文学思潮的不断变化中，不同时期的文学之间有较大的差异，形成了一个个“断裂”。

自“五四”以来，中国文学主要以文艺思潮的方式推进，“新文学”是在对“旧文学”与通俗文学的批判中建立起来的。此后20世纪30年代有“左翼文学”批判新月派、“第三种人”，也有“京派”与“海派”的论争，20世纪40年代解放区文学建立在对“左翼文学”及其他流派的批评与超越之上，“十七年文学”充满了社会主义文学内部的批判与运动，“文革文学”则以更加激进的批判方式推进，20世纪80年代文学也充满了不同思想艺术流派的斗争。但是自20世纪90年代以来，可以发现，“文艺思潮”在文学界的影响渐渐趋于式微，文学在很大程度上不再以文艺思潮的方式推进。在新世纪的今天，同样很少看到具有广泛影响力的“文艺思潮”，也很少看到不同思想艺术流派之间的斗争、争鸣与批判，而不同时期的文学——20世纪80年代文学、20世纪90年代文学、新世纪文学——之间也较少“断裂”，更多的则是思想与美学上的“传承”与“延续”。

那么，新世纪以来的文学主要以什么方式来运行呢？如果我们将讨论的范围限制在以文学期刊为核心的“纯文学”内部，便可以发现，即使在这一严肃文学领域，文艺思潮之间的争论也越来越少，取而代之的是一种貌似更加自然的方式——以代际划分的“60后”“70后”“80后”，这样的年龄划分已经成为文学界最为重要的区分方式。虽然三十年来中国社会发生了剧烈变化，以年龄相区分具有一定的合理性，但是可以看到，在中国现当代文学史上，年龄的因素从未被强调到现在这样的程度。在20世纪80年代，我们可以看到“伤痕文学”“改革文学”“寻根文学”“先锋文学”等不同的文学思潮与流派，而在20世纪90年代之后，我们很少再看到以不同的思想艺术追求命名的文学流派。这一状况的益处在于，整体文艺环境进一步宽松，具有独特追求的作家“个人”更加得到彰显，而其不足之处在于：文艺界由于缺乏思想的交流、交融与交锋，整体上趋于保守与僵化；形成了一种“稳定”的文学秩序与美学观念，只有符合某些特定美学观念的创作才能为文学界所接纳，很难出现有创造性的“新人”；作家逐渐失去了一种开阔的历史与思想视野，也失去了发现新经验、创造新美学的动力，很难形成真正属于自己的独特的思想艺术观。

在以往的文学史研究中，我们对不同文艺思想派别之间的论争，以及不同时期文学之间的“断裂”较多注意，但较少分析产生这些论争与断裂的前提。而新世纪以来，我们可以更清醒地意识到那些论争与断裂之所以产生，有着不可忽略的重要条件，这主要包括：（1）文学与社会现实、与思想界论争有着密切的联系，并在其中可以起到重要作用，文学不仅仅是“文学”，而且是表达思想情感的重要方式，是人们精神生活的主要形式之一。（2）争论的双方都是严肃认真的，有的将文学作为追求真理的一种方式，有的甚至将捍卫某个文学观点与个人的生死存亡联系在一起。（3）文学的“断裂”与历史的“断裂”紧密相连，并构成了历史“断裂”的重要组成部分。在这个意义上，我们可以理解文学史上某些论争为什么会出现偏激的言论与严酷的事件，也可以理解文学问题为什么会成为一个时代最为核心的思想问题乃至政治问题。或者说，正是对社会现实与思想、政治问题的关切，才促成“新文学”的诞生，以及以思想论争的方式发展与推进的运行机制。当我们今天重新思考“新文学”传统的时候，应该注意到这些前提，而不是以“后见之明”对文学史做出简单的臧否，如同现在不少研究者所做的那样，这在“十七年文学”研究领域尤为突出。

王晓明在《一份杂志和一个"社团"——重评"五四"文学传统》一文中指出，"如果我们换一个角度，不但注意到'五四'那一代作家的创作，更注意到'五四'时期的报刊和文学社团，注意到它们所共同构成的那个社会的文学机制，注意到这个机制所造就的一系列无形的文学规范，譬如那种轻视文学自身特点和价值的观念，那种文学应该有主流、有中心的观念，那种文学进程是可以设计和制造的观念，那种集体的文学目标高于个人的文学梦想的观念……如果把这一切都看成'五四'文学传统的组成部分，而且是非常重要的组成部分，我们对20世纪30年代中期以后文学大转变的内在原因，是不是就能有一些新的解释呢？"[①]

在这里，王晓明敏锐地意识到了"文学机制"的重要性，但对"五四文学传统"的"文学机制"有着批判性的意见。在我们今天看来，有以下几点是应该重新思考的：（1）正是这一机制生产出了"五四文学"，我们不能轻易否定。（2）这一机制的重要作用，在于将文学与社会、思想乃至世界有机地结合在一起。（3）失去这一机制，文学的发展也就陷入了停滞与保守——停滞是由于思想论争的缺失导致文学丧失活力，保守是由于文学观念仅停留于停滞之时，不能再与新时代的新经验发生碰撞与交流，在现实中发展出新的美学。王晓明对"五四文学传统"中负面因素（那种文学进程是可以设计和制造的观念，集体的文学目标高于个人的文学梦想的观念等）的批评十分犀利，也是我们反思新文学传统时应汲取的教训。但是另一方面，当我们谈论"文学自身""个人的文学梦想"之时，仍是在"新文学"的内部——"新文学"的基本观念与运行机制的基础上——来讨论的。当我们的时代远离"新文学"，不再将文学作为一项重要的精神或艺术事业时，也就无所谓"文学的梦想"了。

---

① 王晓明：《刺丛里的求索》，上海远东出版社，1995年版，第293页。

在这个意义上，“新文学”的运作机制中虽然存在种种尚待深入认识的弊端与教训，但以思想论争建立起文学与时代、思想、世界的密切联系，这一基本的运作方式是值得借鉴与珍视的。只有在这一运作方式中，文学才能取得活力，才有持续发展的动力。

5.“新文学终结”之后，会怎样？

可以说，我们正在经历“新文学”逐渐瓦解的过程，但是“新文学”尚未真正终结，那么我们可以设想一下：“新文学终结”之后，会发生什么状况呢？

我想大体可以包括以下几个方面：（1）对于文学界来说，严肃文学越来越少受到人们关注，而通俗文学、类型文学大行其道，文学界的生态将会重新返回“新文学”建构之前的状态，文学的功能将更多地转为消遣与娱乐，文学在整个社会领域的位置越来越边缘。（2）相应地，文学研究机构及生产机构（如作协、出版社、大学中文系等）在整个社会领域中的位置也会越来越边缘，文学研究不再与社会、思想界互动，而只成为一种专业研究领域。（3）对于整个社会来说，也将失去文学这一思想空间与公共空间。

在《日本现代文学的起源》的中文版序言中，柄谷行人说，“我写作此书是在20世纪70年代后期，后来才注意到那个时候日本的‘现代文学’正在走向末路，换句话说，赋予文学以深刻意义的时代就要过去了。在目前的日本社会状况之下，我大概不会来写这样一本书的。如今，已经没有必要刻意批判这个‘现代文学’了，因为人们几乎不再对文学抱以特别的关切。这种情况并非日本所特有，我想中国也是一样吧：文学似乎已经失去了昔日的那种特权地位。不过，我们也不必为此而担忧，我觉得正是在这样的时刻，文学的存在根据将受到质疑，同时文学也会展示出其固有的力量”。柄谷所否定的是僵化的“现代文学”，“这个现代文学已经丧失了其否定性的破坏力量，成了国家钦定教科书中选定的教材，这无疑已是文学的僵尸了”[①]。可以说，在今天我们所经历的是与日本20世纪70年代相似的状况，柄谷试图将“现代文学”及其认识装置“问题化”，从而使文学“展示其固有的力量”。但在我看来，当意识到“新文学”正在瓦解之时，我们更有必要从整体上分析其基本观念、运行机制，以把握未来的变化。

在中国数千年的历史中，传统文学从来没有像20世纪“新文学”这么重要，在经史子集的知识秩序中，文人的诗文集被排在最后，小说、戏曲更被视为卑下的文体。“新文学”将小说、戏剧、诗歌、散文提高到前所未有的位置，并赋予了其“新文化”的使命，在20世纪的启蒙、救亡以及精神构建中起到了重要的作用，这也是文学与作家为人尊重的原因。如果我们将“新文学”视为中国文学发展中的一种特殊与例外，而现在的文学状况是一种“常态”，那么也必须同时接受“卑下”的命运。

在现实的生活中，我们也可以发现，当文学不再被当作一种精神事业，不再与时代、思想、世界相联系的时候，很多优秀的文学从业者与文学读者，也转身离开了文学。而当这一状况更加恶化时，“新文学的终结”就真的到来了。当然“新文学终结”之后，也可能会出现零星的文学天才，但他们的处境无疑会更加艰难。大多数的文学从业者将会在生产—消费的资本逻辑中疲于奔命，“不仅收入得不到保障，很多年轻网络作家甚至因为熬夜写作、劳累过度而猝死”[②]，这样的新闻已不止一次出现在报端。在这里，文学与作家都被纳入资本主义生产逻辑之中，文学成为消费品，作家则成为文字劳工。

---

① 柄谷行人：《日本现代文学的起源》，赵京华译，三联书店，2003年版，第1、3页。

②《揭秘网络作家背后的辛酸和卑微》，http://club.news.sohu.com/fazhi/thread/12ou907wp1o/

当然，“新文学”还有另一种终结的方式，也是一种理想的方式，那就是在维持“新文学”基本前提与运行机制的基础上，重建一种新型的文学与时代的关系，在变化了的中国与世界之中，发展出一种新世纪的“新文学”：一种新的中国与世界的想象，一种新的美学，一种新的文学运行机制。虽然在现实中，对这种可能性我们没有理由乐观，但无疑这是“新文学”最好的道路，或结局。

6. 小结

本文从新世纪以来文学遭遇的危机出发，研究了“新文学的终结”对当前文学创作与研究可能产生的影响。通过上述分析，大体可以明确以下看法：

（1）当前文学所遭遇的危机，并非某个具体问题的危机，也并非短时期的危机，而是一种总体性危机，这一危机可以命名为“新文学的终结”。

（2）在这一视野下，可以将五四新文化运动至20世纪80年代的文学视为一个整体（“新文学”），将20世纪中国文学视为“新文学”建构、发展及瓦解的过程。

（3）在此基础上，我们总结了“新文学”的基本观念及位置：“新文学”具有先锋性、严正性与公共性。“新文学”不仅在新文化中占据中心位置，而且在整个社会领域有着广泛的影响力。

（4）我们也分析了“新文学”运行机制的基本特征：以思想论争与文学革命建立起文学与时代、思想、世界的密切联系，并以其先锋性开拓新的精神空间。

（5）最后我们探讨了“新文学终结”所带来的两种可能：“新文学终结”之后，文学的生态彻底返回到“五四”之前；发展出一种新世纪的“新文学”。

在一个多世纪的时间内，中国的“新文学”伴随中国走过了最具艰难险阻的道路。从启蒙到救亡，从“为艺术而艺术”到“为工农兵服务”，中间经历了那么多波折与苦难，可以说“新文学”记录了中华民族的“心灵史”，开拓了20世纪中国人的精神空间，也为我们奉献出了最为优秀的作家和作品。而今，“新文学”自诞生至今刚过一百年，已经处于逐渐瓦解之中，在这样的历史时刻，当我们想到“五四”先贤的热血，不禁感慨万端，又只能勉力前行。但愿“新文学”能够顺利发展，也希望“新文学”的精神永存于世。

如何讲述新的中国故事

在当今时代，为什么要关注如何讲述中国故事的问题？原因有两个方面：一个是中国已经发展到了一个新阶段，中国文学也形成了一种新格局，需要以新的视野去重新看待中国与中国文学，在这样一个历史时期，作家有必要，也有可能讲述出与以往不同的新的中国故事；另一个是对于青年作家来说，他们在经验、视野、美学等各方面，与前几代作家已经有了很大的差异，他们处在一个新时代，处在最有创造力的年龄，也有着远大的抱负与追求，如果他们有这样的愿望与能力，必定可以讲述出新的中国故事。

近代以来中国遭遇了严重的民族危机与社会危机，只是在新中国成立以后，中国人才开始掌握自己的命运，但是中国在社会经济与生产方面仍处于落后的状态；改革开放以来，中国开始实行以经济建设为中心的政策，在短短30多年的时间内，中国的经济实力得到了飞跃式的发展，现在已成为世界第二大经济体，在世界上占据着举足轻重的位置。可以说当今这个时代是中国自近代以来一个重要的转折点，中国人不再是“弱者”，也不再是“落后者”，而正走在民族复兴的伟大道路上，中国人不仅在探索中国的未来，也在探索着整个世界的出路。这可以说是中国人在世界上位置的转折点，也是中国人自1840年以来精神历程上的转折点。“五四”以来，中国“新文学”伴随中国走过了最具艰难险阻的道路，从“启蒙”到“救亡”，从“为艺术而艺术”到“为工农兵服务”，中间经历了那么多波折与苦难，可以说“新文学”记录了中华民族的“心灵史”，开拓了20世纪中国人的精神空间，也为我们奉献出了最为优秀的作家和作品。在当前这个历史时期，中国与中国文学都处在一个重要的历史转折点上，我们期待青年作家可以讲出新的中国故事。

当前青年作家创作较为活跃，他们可以说是当代文学创作的主要力量之一，不少青年作家已经展现出了大气象。但在这个青年作家会议上，我更想谈的是局限，以期在相互砥砺中共同提高。在我看来，青年作家的局限主要在于两个方面：一是他们的视野与格局较小，大多从日常生活的角度切入现实，很难有一种更宏大的把握历史的能力，在思想上也缺乏创造力，而只注重个人感受。个人感受当然很重要，但仅有个人感受是不够的，还需要思想的穿透力，我认为这是当前青年作家需要思考的重要问题。二是他们受前辈作家美学上的影响过于强烈，尚未从他们的影响中摆脱出来，形成真正属于自己的艺术世界与艺术风格。一个真正成熟的作家当然会汲取前辈作家的营养，但更重要的是要有自己真正艺术上的创造，这样的创造不是写得像前辈作家那样，而是像前辈作家那样写——为自己丰富、复杂而微妙的个人体验寻找到一种恰当的艺术形式，而不是以一种固定的美学规范去制约自己丰富的体验。

“文学是国民精神前进的灯火”，讲述中国故事，并非简单地为讲故事而讲故事，而是要以文学的形式凝聚中国人丰富而独特的经验与情感，描述出中华民族在一个新时代最深刻的记忆，并想象与创造一个新的世界与未来。所谓中国故事，是指凝聚了中国人共同情感的故事，在其中可以看到我们这个民族的特性、命运与希望。在这个意义上，《红楼梦》讲述的是中国故事，鲁迅讲述的是中国故事，我们今天则需要讲述新的中国故事。对于今天的青年作家来说，我们可以讲述一个个体的故事，可以讲述一个家族的故事，也可以讲述一个阶层的故事，但更重要的是，我们如何将个人、家族或阶层的故事讲述为中国故事？——这需要作家具有深刻的洞察力，开阔的视野，以及创造中国新文化的自觉意识。

首先，青年作家要有“历史感”。现在的青年作家所经历的时代是一个剧烈变化的时代，改革开放30多年来，我们国家的各个方面都发生了巨大的变化，置身其中的每个人也都经历了这一重要的历史进程，青年作家对这些变化更加敏感，这些在他们的作品中也有不少表现。如果能够真正写出这一巨变，写出我们这个民族的“心灵史”，将会是重要的经典作品，这也是不少作家追求的目标。但是要写出这一剧烈的变化，不能沉浸在日常生活中，不能将当下的现实视为“自然而然”的存在，需要具备一种“历史感”。要充分意识到我们的民族和文化是怎么来的，要到哪里去，需要在历史的变迁中考察中国人的经验与情感，衣食住行的变化，这里面既有激烈的冲突，也有细微的差异，但只有在历史的视野中，才能看到很多事情并非自然而然的，也并非从来如此的，才能够更深刻地认识当今的时代。具有了“历史感”，也就具有了“现实感”，这可以让作家对现实生活更加敏感，也可以在现实的变化中去把握未来。

其次，青年作家要有新的“世界视野”。由于中国的迅速发展，中国文学在世界上的位置也越来越重要，我们可以在世界文学的范围内来考察当代青年作家的创作。在今天，青年作家不必再以追赶的心态去面对世界，我们拥有对自己的文化、所走的道路以及未来的自信，可以用一种更加平和的心态去观察与思考，这可以说是一个新视野。中国的青年作家与其他国家的青年作家共同面对着这个世界，他们不是“走向世界”，而是在“世界之中写作”，这对于中国作家来说也是前所未有的一种新坐标。“五四”以来尤其是20世纪80年代以来，中国文学有一种强烈的“影响的焦虑”，因为作家们总是在西方文学的参照下写作。但是现在，青年作家可以说与其他国家的青年作家站在同一起跑线上，在某些方面或许还占有优势——比如作为生活资源的改革开放以来的剧烈变革的时代，以及作为思想资源的传统中国文化等，这些都是别国青年作家所难以深刻体验的。青年作家不仅在创造中国文学的历史，而且有可能改变世界文学的格局，这是时代为青年作家提供的机遇，当然他们尚需要通过作品去充分证明自己，但这对于有追求的青年作家来说，无疑是值得去努力的。

再次，青年作家要有一颗“中国心”。最近在文艺界有所谓“中国风”，这可以说是巨大历史变化的一部分，作家艺术家不再以西方文化为圭臬，而开始以中国文化的眼光打量世界。在这个意义上，“中国风”是值得肯定的，但又是不够的。真正的问题在于，怎么让“中国风”转变成真正表达中国人的经验、情感与精神的艺术，怎么从“中国风”变成“中国心”。可以说“中国心”是当代中国人正在蓬勃发育中的民族精神，是千千万万中国人在创造生活实践中体现出来的时代精神。只有有了“中国心”，才能从内在的角度更深刻地把握中国人的经验与情感，才能呈现出中国人的精神与灵魂。但需要强调的是，这里所说的“中国心”是当代中国人的精神，它不同于传统中国文化，也不同于现代西方文化，而是既“现代”又“中国”的新文化，是在当代中国现实中熔铸而成的新的中国文化。可以说这样的新文化尚在形成之中，而青年作家讲述的新的中国故事，或许可以为新的民族精神融入自己的力量。

“如竟没有炬火，我便是唯一的光”

——90年来“新人”形象之变迁

“新人”是指新出现的某一类人，在文学中主要指具有时代色彩的、新的人物形象。这些人物是社会与文艺思潮的产物，他们站在时代的最前沿，引导着一个时代的风潮。“新人”既可以指某一类青年，也可以指代某一阶层，如知识分子、农民、解放军等。在这些“新人”身上，凝聚着时代风云与社会的风向，也集中了一个时代最核心的精神命题。通过对不同时代“新人”的考察，可以窥见社会思潮的发展与变化。

“五四”新文化时期，伴随着启蒙主义思潮的兴起，涌现出来的“新人”追求个性解放与爱情自由，他们打破封建礼教的枷锁，反抗既定的社会秩序，追求个人的幸福与社会的出路。这体现在很多作品中，尤其在鲁迅的《伤逝》、巴金的《家》中得到了最为深刻的表达。鲁迅的《伤逝》通过对子君与涓生爱情故事的描述，不仅让我们看到了他们冲决罗网的勇气，而且通过他们最终的悲剧，也让我们看到了启蒙视野下“爱情”的局限——如果不能突破社会的桎梏，两个人追求的“爱情”也是脆弱的。在巴金的《家》中，觉新、觉民、觉慧三位青年反抗封建家族，追求爱情、自由与科学，道出了一代青年的心声。觉新与觉慧更成为当时青年的典型：觉新徘徊于旧秩序与新知识之间，内心充满煎熬与挣扎，但他终究没有冲破旧伦理的制约，只能成为时代的牺牲品；而觉慧勇敢地反抗旧家庭与旧秩序，追求个人与社会的新生，大胆地走出了新的道路，他的选择也激励了一代青年，鼓励他们投身到社会的变革之中去。这个时期的“新人”大多是青年学生，也有知识分子，如叶圣陶《倪焕之》中的倪焕之，郁达夫笔下的知识分子等，可以说在他们身上，寄托着一个时代的希望。

20世纪30年代，中国面临的社会矛盾与民族矛盾进一步加剧，左翼思潮开始在文艺界占据主流，文学作品中的“新人”形象仍以青年与知识分子为主，如柔石《二月》中的萧涧秋，丁玲《一九三〇春上海（之一、之二）》中的青年，蒋光慈小说中的革命者等。在这些作品中，我们可以看到青年思想的转变，以及他们从书斋走向社会、探寻中国出路的过程。杨沫的《青春之歌》虽然出版于1958年，但书中描述的以林道静为代表的青年知识分子走向革命的过程，也代表了这一代青年的心路历程。

20世纪40年代，在解放区文学中，另一种“新人”形象开始浮现出来，那就是农民中的先进分子，以及基层共产党员的形象。这既是中国革命的深入发展在文学上的表现，也是文艺思潮变化所产生的结果。在鲁迅等作家的笔下，农民第一次大量出现在文学作品中，成为时代关注的对象，但在启蒙主义的视野中，农民是愚昧保守的，作家的态度是“哀其不幸，怒其不争”的。而在马克思主义的视野中，“人民才是创造历史的动力”，只有将占人绝大多数的农民团结起来参与革命，才能从根本上解决中国所面临的内忧外患。《白毛女》中的大春，赵树理笔下的“小字辈”，《高干大》中的高干大，这些新的农民形象不断涌现，他们不再甘于忍受命运的重压，开始以自身的力量影响历史，从而在进入历史的过程中获得了主体性。

这一趋势在新中国头三十年的文学中，得到了更为突出的表现，在赵树理的《三里湾》、柳青的《创业史》、周立波的《山乡巨变》、浩然的《艳阳天》等作品中，可以看到一种新农民，他们是“社会主义新人”，梁生宝、刘雨生、萧长春可以说是其中的典型，他们大公无私，团结村民克服种种困难，坚定不移地走社会主义道路。在这里，值得注意的是，这些先进农民同时也是基层共产党员。如果说在《倪焕之》《二月》等作品中，知识分子试图深入农村，以教育的方式启发民智，那么在《创业史》等小说中，“知识分子—农民”的结构已然被转变为“共产党员—农民”结构。在这里，共产党员取代了原先知识分子的位置，与知识分子不同，他们是生活在农村的农民，对农村的情况较为熟悉，但同时他们又受到了先进思想的影响，将新的文化带到了农村，所以他们较之知识分子对农村具有更大的影响。

到了20世纪80年代，另一种“新人”出现在了作家的笔下。路遥《人生》中的高加林无法在城市工作，对农村又无法产生认同感，由此产生了无尽的苦恼；《平凡的世界》中的孙少平终于走出了乡村，他的哥哥孙少安也开办起了砖厂，盖起了气派的砖房。将这些“新人”与我们前面提到的梁生宝、萧长春等“社会主义新人”比较起来，可以发现他们具有以下的不同之处：一是他们与乡村是分离的，而不是融合为一体的；二是他们更追逐经济利益，而不注重政治等其他方面的利益；三是他们追逐个人利益或个人意义上的成功，而不注重或较少注重集体或国家的利益。这些“新人”在很大程度上表现出了与欧美19世纪文学中的一些形象相似的特征，比如《红与黑》中的于连、《幻灭》中的吕西安、《高老头》中的拉斯蒂涅，以及德莱塞《美国的悲剧》中的克莱德等。如果说这些人物是资本主义时期欧美文学中的“新人”，或许我们也可以将新时期文学中的这些人物命名为“个人主义新人”。与此同时，在王朔的《橡皮人》《顽主》等作品中，也出现了一批新的城市青年形象，他们以痞子的方式调侃一切，这可以说是革命理想失落之后的一种表现。

新时期另一种“新人”形象，则是具有开拓精神的共产党员形象，如《乔厂长上任记》中的乔厂长，《新星》中的李向南，《沉重的翅膀》中的郑子云，等等，这些共产党员肩负着改革的重任，锐意进取，在复杂的环境中开拓出了新的局面。与20世纪50至70年代“新人”不同的是，这些主人公都是较高级别的干部，小说中不仅描写他们事业上的奋斗，同时也涉及了他们的感情生活等更多侧面，让我们看到了更加“人性化”和个性化的共产党员。

20世纪50年代的“新人”形象中也有青年知识分子，如王蒙《组织部新来的青年人》中的林震等，这些年轻人朝气蓬勃，勇于批评，充满了理想主义。但是到了20世纪90年代，刘震云的《单位》《一地鸡毛》里的小林则象征着另一种“新人”，或曰新青年知识分子，他们在生活中处处不如意，为一块豆腐而奔波，为老婆的调动，为水费而奔波。同时期的“新写实小说”描述了很多这样的主人公，他们置身于平庸的现实秩序中，无法反抗，只能逐渐适应，这显示了在严峻的现实面前，青年知识分子主体精神的失落。20世纪90年代中期，在“现实主义冲击波”的代表作品中，塑造了一批新的乡村干部形象，面对乡村的凋敝与重重困难，他们四处奔波，劳碌，奋力去解决各种问题，这也从侧面显示了“三农问题”的严重性。

新世纪以来，“青春文学”为我们塑造了一批反叛青年的形象，但他们所反叛的只限于高考及教育制度，缺乏对世界的整体认识与把握；在“底层文学”的代表作品中，我们可以看到新时代的农民、打工者与下岗工人，这些新的人物形象不仅带出了社会问题，同时也探索着改变的途径。如曹征路《问苍茫》中的打工者唐源、柳叶叶便代表了新一代打工者的觉醒，他们以维权的方式维护打工者的利益，展示了一种改变的可能性；在“主旋律小说”中，反腐小说为我们提供了一些优秀的共产党员形象，如《抉择》中的李高成等，这些作品既显示了复杂的社会现实及其阴暗面，也显示了共产党人面对现实的决心与信心。

“新人”蕴含着新的问题与新的美学，也显示了不同时代的核心精神。从上述梳理中我们可以看出，“新人”形象大多是青年，在他们身上既凝聚着新的社会问题，也显示出了新的审美风向。青年代表着一个民族的希望，也预示着一个时代的走向，通过对一个时代的青年的关注，可以把握住时代跳动的脉搏，也可以在文学中创造出“新人”。新世纪的青年应该努力去开拓自己的未来，去探索中国的出路，如鲁迅先生所说：“愿中国青年都摆脱冷气，只是向上走，不必听自暴自弃者流的话。能做事的做事，能发声的发声。有一分热，发一分光，就令萤火一般，也可以在黑暗里发一点光，不必等候炬火。此后如竟没有炬火，我便是唯一的光。”

我们如何想象农民

从文学史的脉络来看，描绘旧式农民或“老中国的儿女”，表现他们的愚昧、落后、保守，这是从鲁迅的《阿Q正传》《祝福》以来中国现代文学对农村的经典叙述与“想象”。这一叙述在“解放区文学”中得到了改变，赵树理曾塑造出小二黑、小芹等新一代农民的形象。但相对而言，赵树理更擅长的是描写旧式农民在历史进程中的犹豫与矛盾，他说自己“对旧人旧事了解得深，对新人新事了解得浅，所以写旧人旧事容易生活化，而写新人新事有些免不了概念化”。

新中国成立后，随着“社会主义现实主义”原则的贯彻，1947年所提倡的“赵树理方向”不再被提起，“‘善于写旧式人物、而不善于写前进的新人物’似乎成了赵树理的一个定论”。正是在这个意义上，赵树理的《三里湾》发表后，得到了褒贬不一的评论。批评者认为《三里湾》的缺点在于不能很好地塑造“农民中的先进人物形象”，没有表现出两条路线斗争的“尖锐性”。

《三里湾》中被认为存在的“不足”，很快被另一部小说弥补，这便是柳青写于1960年的《创业史》（第一部）。对于《创业史》，尤其是小说中所塑造的梁生宝这一新人形象，好评如潮。冯牧认为，农村共产党员萧长春这个光辉形象的塑造，“应当被看作是十年来我们文学创作在正面人物塑造的重要收获”，“在梁生宝身上，我们可以看到：一种崭新的性格，一种完全是建立在新的社会制度和生活土壤上面的共产主义性格正在生长和发展”。

但有意思的是，围绕着《创业史》，很快就发生了梁生宝与梁三老汉两个形象哪个更成功的讨论。《创业史》出版后不久，邵荃麟就指出：“《创业史》中梁三老汉比梁生宝写得好，概括了中国几千年来个体农民的负担”，“我觉得梁生宝不是最成功的，作为典型人物，在很多作品中都可以找到。梁三老汉是不是典型人物呢？我看是很高的典型人物”。此后严家炎在一系列文章中，更为系统、明确地指出《创业史》中最有价值的人物形象是梁三老汉而不是梁生宝。他认为，“作为艺术形象，《创业史》里最成功的不是别个，而是梁三老汉”，梁三老汉是“全书中一个最有深度的、概括了相当深广的社会历史内容的人物”。

严家炎的文章引起了强烈的反响，作者柳青也忍不住著文反驳，他认为严家炎的评论提出了一系列“重大的原则问题”，他指出：“《创业史》这部小说要向读者回答的是：中国农村为什么会发生社会主义革命和这次革命是怎样进行的。回答要通过一个村庄的各阶级人物在合作化运动中的行动、思想和心理变化过程表现出来。”而只有通过梁生宝这个形象，才能表现这一主题。

在对这一争论的分析中，李杨指出：“在柳青的理解中，《创业史》并不是通过梁三老汉的选择表现农民的成长的‘现实主义’小说，而是通过梁生宝的形象创造出中国农民的新的本质，《创业史》不是一部以故事为主体，通过情节与叙事来描述本质形成过程的‘成长小说’，而是一部通过主人公的性格来展示已经形成的阶级本质的带有强烈象征性的现代小说。”“只有将梁三老汉与梁生宝放置在20世纪中国文学的知识谱系中，我们才可能发现，所谓的‘中国农民’并不是一个内涵一致、固定不变的统一体，而是一个千差万别的概念。并不存在共同的‘农民’经验。‘农民’是历史的产物，而不是自然的产物。换言之，它不是先于历史而存在，而是在历史中形成的社会范畴。”

李杨将梁生宝形象的塑造，看作是创造中国农民的新的本质的努力，并在此基础上将他与梁三老汉等代表“旧本质”的农民并列，是极富洞察力的。这种创造“新本质”的过程，同时也是对“理想农民”的想象与叙事过程，正是在想象与叙事中，“新本质”才在文本中得以呈现。

值得注意的是，《创业史》《艳阳天》两部作品中的主人公在现实生活中都有原型。在柳青的纪实性特写《皇甫村的三年》中，我们得知《创业史》中梁生宝的原型，是一个名叫王家斌的青年农民。而《艳阳天》的主人公萧长春的原型是萧永顺：“萧永顺以前是个为受苦人争取解放而打过仗、立过功的英雄；无产阶级夺得政权以后，他又成了率领着乡亲父老们，朝着共同富裕的目标奋斗拼搏的一条好汉。”

事实上，正是现实生活中农村“新人”的出现，启发了作家们的创作。在推翻“三座大山”、建设新中国的过程中，中国农民焕发出了极大的热情与空前的凝聚力，他们以“愚公移山”般的坚韧与耐心，创造出了惊天地、泣鬼神的奇迹，他们不仅改变着历史，也在这一过程中改变着自身，同时也改变了他人对农民的认识、叙述与想象。他们体现出来的农民的“本质”，不仅不再是愚昧、落后的，而且有着改天换地的豪情和大公无私的精神，王家斌与萧永顺不过是他们中的两个具体的例子，而梁生宝和萧长春不过是他们在文学形象上的集中与概括。

到了新时期，另一种“新人”出现在了作家的笔下。路遥《人生》中的高加林无法在城市工作，对农村又无法产生认同感，由此产生了无尽的苦恼；《平凡的世界》中的孙少平终于走出了乡村，他的哥哥孙少安也开办起了砖厂，盖起了气派的砖房；贾平凹《腊月·正月》中的王才原是个又瘦又小，冬天穿不起袜子，谁也瞧不起他，政策开放后办起了食品加工厂，很快富起来，春节时他花钱请来了戏班子为全村唱戏，其价值也得到了社会的认定；甚至张炜《古船》里颇具思想者气质的隋抱朴，一边思考着《共产党宣言》，一边也在关心着村里的粉丝厂。

将这些"新人"，与我们前面提到的梁生宝、萧长春、高大泉等"社会主义新人"比较起来，可以发现他们具有以下的不同之处：一是他们与乡村是分离的，而不是融合为一体的；二是他们更追逐经济利益，而不注重政治等其他方面的利益；三是他们追逐个人利益或个人意义上的成功，而不注重或较少注重集体或国家的利益。这些"新人"，在很大程度上表现出了与欧美19世纪文学中的一些形象相似的特征，比如《红与黑》中的于连、《幻灭》中的吕西安、《高老头》中的拉斯蒂涅，以及德莱塞《美国的悲剧》中的克莱德等。如果说这些人物是资本主义时期欧美文学中的"新人"，或许我们也可以将新时期文学中的这些人物命名为"个人主义新人"。

需要指出的是，我们上面所讨论的是文学作品中所出现的"新人"形象，与他们相对的是"旧式农民"。这些"旧式农民"在20世纪80年代的文学作品中得到了更多的描绘与塑造，这一方面在于所谓"旧式农民"在我国确实更多，另一方面这个时期的文学与思想潮流，也将新时期以前的社会描述成一个"前现代的社会"，从而重新提出了"反封建""反思国民性"等命题。所以在文学作品中，我们在新时期文学中很少看到"社会主义新人"与"个人主义新人"的直接冲突，而看到的更多是"个人主义新人"与"旧式农民"的冲突。在新时期以前的文学中，我们不仅可以看到"社会主义新人"与"旧式农民"的冲突，也可以看到"社会主义新人"与"个人主义新人"——当时所谓"走资本主义自发道路的人"，如郭振山、马之悦、张金发等等——之间的冲突。

正是在与"旧式农民"的对立中，"个人主义新人"才找到了合理性与合法性。对“旧式农民”有较为深入刻画的作品，主要有高晓声的《李顺大造屋》《陈奂生上城》、朱晓平的《桑树坪记事》、古华的《爬满青藤的古屋》、郑义的《远村》、叶蔚林的《五个女子和一根绳子》、莫应丰《驼背的竹乡》等。这些作品描绘出了一幅幅愚昧、落后的农村场景，在塑造“旧式农民”形象的同时，着力表现他们精神被扭曲的生存现实，以及食物的匮乏与性的压抑，显示了他们生存现状的蒙昧状态。他们在此之前的生存似乎只具有空间的意义，不具备在时间向度上的移动，而改革开放作为解放性的事件，使其中的“新人”告别了封闭的空间与僵化、凝固、窒息的传统，走向了新的未来。

如果说“社会主义新人”与“个人主义新人”分别代表了中国不同时期的现代化理想和想象，那么在现代化的角度上看，他们并无不同，他们都是要告别“旧式农民”与旧中国，但他们的出发点和要达到的理想社会并不相同。

20世纪90年代出现的作品，对“新人”较为冷漠，却对“旧人”产生了极大的兴趣，有的甚至表现得不无理想化，这是颇有趣味的。在这些作品中，最值得注意的是《白鹿原》。

《白鹿原》塑造了一个“旧式农民”或曰旧式乡绅的理想人物白嘉轩，他是一位儒家道德传统的忠实实践者，所奉行的处世之道是仁义。他大度地对待长工鹿三一家，从不克扣、从不拖延给鹿三的工钱及粮物。他把自己的两个儿子送到学堂读书，像对待自己的儿子一样也同样给鹿三的儿子黑娃置备了学习用具，并亲手把黑娃送进学堂。在白鹿原，鹿子霖是暗中同他较量的对手，鹿子霖拆他家的房，指使田小娥引诱他的儿子白孝文堕落，使他无比难堪，但白嘉轩得知鹿子霖被逮后，“他没有幸灾乐祸，反而当即做出搭救鹿子霖的举措，就是要在白鹿村乃至整个原上树立一种精神。……让所有人都看看，真正的人是怎样为人处世，怎样待人律己的”。黑娃当上土匪后，派人收拾白家，打断了白嘉轩的腰板，使他永远不能昂首挺胸，还砸了对于白嘉轩具有神圣象征意义的祠堂。白嘉轩同样宽恕了他。白嘉轩凭着自己的笃定的信念，宽恕仇家，被小说里的朱先生盛赞："这心肠这肚量这德行，跟白鹿原一样宽广深厚永存不死"。

白嘉轩是儒家文化渗透到旧乡村伦理道德中的化身，有意思的是，他代替了文学中的"新人"，充当了这一时期理想的农民（乡绅）形象。这不仅是对现代化本身——"社会主义新人"与"个人主义新人"所代表的历史方向——的反思，也反映了理想型人物在不同层面上的转变，比如，由"农民"到"乡绅"（地主）的转变，由政治、经济到"文化"的转变，由"西化"到"传统"的改变，等等。这一转变不仅体现在《白鹿原》里，也或多或少地体现在此一时期出现的众多"家族小说"中，而其流风余韵至今不绝，比如严歌苓的《第九个寡妇》、莫言的《生死疲劳》等，在叙述中都对旧式"地主"或乡绅进行了美化。

到今天，我们的文学中已经很少看到现实农村中的理想农民了。20世纪90年代中期，"现实主义冲击波"提供的是"分享艰难"的乡村干部，近年的"底层文学"描绘的则是众多在现实的压力下或固守家园，或进城打工的农民，他们更多的是挣扎在现代化的进程中"听天由命"，在某种意义上也可称为"旧式农民"。他们既没有"社会主义新人"改天换地的豪情，也没有"个人主义新人"开拓进取的意识，更缺少"封建主义旧人"在文化上的尊严与自信，在政治、经济、文化上都处于无力或无言的状态。

由"社会主义新人"到"个人主义新人"，再到"旧式乡绅"，这些农村中理想型的人物形象的演变，以及当今理想型人物的缺席，从一个侧面展示了时代与文学思潮的变迁。今天，我们能否塑造出新的农民形象？要回答这一问题，或许不仅要诉诸作家的想象力，也要诉诸历史与新文化的创造。

小说如何切入现实

在今天，谈论小说与现实的关系，谈论现实主义，似乎已经是一个过时的话题，这是由于我们仍置身于20世纪80年代的思想框架与话语方式的笼罩之中。在这样的文学视野中，似乎只有形式、技巧、叙述、语言才是值得讨论的话题，只有现代主义、后现代主义才是值得追踪的最新理论，只有欧洲与美国的作家才是值得效仿的"大师"。这样一种对文学、理论与世界的认识无疑是一种幻觉、一种想象，是一种一厢情愿式的自我蒙蔽。建立在西方中心主义与文学进化论之上的这一系列"观念"，如今已经成了具有笼罩性的"审美意识形态"，被视为一种理所当然，在文学界占据主流的位置，却从未得到深刻的质疑与反思。

当文学回避现实，或者不从现实中汲取诗意与灵感时，它所注重的便是对经典作品的模仿或戏仿。就一般而言，学习或借鉴经典作品，并不是应该指摘的错误，而是一个作家学艺阶段所必经的过程，"转益多师是吾师"，只有充分学习前辈作家的经验，才有可能在继承的基础上做出独到的探索或创新。现实中却是另外一种情形，不少作家并不将借鉴作为阶段性的过程，而将之作为终极目标，他们的最终追求是写得像某某大师，或者以被称为"中国的卡夫卡”“中国的博尔赫斯”“中国的马尔克斯”等类似的称号为荣。我们不否认卡夫卡、博尔赫斯、马尔克斯是大师，也不否认取得这些称号并不是一件容易的事，但如果仅仅满足于写得像某位大师，却是没有出息的，也是一种失去自信力的表现。而且这种借鉴如果仅仅限于形式上的模仿，不啻买椟还珠，或者刻舟求剑，永远也不会学得大师在他们的时代所具有的开创精神，而只能从文本到文本，写一些经典作品的翻版或中国版，这样的作品正如钱锺书先生所讽刺的，也只能从图书馆到图书馆，形成一种小圈子的内部循环。如果这种模仿仅限于少数作家，也并无大碍，现在的问题是这样的倾向已经成为一种“审美意识形态”、一种文坛的“无意识”，或者一种“纯文学”的标准，因而我们必须打破这样的小循环，重建文学与现实、社会、世界的关系。文学的价值并不在于它像或不像某个经典作品，而在于它在多深的程度上写出了个人的体验或时代精神，并以最适合的艺术形式表现出来。一个有追求、有抱负的作家，不应仅仅在既往的经典面前顶礼膜拜，而应该深深地切入现实之中，并努力探寻最适合自己的艺术形式，也只有这样，才能创造出新时代的经典。

那么，小说该如何切入现实呢？

所谓“现实”并不是透明的，不是客观地呈现在人们面前的。每个人眼中的“现实”都不同，这与每个人所处的社会位置、成长经历与观察世界的角度密切相关。“现实”不会自然而然地反映在创作者的主观世界中，而需要创作者去发现、探索，需要在日常生活与个人体验中不断伸展自己的触角，从而建立起自己的感觉系统与思想系统，以及艺术趣味与艺术偏好。很多作家笔下的现实是粗糙的、模式化的，或者写得与别人“差不多”，就在于对于生活没有新的发现与新的体验，或者无法将之表现出来。其实每个人都有对现实的独特感觉或认识，他（或她）对世界的体验是任何人无法替代的，一个优秀的创作者应该善于抓住这些感觉中独特的部分，探索与别人的不同之处，发掘生活中新的因素与新的体验，并将之呈现出来。只要忠实于个人的体验，写出感觉中的独特之处，便成功了一大半。如果一个作家在创作中泯灭个人的独特体验与感受，而急于认同或模仿他人，或者迎合流行的文艺思潮，那么虽可能引起一时关注，却丧失了艺术创作最为根本的基础。优秀的创作者不仅应该发现生活中的独特经验，而且应该逐步开掘其细微、深切、精妙之处，从而发展出独特的艺术风格与艺术形式，形成一个独特的“艺术世界”，这是一个作家成熟的表现。

对现实的“感觉”是重要的，但并不意味着对思想或理论的排斥，20世纪80年代以来的文学强调“感觉”，将“感觉”与理论对立起来，这种现象蔚然成风，有的作家甚至以没有思想为荣，这是颇为片面的。理论其实并不神秘，不过是对世界的认识与感受的系统化或抽象化阐释，从不同的理论与思想视野出发，看到的“现实”是极不相同的，可以说每一种理论都可以照亮、发现一种现实，有多少种理论就有多少种“现实”，如果我们的作家对观察世界的那么多种视角毫无所知，只限于经验层面的观察与思考，必然使自己的“感觉”受到极大的局限。正如伊格尔顿所言，一个人说自己对理论不感兴趣，其实不过是信了最流行、最庸俗的理论，只是缺乏反思的能力而已。只有了解理论，才能对当代社会及其变迁有所认识与把握，现在不少作家的问题意识或思维习惯仍停留在20世纪80年代，对变化了的中国现实毫无感觉，缺乏理论的兴趣或素养应该是造成这种问题重要的原因之一。另一方面，我们当然也不能将理论做教条化的理解，理论只是观察世界的一种角度与方法，任何抽象的理论都无法涵盖生活的丰富性与复杂性，尤其是转型期中国的纷纭复杂更不是某一种理论所能阐释的，我们可以借助但不必迷信理论（尤其是西方理论）。只有这样，才能在个人体验的基础上形成对世界的独特认识，而文学的敏感性与具体性，也可以使之捕捉住理论所无法概括的经验或感受，以其生动性与形象性弥补理论的不足。

“日常生活”是20世纪90年代以来评论界所强调的一个概念，与之相伴随的是“新写实主义”“私人生活”“下半身写作”，是“宏大叙事的解体”。对日常生活的发现与描写，使文学发现了以往被遮蔽的新视野，同时“日常生活”概念的出现可以说是症候式的，是整个社会与知识界去政治化、去组织化、去历史化的一部分，使人们只关注私人空间、“个人”与当下。今天，我们如何理解“日常生活”与现实的关系，如何理解个人体验与时代精神的关系？我以为，“日常生活”并不是“现实”的整体，而只是其中的一部分，每个人的个人体验都部分地体现了时代精神，时代精神的整体则寓于所有人的体验中并由之汇合而成，并在某些阶层或个体身上有着突出的表现。一个有抱负的作家不应该仅仅描述“日常生活”或“个人体验”，而应以之为基础，去把握“现实”或世界的整体，去触及时代精神或最根本的核心问题，只有这样，才能使创作超越“个人”而获得更为深远的价值与意义。关于“个人”与“纯文学”的神话，是20世纪80年代以来文学知识的构建，我们并不排除文学具有私密性的“个人”价值，以及形式层面的“纯文学”意义，但文学作为现代社会中人类心灵表达与交往的一种形式，作为审美或象征领域中生产与再生产的“符号”，作为意识形态或社会意识形式的一种特殊表现，却必然具有公共性与现实性。

“现代主义”强调人与人之间的差异，强调“他人就是地狱”，“后现代主义”强调主体的破碎，强调人与自我的隔膜，在某种意义上有一定的道理，但其弊端在于将这种差异或隔膜绝对化，认为个人与“他者”或“自我”是不可调和、不可沟通、不可统一的。在绝对的意义上，每个人自然与他人不同，但在相对的意义上，人们又都处于一定的社会结构与生产关系之中，处于一定的现实秩序与历史时期之中，处于阶级、民族、国家、性别的分野与区隔之中。在这个意义上，不存在抽象化或超越性的“人性”，处于同一时代、阶级、民族、国家、性别的人们，具有相对的“共性”，而同样不存在抽象化或超越性的“个人”，作为个人创作的文学，也必然会深深地带有时代、阶级、性别意识的痕迹。

而在特定的历史时期，只有某些阶层才具有把握时代精神的可能性。在今天，底层或“底层文学”的价值也就在于，他们具有其他阶层或文学所不具备的视野，他们相对于其他阶层较少对现实的虚幻性认识与感受。因为他们生活于赤裸裸的真实与残酷之中，切身承受着充满血与泪的所谓“现代性的后果”，“现实”及其秩序构成了对他们的压迫性力量，他们也最具有改变的期望，而这也正是社会进步的动力。正如黑格尔与马克思所揭示的，“奴隶”与“主人”的辩证法决定了“主人”不可能永远居于上层，而底层为自我解放而斗争时，也是在为全人类的解放做最彻底、最坚决的斗争。只有置身于这样的斗争中，只有从底层的视野出发，我们才能看到人类社会的整体与时代最核心的问题，也才能把握与认识当今社会前进的方向，正是在这个意义上，“底层文学”是真正的先锋。

对底层与“底层文学”的认可，并不是对其他阶层或文学的简单否定。其他阶层的文学，只要是严肃认真的创作，也必定隐含着自我意识与阶级意识，或有着对艺术形式的独特探索，这对于丰富我们的认识与美学也具有重要的价值。但正如我们所指出的，这些创作者的生活与精神状态，他们的美学趣味与偏好，决定了他们的探索的局限，即他们对现实的认识更多具有虚幻性因素，或者只能部分地切入现实，而无法把握“现实”的整体，因而只能沉溺于“自我”的抚摸与呢喃，这正是我们在不少知名作家身上看到的衰象。但另一方面，置身或出身于“底层”的创作者，并不先天性地具有“先锋性”。在不少这样的作家身上，我们可以看到他们虽然有底层生活的具体感受，但在思想意识上受到“新意识形态”的笼罩与支配。他们的梦想是通过个人奋斗进入更高的社会阶层，他们在身份或感情上并不认同于底层，有着浓重的个人意识与自我意识，所以他们只能代表他们个人，而不能从整体上代表底层的根本利益与长远利益。这些作家只有具备了“阶级意识”，才能够自觉地站在底层的立场上，承担起自身真正的使命。

对于一个作家来说，如何切入现实呢？除了要发现“现实”及其整体，发现独特的经验之外，还应该寻找到个人的艺术敏感点，寻找最感兴趣的题材，从自己擅长的审美角度切入，才能最大限度地发挥自己的优势。对于同一件事情，不同作家观察的角度不同，感兴趣的点不同，把握的形式不同，所以呈现出来的艺术世界也不同。一个成形的艺术品，既是现实世界的艺术化，也是作家主观世界的“心灵形式”，是主客观的融合，是创作者与世界交流的“结晶”。这是一个创造的过程，也是一个搏斗、挣扎、燃烧的过程，是一个幸福而又痛苦的过程。只有在这样一个过程中，创造出的作品才是“现实”的，才是最具有作家个性、特点与风格的。所以，很多作家都在写现实，他们的风格也都千差万别，带给我们的是迥然不同的艺术世界。比如19世纪的批判现实主义作家，巴尔扎克、狄更斯、司汤达、托尔斯泰、陀思妥耶夫斯基的作品，便都各成一个艺术天地，中国的现实主义作家鲁迅、茅盾、老舍、巴金、赵树理也都有自己独特的语言、风格与世界。而今天的不少作家，一谈写现实，一谈现实主义或现代主义，或者流行哪种文艺思潮，写出的东西便都差不多，这是在创作中失去主体性与独立性的表现，也是不自信或失去创造力的表现。难道我们的喜怒与歌哭，也一定要借助别人的形式吗？别人的歌哭，当然不能确切地表达我们的经验或情感，难道我们不能创造新的形式吗？如果一个作家不能对世界有自己的观察与思考，也不能发现自己的艺术敏感点，而一味去模仿他人，无论是模仿经典作家还是同时代作家，都注定是不会有大成就的。相反，一个作家如果对现实有感受，有关怀，有痛感，有独特的经验和表达的欲望，那么只要寻找到适合的艺术方法与心灵形式，便会给我们打开一个新的空间。这样的作家，才是真正具有创造性的作家，也只有这样的作家，才能让我们看到中国文学的真正希望。

现实主义：越来越广阔的道路

改革开放以来中国经验的丰富性，在中国历史上是前所未有的，在世界历史上也是极为罕见的，这对作家来说既是巨大的机遇，也是巨大的挑战。我们置身于这一进程之中，对之往往习焉不察，但如果在一个更大的视野中来考察，就会发现，我们的生活并不是自然而然的，也不是从来如此的，我们的生活与民族国家的命运紧紧联系在一起，也在随着民族国家的变化而发生变化。对于一个作家来说，如何将个人体验与时代经验“历史化”“相对化”“艺术化”，在作品中凝聚当代中国人的经验与情感，是一个巨大的问题，这也决定了我们是否能够创造新的文学经典，能否攀上文艺的高峰。要达到这一点，我们需要以现实主义的精神与方法，对当代中国人的生活与内心世界进行观察、思考与研究。

“现实主义”是一个丰富的理论体系，也有着曲折复杂的历史。今天我们谈论现实主义，既要面对理论与历史问题，也要面对现实问题。在历史上，19世纪的批判现实主义是现实主义的一座高峰，可以说20世纪欧美的现代主义和苏联、中国的“社会主义现实主义”，都是试图超越批判现实主义的努力，前者将探索的触角深入人类的精神与内心领域，后者则试图从建构而不是批判的角度，重建现实主义与生活的关系。“社会主义现实主义”理论由于教条化而出现了公式化与概念化，在具体实践中遭遇了挫折，无论是中国的“现实主义——广阔的道路”，还是西方的“无边的现实主义”，都试图在理论上对之做出纠正或扩展。在20世纪80年代，新的文艺思潮蜂拥而来，现实主义一度被视为落后、过时的创作方法，来自西方的现代主义催生了中国的“先锋文学”，成为当时占据主流的文艺潮流。但时过境迁，30多年后重新去看，当时风光无限的先锋文学已经很少有人问津，而被视为“落后”的现实主义作品，却仍然能打动今日读者的心，《平凡的世界》就是其中的代表。这不仅可以让我们反思20世纪80年代以来的美学规范，也可以让我们看到现实主义的巨大生命力。在今天，我们可以更加清晰地认识到，现实主义是一条越来越广阔的道路。

事实上，20世纪90年代以来，中国文学的主潮已经发生了转变，不仅先锋文学作家转向了更加平实的写作，而且“新写实主义”“现实主义冲击波”“底层文学”“非虚构”等现实主义脉络不可胜数，在文学界有着不可忽视的影响。但就现实情况而言，“现实主义”并未成为很多人的自觉追求，也没有汇成一股巨大的力量。其原因或许主要在于，“现实主义”在理论上尚未得到足够的重视与研究，在实践中则面临一系列新的问题。在我看来，这主要涉及我们如何重新理解真实性、思想性、文学性等现实主义的基本问题。

真实性是现实主义的内在追求，也是与经验、生活、现实等密切联系在一起的认识与感觉。通常人们会认为，每个人都有自己的生活与经验，都对现实有所感觉与思考，对真实性并不陌生，但其实并非如此，“真实性”并不是轻易可以求得的，在当今这个时代尤其如此。比如经验，我们有个人经验与社会经验，有直接经验与间接经验，有现实经验与历史经验，当这些“经验”发生矛盾时，我们能否形成一个内在统一的经验系统，能否从中形成“真实性”？特别是在新媒体日益发达的今天，每个人都被各种信息包围，这些或真或假的信息构成了一种仿真的“景观”，笼罩在我们的日常生活之上，如果对之没有反思与反省，又哪里会有真实性可言？生活也是如此，当我们自以为了解生活时，可能了解的只是个人生活或私人生活，对他人的生活并不了解，尤其是对其他阶层、性别、种族的人，如果我们缺乏足够的耐心与理解能力，便只能陷入以自我为中心的傲慢与偏见之中，而不能对生活有一种整体性的认识。20世纪90年代以来，理论批评界更多地关注“日常生活”与“个人经验”，这固然也是一种真实，但这种真实只是片面或局部的真实，并不能呈现中国社会的整体。21世纪以来，“底层文学”与“非虚构写作”的崛起，正是对这一弊端的纠正，创作者走出日常生活与个人经验，试图重建文学与世界的整体联系，在一个更大的视野中理解真实性，理解中国与世界。鲁迅先生说：“无穷的远方，无数的人们，都与我有关。”我们对真实性的理解，也应该建基在这样一个开阔的空间之上，在个人体验中写出时代经验，将个人故事与中国故事结合起来。

思想性是与真实性相关的，如果说真实性是呈现在取景框中的风景，那么思想性则是取景框。面对同一个世界，不同的取景框可以发现不同的风景，不同的思想则可以照出不同的现实。思想性的匮乏是当前现实主义面临的重要问题，不少作家满足于生活细节的捕捉与展示，却不愿或无能对当代社会展示其思考，也有的作家热衷于描写感觉与情绪，却不能将感性升华为理性或思想。在经典现实主义作家那里，我们可以发现，他们不仅描述了社会生活的方方面面，也在其中寄寓了他们的思想与理想，及其对人类命运的思考。在19世纪批判现实主义的背后，是深刻的人道主义思潮，在20世纪“社会主义现实主义”的背后，则是社会主义的理论与实践。思想性产生于对当代社会重要问题的思考，以及对时代精神命题的回应，它为我们提供了观察社会的立场、观点与方法，也为我们提供了评判世界的价值标准与尺度。当然，文学中的思想性，并不仅仅是单纯地表现思想，而是以文学的独特方式提出问题，在对人物、事件、场景的深刻描述中自然而然地表达出自己的思考。相对于理论研究与社会科学，文学或许不能清晰地回答时代提出的问题，但文学的长处在于更贴近生动的经验，更贴近具体的社会与人生，更具有丰富性与多义性，其复杂微妙或许更能深入人性与社会的幽微之处。在我们这个时代，中国经验的复杂性，是理论研究难以解释概括的，而这正为文学提供了可以驰骋的天地。

文学性也与真实性相关，现实主义并非是将现实直接搬入作品中，而需要对现实进行剪裁、加工与提炼，以一种艺术的方式呈现出来，文学性恰恰就贯穿在这一过程中，并最终凝结在作品里。当我们谈论文学性时，是在以一种隐含的标准判断什么是文学，什么不是文学，或者什么是好的文学，什么是不好的文学。值得注意的是，文学性并非是一成不变的，在文学史上我们可以看到，“文学性”与时代的变迁密切相关，唐诗宋词元曲，一时代有一时代之文学，一时代也有一时代之“文学性”。五四新文化运动以来更是如此，“五四文学”“左翼文学”“解放区文学”“十七年文学”“新时期文学”，不同时期文学的评价标准不同，对文学性的认定也不同，但其中也有一个规律，那就是文学在随时代而变化。文学革命就在于将此前不被视为“文学”的作品纳入文学的范畴之中，并加以丰富发展。这也告诉我们，不能用一种既定的文学性来评判一切作品，而应该对文学性持一种开放而宽容的态度。具体到文学性与真实性的关系，我们应该在真实性的基础上“生成”新的文学与新的文学性，而不是以既定的文学性来抹杀对真实性的探索。明白了这一点，创作者可以更大胆地去贴近现实，贴近生活，只要他们的作品凝聚了当代中国人的生活与情感，即使一时不被认可，但也必将留下开拓者的足迹。

“人事有代谢，往来成古今。江山留胜迹，我辈复登临。”文学史上的现实主义大师留下了他们的经典作品，新一代中国作家已经登场了。在这个充满丰富性与可能性的时代，我们该如何书写中国经验，如何讲述中国故事？现实主义是一条越来越广阔的道路，为我们提供了无限的可能性，但也对我们提出了更高的要求，我们只有置身于时代生活的洪流中，在思想与文学的碰撞中，将真实性作为内在追求，才有可能将挑战转化为机遇，创作出无愧于当今这个时代的大作品。

新小资的“底层化”与文化领导权问题

在新版《波动》的序言中，李陀指出：“文化领导权在很大程度上已经转移到新兴小资产阶级的手中。这个文化领导权的转移带来一个不可避免的后果，就是中国当代文化的小资特征越来越鲜明，越来越浓厚，如果我们还不能断定这种文化已经是一种成熟的新型的小资产阶级的文化，那么，它起码也是一个正在迅速成长中的小资产阶级文化。更让人惊异的是，它一点不保守，不自制，还主动向其他各种文化趋势和思想倾向发起了一波又一波的攻势，扩大自己的影响，巩固自己的阵地，充满自信。”李陀对“小资”问题的观察是敏锐的，为我们理解当代中国文化提供了一个新的视角。在这里，我想讨论的问题是：新小资是否掌握了“文化领导权”，或者掌握了什么样的“文化领导权”；“小资”在当前社会结构中处于什么样的位置，小资文化具有什么样的特色；在未来中国文化的发展中，“小资”将会起到怎样的作用？

“小资”在中国当代文化的发展中发挥了重要作用，如李陀所说：“20世纪90年代以来的中国文化发生了急剧的变化，即使说瞬息万变也绝不过分，但是如果我们追问，谁是这急剧变化的真正推手？在具体地重新绘制中国当代文化地图的时候，谁是绘图员？还有，种种文化上的新观念、新规则、新做法，谁是最早的创导者和实行者？面对这样的追问，我想凡是熟悉近年文化的变动和变迁，并且对幕前和幕后都有一定观察的人，答案恐怕是一样的——这些推手、绘图员和创导者、实行者，不是别人，正是当代的“新小资”们，特别是“新小资”中的精英们。“小资”的重要作用，不仅在于他们占据了各文化路口的要津，而且在于他们以自己的世界观与价值观在改变中国文化的面貌。

但我们也可以看到，“小资”所掌握的文化领导权是“有限”的，是在国家与资本所决定的缝隙中发挥作用的。另一方面，“小资”并没有形成一种独立的价值观念，或者说“小资”所倡导的生活方式与生活理念并不具有独立性。所谓“有房有车”的生活，以及有格调、有“个性”的生活方式，在很大程度上复制了当前社会的“新意识形态”——所谓“成功人士”的逻辑。在这个意义上，我们可以说，“小资”只是意识形态的“实行者”，他们所表现出来的核心价值观并不能代表多数人的利益，甚至不能代表他们自身的利益，而只是“成功者”光环的装饰。

最值得重视的是，在当今社会两极化发展的趋势下，“小资”也正在“底层”化，在整体社会结构“断裂”的状态中，置身于社会上层与底层民众之间的“小资”并不具有稳固的社会地位，而处于分化之中。正如廉思主编的《蚁族》《工蜂》两本书所显示的，不仅大学毕业生——这一精英群体的后备军——处于“底层”化的过程中，而且大学青年教师——掌握了文化领导权的“小资”的重要组成部分——也处于越来越困窘的生活状态：他们不仅在社会结构中的位置越来越边缘化，在学院内部严格的学术体制与科层管理中，也处于真正的“底层”。在这样的状况下，大部分人只能在既定的学术规范中亦步亦趋，而不能真正发挥个人的活力与创造力，也不能真正形成属于自己的思想。如此，不仅“独立之精神自由之思想”无法奢望，更可悲的是，很多青年知识分子也失去了“超越性”，而只能囿于个人利益的保障与争夺，不是他们改变了弥漫于整个社会的权力崇拜、拜金主义与市侩主义，而是这些将他们裹挟其中，构成了社会秩序与社会风气的一部分。在当今知识分子题材的小说中，我们可以清楚地看到，构成故事主要冲突的也只是权力、地位、金钱与女人之争，与社会上流行的官场小说、职场小说无异。在其中，我们很少看到对民族国家命运的忧患与思考（如鲁迅的小说），或者对知识与真理的执着追求（如巴金的小说），或者思想的辩论与真正灵魂的痛苦（如陀思妥耶夫斯基的小说）。在这里，知识只成了一种特殊的商品或资本，只是一种谋生的手段，而失去了其超越性与独立性。

造成这一现象的原因，既有社会层面的原因，也有知识分子群体内部的原因，两者互相纠缠在一起。就社会层面来说，30多年来知识分子在中国社会的地位发生了天翻地覆的变化，在20世纪80年代新启蒙主义的视野中，知识分子作为历史主体主导着社会历史的进程，但这只不过是一种幻觉，新启蒙思潮只是知识精英与政治精英的共谋，很快二者就分道扬镳了。20世纪90年代之后，在市场经济强劲启动后，一方面知识精英与政治精英、资本精英形成了联盟，即所谓“铁三角”，此时资本已不需要知识的论证与支持而获得了自身的合法性，因而在这一联盟中知识群体处于明显的弱势；另一方面，在市场经济的逻辑中，“知识”本身也是一种可以生产与消费的产品，而不再是不可替代的独特之物，“知识分子”也是可以生产或大批量制造出来的，在这个意义上，知识分子的主体性与独立性便大幅削弱了——这是知识分子在社会结构中逐渐边缘化的根本原因之所在。同时，在知识分子内部也发生了巨大的变化，不同学科之间的地位或重要性发生了变换，一个典型的例子是经济学的崛起与文学的衰落。相对于自然科学、社会科学，人文学科因其“无用”而在这个时代处于少人问津的状态。另一个重要的结构性变化是人文学科内部也发生了巨大的分化。这一分化与社会其他领域变化的趋势相似，那就是一方面各种社会资源向少数精英集中，另一方面形成了严格的等级制或科层制，在知识精英与“知识底层”之间形成了一道道鸿沟。对于一个青年知识分子来说，攀上知识等级制上“精英”的位置，既是一个巨大的诱惑，又是一个几乎不可能完成的任务：等级制本身的保守性与封闭性排斥创新，它所需要的只是“好学生”，知识只有在不断创新——提出新的问题，新的思考方式，新的学术“范式”——中才能发展，但是创新本身便是对等级制的一种冒犯。在这样的状况下，置身于学术体制底层的青年知识分子——那些“蚁族”或“工蜂”——便不仅处于一种多重性的压迫结构之中，而且处于巨大的内心矛盾与撕裂之中。

在这样的意义上，构成“小资”主体的青年知识分子在整个社会中并不拥有强大的话语权，他们身上的光芒只是精英群体话语权的投射，如同月亮反射的只是阳光一样。但这只是相对而言的，一方面相对于社会结构中的真正“底层”——那些沉默的工人、农民而言，他们处于社会结构的中层，拥有一定的话语权与主体性；另一方面，作为拥有特殊技能的社会群体，他们既是精英群体需要的，也是整个社会机构运转所不可或缺的部分。事实上，正如李陀在文章中所分析的那样，“小资”在20世纪90年代以来的文化中发挥了不可替代的作用，他们创造了当今这个时代的流行观念，以及特定的生活方式与审美趣味。但“小资”及其文化如果想要在中国文化乃至中国社会上发挥更大的作用，尚需要考虑以下问题。

首先，是对“小资”在社会结构中的位置及其“底层化”的趋势有一个清醒的认识。如同其他社会阶层一样，“小资”总是以自己的眼光观察世界，建立在个人奋斗基础上的“成功者”逻辑，以及建立在人性、人道主义基础上的“爱”的哲学，构成了“小资”理解世界的特定视角。如果抽象地看，“个人奋斗”与“人间大爱”并无可非议之处，在现实中也起到了一定的作用，但如果放在具体的社会历史语境中，我们就可以看到，在社会结构“断裂”的当今时代，“个人奋斗”的基础及其可能性都是极为有限的；而“人间大爱”如果是在对劳动者大量剥夺之后的少量馈赠，同时塑造出馈赠者的高尚形象，其有效性也是值得反思的。“小资”文化过滤掉严酷的现实，为我们描绘出一幅朦胧的玫瑰色的美梦，但这个梦正如一个肥皂泡，很容易破灭。当“小资”也面临“底层化”的现实遭遇时，对于“小资”来说，更为重要的是能够清醒地意识到他们在现实中的处境。只有在此基础上，才能重构一个真实的世界，才能在改变个人的同时改变世界。在这里值得关注的是，“小资”与底层的关系问题。我们可以看到，尽管“小资”已经处于“底层化”的过程中，但“小资”并不认同于“底层”的身份。由于普遍受到高等教育，拥有独特的生活品味与审美趣味，“小资”在自我意识中对自我有着较高的定位，更认同于精英阶层与精英文化，但是当一个大学毕业生的工资甚至无法达到一个熟练技术工人的工资水平时，这样的“自我意识”便如同流沙之上的海市蜃楼，只能是美丽而虚幻的。只有当“小资”更为真切地意识到现实处境，并将眼光由上而下转到底层时，他们才会认识到，“底层”并非精英文化视野下的愚昧无知者，他们有着独特的生活逻辑和另一种“文化”。不仅如此，正是在他们之中才蕴含着社会发展的真正动力，“小资”只有将他们的命运与底层的命运联系在一起，才能真正把握自己的命运，走向一条更为开阔的道路，也才能够真正摆脱“新意识形态”的笼罩，发展出真正属于自己的文化与美学。

其次，要对“小资”的特性及其历史演变有更为深刻的把握。李陀在文章中以《波动》中的主人公肖凌作为“小资”的代表加以分析，“读者不难发现她和当代‘小资’有很多相通之处：《月光奏鸣曲》，洛尔迦的诗歌，雪白的连衣裙，还有红茶和葡萄酒——这一类符号，恐怕今天也还是‘小资’们共同认可，并借以识别彼此是不是同类的重要标记”。我们可以看到，“小资”不仅仅是社会经济地位的一种表现，而且是一种性格与趣味，是一种“符号”的标识。在20世纪90年代文化塑造出的“小资”中，读张爱玲或村上春树是一种“符号”，听摇滚或看艺术电影也是一种“符号”，在这类“符号”中，我们可以看到“小资”的特点在于他们内在的矛盾与悖论，他们是反主流的主流，反时尚的时尚，反另类的另类。一方面他们离不开主流、时尚与另类，这是他们生活方式与审美趣味的参照系；另一方面他们总是以反主流、时尚、另类的面目出现，与主流、时尚与另类保持着一定的距离。这一距离既使他们处于不同流俗的前卫位置，也使他们发挥着力量引导主流、时尚与另类不断发生新的变化。在这里，我们可以看到，“小资文化”的两个特性，一是“创新性”，二是“符号化”。前者使“小资文化”总是能引时代风气之先，不断引导着时代潮流发展，而后者则使“小资文化”浅表化，他们并不追求对某种文化的深入理解，而只是将之抽象为特定的符号。在这个意义上，“小资文化”也具有消费主义文化的特征，或者说“小资文化”构成了消费主义文化的重要组成部分。在这样的视野中，张爱玲也好钱锺书也好，王小波也好村上春树也好，也都是作为某种“符号”被他们用来标示自身。而在某些特定的历史时期，这一“符号”也可以是“启蒙”（如“五四”时期），也可以是“革命”（如《青春之歌》中的林道静），也可以是“诗歌”（如20世纪80年代）。在这样的视野中，我们可以看到，“小资文化”是精英文化与大众文化之间的一种中介，精英文化由于其艰深晦涩很难为普通大众接受，只有抽象为某些“符号”，才能在社会上广泛传播，“小资文化”在这个层面上恰恰发挥重要的作用。

再次，我们也可以在上述意义上来理解“小资”所拥有的文化领导权，即他们或许并没有原创性的文化创造力，但是在文化传播的意义上具有将某种文化“简化”为流行文化的能力。正是因此，“小资文化”注定要成为不同文化竞逐的对象。在当今这个时代，在“小资文化”中占据主流的是“自由主义”及其价值理念，但并非从来如此。我们可以做一个对比，在革命文化成为流行文化的时候，在“小资”中流行的是《牛虻》《钢铁是怎样炼成的》，这几乎构成了几代人的共同记忆。当张爱玲或村上春树的作品成为这个时代最为流行的读物的时候，我们可以看到，“小资文化”已经发生了天翻地覆的变化。但是正如我们前面所分析的，当“小资”逐渐底层化的时候，他们会对自己的现实处境有越来越清醒的认识，他们也会将这一认识带入他们对当代文化的理解之中，在与底层的接触中形成新的“小资文化”，而这样的文化必定会为当代文化带来新的气象。事实上，这样的文化也正在形成之中，对格瓦拉的符号化可以说是一个典型的例子，在这一过程中，格瓦拉作为古巴革命领袖的具体史实被过滤，他成为反抗当今世界秩序的一种时尚象征，他头戴贝雷帽、抽着雪茄的巨幅头像，既是“革命”的象征，又是那么“酷”。不仅格瓦拉如此，毛泽东也是这样，他的头像以不同的方式出现在这个时代的各种场合，让我们看到了“流行”的巨大力量。虽然对于“小资文化”的“符号化”我们不能寄予过高的期望，但时尚的转变也预示着时代的巨大变化。在社会价值观处于混乱状态的今天，“小资”或许会通过自己的文化选择为我们这个社会提供一服黏合剂，让我们更加清醒地认识自己和这个世界，让我们这个社会形成一种新的核心价值观。在这方面，“小资”及其文化发挥着不可替代的重要作用，也在某种程度上行使着“文化领导权”。我们也期待着充满活力的“小资”能够为中国当代文化带来更多新的因素，能够为我们构造出一个新的更加美丽的世界图景。

我们能否理解这个世界

——“非虚构”与文学的可能性

2010年，《人民文学》杂志开设了“非虚构”栏目，发表了一系列作品，“非虚构”这一新的文体也开始为文学界所瞩目。此后伴随着《人民文学》“非虚构与文学的可能性”研讨会的召开，以及“人民大地”写作计划的公开招募，“非虚构”更是成为文学界的一个焦点。但是，何谓“非虚构”？“非虚构”在什么意义上值得推崇？“非虚构”有什么样的理论与传统资源？“非虚构”与以前的报告文学、纪实文学有什么区别与联系？“非虚构”的边界在什么地方？——这些问题却并没有得到深入的认识与探讨，对于一个新兴的文体与新的文学现象，我们自然不必苛求，但是只有充分的讨论与争鸣，才能使这一新的文学形式得到健康持久的发展，以下本文将结合《人民文学》的“非虚构”作品，对上述问题做出探讨。

1. “非虚构”：问题与方法

“非虚构”的提出及其在文学界引起的广泛影响，让我们意识到这样的提法切中了这个时代文学的病症，这一概念的核心是对“虚构”文学存在的问题的一种反思或反拨，试图以一种更直接的方式重建文学与世界的关系；而在方法上，这一概念则是对既有文学形式与分类的一种超越，它以一种新的区分（虚构/非虚构），打破了现有的小说、戏剧、散文、诗歌的文学格局，以文体变革的形式呼唤一种文学思想与文学观念的革命，让我们以“真实”（非虚构）的方式重新认识世界，重新认识自我，重新认识文学，去发现时代变革中的新的经验与新的体验，创造出这个时代新的美学与“新的文学”。

“非虚构”之所以有意义，就在于它直面我们这个时代，切中了当前文学中存在的问题，为我们理解世界打开了一个新的渠道。“理解世界”并不是一件容易的事，因为我们置身于一个瞬息万变的社会之中，我们所得到的信息大多并非来自亲身体验，而现在的文学也并不以“真实”作为自己的追求。在这样一个时代，重建文学与世界的关系既是重要的，也是艰难的。

20世纪80年代中期以来，在“先锋文学”等文艺思潮的影响下，我们的文学开始注重文学的形式、技巧与叙述方式，注重个人内心世界的探索与主观情绪的捕捉，注重对西方现代派文学的借鉴与学习。这对校正以往文学倾向的偏差具有历史意义，但是另一方面，这也造成了另外一个后果，那就是在文学“向内转”之后，开始忽略了文学的社会性与当代性，忽略了文学与世界的关系，使文学仅仅成为艺术技巧的演练与个人情绪的抒发，从而失去了与当代世界的有机连接。而这又因为以下原因而形成了巨大的反差：文学专注于“向内转”，关注人的内心与精神世界，而中国社会急剧发展，社会结构及其各个方面都发生了巨大的变化。当文学在一个巨变的时代仍然抱残守缺，拒绝参与时代的话题，那么其命运注定是无法乐观的。于是，在这近30年间，“文学”的位置发生了天翻地覆的变化。在20世纪80年代，文学不仅走在社会的前面，而且走在思想文化界的前面，很多值得讨论的思想命题都是由文学界率先提出，并产生了积极而广泛的影响；而今天恰恰反了过来，文学不仅在思想文化界越来越不重要，甚至落在了普通社会民众的后面。或许这也是文学读者越来越少的重要原因之一，当作家仅仅关注个人的艺术而不关心这个世界时，被这个世界所忽视也是可以理解的。与此不同的另外一类作家，他们虽然也关心现实与社会，但他们的思想仍受制于20世纪80年代的意识形态，缺乏独立的观察与思考能力，也缺乏对社会变化的敏感与体验。他们的作品中所关心、思考、反映的仍然是20世纪80年代的问题，所得出的结论仍是那个年代的常识，而不能提出新的问题、做出新的思考、在艺术上有新的探索，故而只能在既有的窠臼中故步自封。2004年，“底层文学”的出现，可以说是文学直面现实的一种努力，而现在，“非虚构”的提出，也可以说是对这一文学状况的反思，是重建文学与世界关系的一种尝试。

“非虚构”的出现，不仅是对文学的反思，同时也是进入“世界”的努力。我们所置身其中的这个世界，并不是不言自明的，要了解这个世界，不仅需要知识的丰富积累，而且需要个人的亲身体验。以梁鸿的《梁庄》为例，梁鸿是一位评论家，但在这部书中，她却以纪实的方式直面农村的现状，写出了她所观察和理解的“故乡”。这样一种尝试与探索，可以说来源于两种不满，首先是对当前文学作品的不满，这些作品与农村“真相”的隔膜，促使评论家不得不直接拿起笔来，写出她所认识的“真实”；其次则是对自身评论工作的不满，文学评论作为思想文化领域的一种工作，与社会现实之间是一种更加“间接”的关系，如果长期陷于符号与知识的生产，便会与社会现实更加隔膜，而这样的写作方式使她摆脱了羁绊，直接面对具体的现实，突破了“从文学到文学”的内在循环。再如慕容雪村的《中国，少了一味药》，是作者冒着生命危险深入一个传销组织内部调查之后所写的一部作品，平常我们也可以看到关于传销的新闻，但并不了解其内幕，只有读了这部作品，才能看到这一组织内部的运作方法，才能看到现代的“洗脑”方式如何以赚钱为诱饵进行赤裸裸的欺骗。而这样的组织就存在于我们习以为常的城市生活附近，构成了某些城市生活的一部分。如果我们不了解这样的生活，又怎么可以说理解城市，理解这个世界？萧相风的《词典：南方工业生活》也是如此，在这部作品中，作者以词典的形式向我们展示了他打工生活的体验，在那一个个词语中，凝结着作者的体温与情感，凝结着“打工”生活的辛酸、苦涩与欢笑、泪水。这些鲜活的生命体验非外人所能道出，只有在那样具体的生活环境中摸爬滚打多年，才能够如此熟稔，如此痛切。“打工”是中国社会转型期间的一个重要现象，即使我们并未有过打工的经历，但打工者却与我们的生活密切相关。可是谁又能够真正了解打工者的生活呢？萧相风的作品细致地描写了打工者生活的各个方面，为我们打开了了解这个群体的一扇门，让我们可以进入打工者的生活及内心世界。以上三部作品虽然题材不同，笔法各异，但是作者都从个人的体验出发，为我们写出了不同的小“世界”，这些真实自然的描述拓展了我们的视野，丰富了我们对世界的整体理解。

对于置身于世界之中的个体而言，个人的经验是有限的，社会的整体转型与生活节奏的加快，也使个人的经验呈现碎片化的状态。在这样的状况下，如何构建一个完整而稳定的个人经验，如何理解“世界”并确定个人在其中的位置，便是一个我们必须面对的问题。这需要我们对生活及其各个方面有深入的了解、体验与实践，并在此基础上重建世界的“整体性”，只有这样，我们才有可能对“世界”有一个清醒的认识。“非虚构”的价值在于，它鼓励创作者去深入不同的生活领域，以亲身体验的方式去探索，从人们习焉不察的地方重新出发，去发现生活世界的丰富、复杂与微妙，将一个个“小世界”及其内部风景呈现在读者面前。在这里，体验、介入以及“行动”[①]之所以重要，就在于充斥我们日常生活的信息大多来自媒介，来自间接的经验，我们的生活与自我意识在很大程度上是“虚构”的，是没有痛感、没有血肉、没有体温的。在这种情况下，如何突破这个苍白的“自我”与世界，需要我们去“体验”“介入”与“行动”，只有在这样进入世界的过程中，才能够丰富我们的生命，丰富我们对自我与世界的真切认识。在这个意义上，“非虚构”的出现，不仅是对当前“文学”的反思，也是对世界、媒体的重新认识，它所提倡的方法是体验、介入与行动，而这正是针对上述问题的一剂良药，也是通向真实世界的一个途径。

2.“非虚构”的界限与传统

2010年，在《人民文学》“非虚构”栏目下所发表的作品共11篇，这些作品在内容与形式上各不相同，呈现出丰富多彩的样态，这既说明“非虚构”本身的包容性，同时也显示出“非虚构”这一命名尚未真正形成一个有特定内涵的概念。在这些作品中，韩石山的《既贱且辱此一生》可以归为“自传”，李晏的《当戏已成往事》、土摩托的《关于音乐的记忆碎片》、刘亮程的《飞机配件门市部》可以归为“回忆录”，祝勇的《宝座》可以归为“历史散文”，梁鸿的《梁庄》、慕容雪村的《中国，少了一味药》、萧相风的《词典：南方工业生活》可以归为“社会调查”或“报告文学”，董夏青青的《胆小人日记》、李娟的《羊道·春牧场》、王族的《长眉驼》可以归为“大散文”。

---

① “行动”一词是“非虚构”倡导者反复提及的，不仅在《人民文学》的“留言”中反复出现，而且在《人民文学》主编李敬泽的文章与访谈中也多次谈及，这个词的内涵主要是指：“我们感到，与其坐在那里守着电视感叹世界复杂文学无力，不如站起来，走出书斋，走向田野。”见《人民文学》2010年第10期卷首“留言”。

将如此纷繁复杂的作品，以“非虚构”命名，可见其内部并未有文体自身的“规定性”。但是另一方面，这些作品也有相同之处。首先，这些作品都是“真实”的，这正是可以将其命名为“非虚构”的原因。其次，这些作品都是以个人的体验为核心的（祝勇的《宝座》是一个例外），从个人的切身感受出发，去进入一个“小世界”，但是另一方面，这些作品中所凸显的并非“个人”（韩石山的《既贱且辱此一生》是一个例外），而是在“个人”进入这个“小世界”的过程中，对这个“小世界”的观察、体验与思考。它们所竭力挖掘的是这个“小世界”的内部风景与内部逻辑，所以在“个人”与“世界”的关系中，这些作品虽然从个人体验出发，但是侧重点在于对“世界”的发现。这也显示了这些作品的特点：它们不同于从“客观”角度去书写世界的作品，而是带着创作者的情感、记忆与体验，这让这些作品带上了感性色彩；另一方面，它们也不同于注重塑造主体形象、抒发个人感慨的作品，而是将“世界”作为表现的重点。正如《人民文学》的编者在“留言”中所说：“纪实作品的通病是主体膨胀，好比一个史学家要在史书中处处证明自己的高明。纪实作品的作家常常比爱事实更爱自己，更热衷于确立自己的主体形象——过度的议论、过度的抒情、过度的修辞，好像世界和事实只是为满足他的雄心和虚荣而设。我们认为非虚构作品的根本伦理应该是：努力看清事物与人心，对复杂混沌的经验做出精确的表达和命名，而这对于文学来说，已经是一个艰巨而光荣的目标。”[①]这可以视为提倡者对“非虚构”的一个理论设计，也是对“纪实作品”的一个反思。不过在我看来，《人民文学》编者所指出的弊端，在“虚构”作品中却更为明显地存在着。我们可以看到，很多虚构类作品都是“不及物”的，“好像世界和事实只是为满足他的雄心和虚荣而设”。如此，“非虚构”所反思的对象便不只是纪实作

①《人民文学》2010年第10期，卷首的“留言”。

品，也包括“虚构”文类。

那么，“非虚构”与报告文学（纪实文学）有什么相同与不同之处呢？在我看来，其相同之处在于，两者都是对真实世界的呈现与挖掘，不同之处则在于，在写作态度上，前者以个人的真实体验为基础去书写与探索，后者力图避免个人情感的介入，力图呈现出一个“客观”的世界；在表现内容上，前者力图呈现出一个“小世界”的内部，后者所关注的往往是具体的社会问题。我们可以梁鸿的《梁庄》与陈桂棣、春桃的《中国农民调查》为例，来具体地谈一谈。在《梁庄》中，梁鸿所写的是农村，也是她的故乡，她出生并成长了20年的地方，对于她来说，这样一次写作是回溯生命源头的写作，她既是一个归乡的“游子”，也是一个观察者与思考者，这样，她的写作便不仅为我们呈现了当下农村的“真实”，而且可以让我们感受到她的目光，她的忧思与感悟。在《梁庄》中，梁鸿对梁庄的各个方面都做了呈现：家族与人口构成，历史与环境，政治改革，孩子、青年、成年人的生活状态，信仰、“新道德”、“新生活”，等等，向我们展示了这个村庄的全貌及人们的生活状态。尤其是一些人物的命运与遭际，让我们形象地看到了当前中国农村的凋敝、破败，以及精神上的涣散与结构上的解体。而在《中国农民调查》中，我们虽然也能感受到作者的眼光，但作者是以社会学的视角展开的：丁作明是安徽省利辛县的一个普通农民，他因宣讲党中央减轻农民负担的新政策，要求清查村集体的账目，带领村民上访，于1993年2月11日被当地路营派出所的几个工作人员殴打至死。这是《中国农民调查》第一章所呈现给我们的农村现实，这一章的标题是“殉道者”，可以见出酸涩的悲壮与无奈。接下来的三章所写的也是大致相似的事情，不过性质与程度有所不同。在这里，作者所关注的是具体的社会问题（“上访”“干群矛盾”等），而并没有像《梁庄》那样关注梁庄这个“小世界”的整体状况。作者虽然对这些问题表现出极大的热情与义愤，但其视角基本上是外在于农村与农民的，他试图以客观的笔法探讨“三农问题”的根源与解决办法，而《梁庄》将外在视角与内在视角结合在一起，作者的体验成为文本的重要组成部分。

在谈及“非虚构”的文学资源与历史传统时，常被谈起的经典作品有杜鲁门·卡波特的《冷血》、诺曼·梅勒的《刽子手之歌》《夜幕下的大军》、菲利普·罗斯的《遗产》、奈保尔的《印度三部曲》等作品，以及《史记》《汉书》等中国的“史传传统”。在我看来，可以作为文学与思想资源的还应该包括基希的“特写”传统，以及中国的“报告文学”传统。从瞿秋白的《饿乡历程》到夏衍的《包身工》，到20世纪50年代刘宾雁的《本报内部消息》，到20世纪80年代苏晓康等人的报告文学，形成了一个丰富而多样的、属于“非虚构”文学的文学传统。在20世纪80年代，如果说“寻根文学”与“先锋文学”承担了文学的虚构功能，那么文学的纪实功能则由另外一种文学形式承担了，那就是“纪实文学”或“报告文学”。但关于20世纪80年代文学，尤其是对20世纪80年代中后期的文学的叙述，我们一般都把“纯文学”作为文学的主潮，建构起了以“纯文学”为主要脉络的文学史叙事。从“伤痕文学”开始，然后是“反思文学”、“改革文学”、“寻根文学”、“先锋文学”、新写实主义。如果将“报告文学”纳入考虑的范围之内，那么我们便认识到上述那条文学史的线索其实是纯文学的“自我建构”，是从“纯文学”的角度建立起来的一种传统。它通过这样一种方式把自己合法化了，并把其他的文学形式，比如纪实文学或报告文学摒除出“文学”之外。将“纯文学”当作20世纪80年代文学的主潮，是一种文学教育的结果，是一种文学史建构的方法，而这套知识是在20世纪80年代后期与20世纪90年代建立起来的。今天我们应该反思这一套文学知识，重新建立起文学与现实的关系。

另一方面，我们也不应该将“非虚构”的资源局限于文学尤其是当代文学的范围之内，而应该广泛汲取历史学、社会学、人类学等其他领域的问题意识、方法及其新的进展。只有充分打开思想视野，在与不同学科领域的交流与碰撞中，我们的文学才能更深入地切入时代，才能更具活力。以“三农问题”为例，在20世纪90年代后期，社会学界已经提出了“三农问题”并做出了激烈而深入的讨论，温铁军、贺雪峰、曹锦清、于建嵘、李昌平、何慧丽等学者已经做了系统研究并提出了自己的方案。2002年之后，政策上也进行了一系列调整，但是文学界对这一问题较少关注。这主要与文学界“纯文学”的意识形态密切相关，在这一意识形态的笼罩之下，社会问题并不属于“文学”所应该关注的范围之内，“三农问题”自然也无法纳入文学的表现内容。如此，我们的文学便自觉不自觉地远离了社会现实，也远离了思想文化界的中心话题。在“底层文学”兴起之后，这一状况得到了部分改变，但是在对这一问题思考的深度与广度上，仍不能与社会学界所达到的程度相比。一个突出的例子是土地的所有权问题，这可以说是“三农”学界讨论的核心问题，无论是茅于轼、杨小凯提出的“土地私有化”主张，还是温铁军、贺雪峰提出的“土地绝不能私有化”的看法，都代表着不同社会群体的利益以及不同思想意识的交锋。而在现实中，部分地区开始的“土地自由流转”，以及某些地方重新组织“合作化”的尝试，都预示着我国的土地制度可能将面临巨大的变化。但是在文学界，很少有人对这一变化敏感，并能以文学的方式参与到这一事关亿万人命运的讨论中。当然，在这里，我们并不是要作家也都变成社会学家，去从事自己可能既无兴趣也无能力的社会调查工作，我们只是希望作家能够具备这样的问题意识，以文学的方式去表现这一变迁中社会各阶层的命运及其心灵，以此参与到社会变化的讨论与争鸣之中。在这方面，文学的生动性与形象性，文学与人生经验的接近，文学对个人情感与内心世界的揭示，使文学具备其他领域所不具备的优势，而“非虚构”的提出，让我们可以打开既有学科的藩篱，广泛汲取其他领域的成果，让文学走向一个更加开阔的世界。

3. 理论问题与新的可能性

在我们肯定“非虚构”的同时，仍有一些理论问题值得深入探讨，这包括何谓“真实”的问题，“非虚构”与虚构作品的关系问题，以及非虚构的“文学性”问题，等等。

“非虚构”以“真实”作为写作所追求的目标，但是何谓“真实”，在当代遭遇了理论层面上的质疑，这可以包括不同的层面：作为个体的人能否认识真实的世界；叙述本身能否表现出个体所体验到的“真实”。在前现代思想中，“自我”与“世界”都是坚固的，通过科学或者“格物”的方式，我们是可以认识到世界的“真实”的；而在后现代主义的视野中，作为个体的“自我”是不完整的、碎片化的，也是一个不断建构的过程，“世界”也并不是客观存在的，它只存在于人们所可能意识到的内容之中。在这样的思想视野中，“真实”本身便是无法触手可及的幻象，追求“真实”更是一个虚妄的目标。但是另一方面，这一思想本身正是欧美晚期资本主义的产物，是启蒙主义的“主体”在当今世界的一种变异。在“后现代主义转向”之后，我们虽然难以重新建立起一个“完整”的主体，一个“客观”的世界，并在作品中“透明”地加以反映，但是我们可以通过反复地实践、介入与体验，无限地趋向“真实”。在叙述上问题也是如此，古人曾说，“书不尽言，言不尽意”，今天的后现代主义理论更是让人们意识到，“真实”只是叙述所造成的一种效果。在这样的意义上，不但“六经皆史”，而且“二十四史皆文”，所谓“历史”也只是一种文学或“虚构”，“虚构/非虚构”的区分也就失去了价值。然而在相对的意义上，“历史”毕竟不是“文学”，“非虚构”也不同于有意识虚构的文学形式，虽然绝对的“非虚构”并不存在，但是我们可以在叙述中最大限度地接近“真实”。这就对创作主体的态度提出了很高的要求，那就是要有追求“真实”的意志，以及真诚的态度、真切的表现。

在“非虚构”与虚构作品的关系上，我们虽然肯定“非虚构”的价值，但并不意味着就要对虚构文学进行否定与排斥。这不仅是由于在绝对意义上“虚构/非虚构”并无明确的界限，而且也是由于在进入世界的深度与广度上，“虚构”并不一定逊色于“非虚构”。这一点，我们只要想想那些经典作品就够了，比如巴尔扎克、狄更斯、托尔斯泰，他们的作品对现实世界的概括与描述，远远超出了社会历史文献所能提供的内容，这主要是由于“现实主义”的胜利，他们以“典型化”的方式对现实生活进行归纳、提炼，这比自然主义式地罗列各种现象，更能切入那个时代的“真实”。不仅现实主义作品如此，在卡夫卡、加缪等人的作品中，我们所能感受到的，也会比关于那一时期的历史描述更多，他们以不同的方式抓住了那个时代的核心命题，写出了人类的命运及其精神困境，让我们可以更清醒地认识“自我”与世界。

“非虚构”与虚构作品在进入世界的方式上虽然不同，但是都可以达到极高的境界，我们可以举具体的例子来做一下比较，比如杜鲁门·卡波特的《冷血》与马尔克斯的《一桩事先张扬的凶杀案》，两者都取材于真实的凶杀案，前者是“非虚构”作品的经典，后者是马尔克斯的经典小说之一，两者相同之处在于对凶杀案发生前后当事人的生活状态及人际网络、事件发生的过程都有着深刻细腻的描绘，两者都具有振聋发聩的艺术力量。而不同之处在于，《冷血》的作者杜鲁门·卡波特花了六年时间，采访了众多当事人，完全以纪实的方式写出了这部作品[①]，冷静、缜密、扎实，这与他早期所写的《蒂凡内早餐》等小说有着完全不同的风格；马尔克斯的《一桩事先张扬的凶杀案》虽然接近于新闻报道的风格，但是小说中的环

①《冷血》一书的“致谢”中指出：“本书所有资料，除去我的观察所得，均是来自官方记录，以及本人对与案件直接相关人士的访谈结果。这些为数众多的采访是在相当长一段时间内完成的。”见卡波特·杜鲁门：《冷血》，夏杪译，南海出版公司，2010年第2版。

形结构，“孤独”的意识，以及对拉美地区生活观念的批判与微妙反讽，都带有马尔克斯的鲜明特色。这两部作品虽然不同，但它们都为我们打开了一扇门，从这两桩凶杀案，我们可以更深入细致地了解彼时彼地的风土人情与生活逻辑。

我们也可以将萧相风的《词典：南方工业生活》与描写打工者生活的小说相比，比如在福建打工的周述恒所写的《中国式民工》，在网上曾受到很多网友的追捧，这部作品虽然在技术上还不成熟，但这部作品不仅“真实”，而且“真诚”。作者写作的目的不是要写出一部“小说”，而是要表现自己的生活，要说出自己想说的话，所以在这部小说中，可以看到很多不合“文学常规”的表现方法。比如作者会插入一些议论，会插入一些关于民工现状、工伤、城管、留守儿童等问题的调查、统计与社会新闻。这些议论与社会学资料，打断了故事的叙述，在阅读上会对读者造成障碍，是一般的“文学创作”所不取的，但出现在这部作品中，是可以理解的，因为我们知道，作者写到这里不吐不快，他所关注的不仅仅是主人公的处境与命运，而且是造成这一处境的社会原因。这些议论与材料为我们提供了相关的社会背景，丰富并开阔了我们的思维空间。萧相风的《词典：南方工业生活》与《中国式民工》相同，也写到了打工者生活的各个方面，融入了个人真切的生活体验。不同的是，这部作品没有采用小说的形式，而是以“词条”的形式记录下了真实的生活。两者的体裁虽然不同，但都有助于我们加深对打工者的认识，加深对这个时代与这个世界的理解。

在“文学性”上，“非虚构”与虚构作品同样，不仅应该追求“真实”，而且应该力求达到精确、细致、生动、形象，同时也应该形成创作者独特的个人风格。这并非是对“真实”的偏离，而是由个人的世界观、生存体验及表达方式所决定的。在报告文学、纪实文学的发展史上，关于“真实性”与“文学性”的矛盾与争论始终是一个焦点，以追求“真实”为目标的“非虚构”也必将会遇到类似的争论。

但正如我们在前面所分析的，绝对客观的“真实”是一个永远无法企及的目标，“世界”只能经由个人的体验与书写才能进入“文本”。而在这一过程中，个人的世界观、生存体验、表达方式便成为具有决定意义的“中介”，直接决定着呈现在“文本”中的“世界”的样态。由此可知，文本中的“真实性”是经由文学性所表达出来的，二者应该是相得益彰的，这也是我们在追求“真实性”时并不排斥文学性的缘由，但是我们也反对文学性的过度修饰，“因文害意”，反而损害了“真实性”。此外，“非虚构”与报告文学（纪实文学）的不同之处在于，这一文体是从个人体验出发的，这也为个人情感、思想以及表达的独特性保留了一定的空间。

不过，对于“非虚构”的文学性，我们还寄予了更高的希望。正如上面所分析的，《人民文学》“非虚构”栏目中的作品包含了传统意义上的自传、报告文学、回忆录、散文等诸多文体，但这并不是这些文体的简单相加，而是打破了旧有的文体分类方法，以一种新的方式重新进行分类，那就是以“虚构/非虚构”对所有的文学进行区分，并在这一区分中强调“非虚构”写作的价值，以救治当前文学的弊端。这并非只是一种简单的分类方式，而是一种新的创造，它以一种新的提出问题的方式，扭转了当代文学的问题域，这一新的问题域的出现，也将创造出新的美学形式与美学标准。这是一种无法以既有的文学标准加以衡量的美学，它在美学上的创造性就在于对既有标准的颠覆，从而将以往无法被纳入“文学”表现范围之内的经验、故事与情感，在一种新的“文学”范式中进行充分的表达，从而创造出当今这个时代的“心灵形式”，创造出真正意义上的“当代文学”，以及美学的“当代性”。当然在现有的“非虚构”作品中，还只能看到这一新美学的萌芽，很多作家并未有创造新形式的自觉，但我们希望随着“非虚构”行动的展开，作家在重建文学与世界的关系的过程中，可以创造出充分表达这个时代中国经验的美学形式。

第三辑

乡愁三叠：历史、文化与时间

——读格非的《望春风》

在《望春风》中，格非面对的是一个既熟悉又陌生的题材领域。20世纪以来，中国乡村经历了数次巨大的变化，这是中国作家一直在关注的，也涌现出了不少经典作品。但格非面对的是最新一波“巨变”，这一波巨变既是此前巨变——土改、合作化、土地承包——合乎逻辑的展开，又是比此前巨变更大的“断裂”。如果说此前的巨变只是乡村内部的变化——土地关系的调整、权力角色的转换、乡村礼俗与日常秩序的变迁等，那么最新一波的“巨变”，则以现代化与城镇化的面目，以资本下乡等方式，彻底将乡村变成了一座废墟。或者说，这一次巨变将彻底“取消”乡村，这不仅将是中国乡村的终结，也将是乡土中国的终结。面对这一空前的巨变，不同的人有不同的态度，但对于作家来说，或许最重要的是描绘出这一巨变的历史进程，并探索可能的理想与未来。

格非在《望春风》中正是这样做的，格非以他独特的方式展开了探索。在小说中，我们可以看到他的个人体验，也可以看到乡村的生活状态及其中的各色人等，更重要的是，我们看到了这些人及其组成的村庄在时间与历史中的变化。格非的叙述中浸润着“乡愁”与情感色彩，他站在乡村破败的废墟之上，追溯乡村的历史，那些人与那些事，以及不为人知的隐秘。在这个意义上，小说的第四章《春琴》是理解《望春风》的关键之所在，只有当村庄作为一个共同体和公共空间即将消失之际，在叙述者的回忆中，村中的那些人与事才在想象中被赋予了非同寻常的价值：“到了那个时候，大地复苏，万物各得其所。到了那个时候，所有活着和死去的人，都将重返时间的怀抱，各安其分。到了那个时候，我的母亲将会突然出现在明丽的春光里，沿着风渠岸边的千年古道，远远地向我走来。”这是小说的结尾，也可以说是叙述者和作者共同的叙述动机。

“大地复苏，万物各得其所”，只是一个美好的愿望，在激流勇进的20世纪中国，在数次天翻地覆的动荡之中，各得其所的所何在？各安其分的分何在？或者说，当我们在谈论乡愁的时候，我们在谈论什么？在《望春风》中，格非的乡愁是复杂的，有着丰富而又微妙的内涵。在这里，我们需要讨论一下小说的叙述视角问题。《望春风》以第一人称“我”展开叙述，但在叙述的过程中，童年“我”与成年“我”的视角又相互交织错落，而在小说的最后，我们又可以发现，小说中作为叙述者的“我”开始叙述与写作，这又让“我”的视角与作者格非的视角部分重合。这样一种较为复杂的叙述视角，不仅让我们看到格非作为先锋作家对叙述的讲究与迷恋，也让我们看到了他面对历史时复杂暧昧的态度。

现在我们可以看看格非“乡愁”的具体所指。在小说的开头，“父亲挎着一个褪了色的蓝布包袱，沿着风渠岸河道边的大路走得很快。我渐渐就有些跟不上他。我看见他的身影升到了一个大坡的顶端，然后又一点点地矮下去，矮下去，乃至完全消失。过不多久，父亲又在另一个大坂上一寸一寸地变大、变高”。这一段对父亲身影的凝视饱含情感，融合了“童年”我、“成年”我以及作者的视角。这是小说的开端，也是“乡愁”的第一个层面，即亲情与乡村的日常伦理生活。但对这一层面的乡愁，作者显然是不无质疑与反思的，在小说中，“父亲”的自杀，“母亲”的缺席，“叔叔”一家的世态炎凉，让“我”处于一种类似孤儿的境地。不仅如此，作为小说中最重要的人物之一的赵德正也有类似的处境，在他的父母去世后，村里“就派人把赵德正送到了江北的高桥，让他去投靠开豆腐店的舅舅。没想到，不到一个月，赵德正又从江北回来了。多半是他娘舅嫌他累赘，不肯收留他”。在这里，我们可以看到，对人情世故的洞彻与敏感，让作者对家族亲情层面的“乡愁”持一种矛盾乃至倾向于否定的态度。

第二个层面的“乡愁”，是文化的乡愁。赵孟舒、赵锡光等人精致的田园生活，饱受江南文化的浸润，但在历史的巨大变化中终成绝响。“赵孟舒平常用来弹奏的古琴有两床：一为枕流，一名停云。两琴均斫于宋代，联珠式，琴身遍布蛇腹断纹，琴音清越圆润，皆为琴中上品。据赵锡光先生说，孟舒所居住的蕉雨山房中，还藏有一床唐琴，乃绝世鸿宝，名为‘碧绮台’。这张琴制于唐代天宝年间，为落霞式，琴身镶有金徽，琴背龙池之上，刻有魏碑体的行楷三十六字，填以石绿，不知何人所题。”小说中类似的描述很多，作者往往逸出了叙述者“我”的视角，带着迷恋与不无遗憾的笔调细心描绘，让我们看到了历史转折处的复杂面向。如果与描写土改、合作化的经典作品加以比较，我们更能看出《望春风》的独特，在那些作品中，地主的形象是在政治经济学上被框定的，黑白分明；而在《望春风》中，格非关注的是他们的文化价值与生活方式，这一叙述视角的转变让我们看到了历史的丰富性。在这个意义上，赵孟舒发誓“他的脚绝不踏上新社会的土地”，被批斗时“头戴凉帽，在独轮车上，身板笔直，顾盼自雄”，以及最后不忍直视自身的鄙俗而自杀身亡，让我们看到了一个新社会的“遗民”。这是一个独特的人物形象，在他身上凝聚着江南文化的细腻、圆熟与艺术性，或许也寄托了格非的某种文化乡愁。但另一方面，格非对这种江南文化并没有理想化，他看到了这种文化与生活方式的脆弱性，小说中赵孟舒与妓女王曼卿的关系，赵锡光在关键时刻对赵孟舒的“出卖”，等等，也让我们看到了这种文化的内在矛盾与腐朽性。在大历史的视野中，格非看到了赵德正、高定邦等人土改的正当性，但小说中将这一历史的倾向性悬置，而以艺术的倾向性描绘了赵孟舒、赵锡光等人所代表的江南士绅文化及其生活方式的消亡。他的描述中既有矛盾，也有怅惘，或许其中也隐藏着格非的内在分裂——他不得不承认此种文化消亡的合理性，但仍忍不住对之饱含同情乃至深情，在这种矛盾与分裂中，我们可以看到格非“乡愁”的丰富意蕴。

第三个层面的“乡愁”，是历史的乡愁。小说所写到的时间，从20世纪50年代跨越半个多世纪，一直到现在。站在历史终结的废墟之上，乡村的历史，那些人与事，以及他们构成的日常生活秩序与生态，都成了作者追忆的对象。在这半个多世纪的跨度中，小说大约写到了三代人的命运，第一代人包括赵孟舒、赵锡光、唐文宽、牛皋、老福奶奶等，这是村中的老一代人，在他们身上还保留着传统中国的色彩；第二代人主要有“我”父亲、赵德正、高定邦、高定国、梅芳、王曼卿、新珍、小武松、龙英等，这一代人是革命时代的中国人，他们身上带有特定年代的色彩；第三代人则包括“我”、春琴、赵礼平、赵同彬、永胜等人，这是“我们的一代”，时代的巨大转折让每个人都走向了不同的道路，“我”的童年记忆与现实呈现了巨大的反差与分裂。在这里需要指出的是，小说的关注点并非上述三代人的命运，作者虽然提到了他们各自的遭际，但并没有展开对他们命运的细致描述，甚至对于“我”的命运，作者似乎也有一种疏离的态度和“外在”的视角。那么，作者的关注点在哪里呢？在小说中我们可以看到，作者更关注的是这些人所构成的一种乡村共同体的生态、秩序与氛围，以及隐藏在乡村生活各个角落的隐秘故事、情感与传奇。或者说，当乡村面临终结之时，最让作者迷恋的其实是那种乡村共同体的氛围与感觉，这也决定了作者并不是以史诗性的方式来把握历史巨变，而是以一种散点、碎片、印象主义式的笔法，雕刻时光，让记忆与想象中的那些人与事浮现出来，留驻在笔间。如果说时间的乡愁是单纯的对时光流逝的感喟，那么历史的乡愁则包含着更为丰富的历史内容。在小说中我们可以看到，作者是站在时间长河的此端，怀着百感交集的心情凝视与眺望故乡的过往，对于那些人与事，作者超越了是非、利害与道德评判，而以一种更加包容性的悲悯眼光，将之转化为挥之不去的眷恋与乡愁。

或许也是在这个意义上，面对百年中国乡村的巨变，《望春风》在整体上呈现出一种梦幻般的迷惘。我们可以看到，小说中的很多人物都颇具传奇性，比如身为国民党特务的“我”父亲、从孤儿到村支书的赵德正、妓女王曼卿、会说英语的同性恋者唐文宽、几次死而复生的牛皋等等，但是小说中并没有将这些人物“戏剧化”，而是将之平淡化、碎片化，这样的处理方式让他们的传奇色彩消融在村庄与小说的各个角落，构成了其底色与氛围。一个村庄的消失，也是一个这样充满生动细节与色彩的世界的消失。格非将不同层面的“乡愁”交织在一起，为我们展现出一个细致而苍茫的艺术世界。

《红楼梦》传统、生活史诗与“人类文明新形态”

——罗伟章《谁在敲门》简论

罗伟章的《谁在敲门》对当代生活做出了整体性描绘，是近年来长篇小说最为重要的收获之一。在这部长达63万字的长篇小说中，作者以耐心与细致的艺术方式，深入当代中国乡村的内部皱褶和细微之处，在世道人心之变中勾勒出时代之变与中国之变。小说以“我”回乡为父亲过生日、父亲生病、父亲的葬礼为主要线索，描绘了“我”与六个兄弟姐妹及其子女、孙辈的生活故事，并从这个大家庭延伸到时代的各个方面，为我们描画出一幅时代生活的全景。小说出版后，被不同的评论家称为“现代版《清明上河图》”[①]、“乡土《红楼梦》”[②]、“大河小说”[③]等，在我看来，作者或许借鉴了上述经典

---

① 梁文春：《罗伟章〈谁在敲门〉：平凡人的平凡一生》，中国作家网2021年8月17日。

② 罗昕：《罗伟章〈谁在敲门〉：它是乡土〈红楼梦〉吗?》，澎湃新闻2021年6月15日；黄德海：《罗伟章长篇小说〈谁在敲门〉：万物复苏的声音》，《文艺报》2021年8月6日。

③ 刘小波：《罗伟章〈谁在敲门〉：大河小说的“经”与个体叙事的“纬”》，中国作家网2021年9月23日。

作品的某些因素，但更重要的在于作者寻找到了一种独特的艺术形式和叙述方法，为我们勾勒出了一幅整体的时代生活画卷，也呈现出了我们这个时代“人类文明新形态”①的丰富性与新颖性。

1.《红楼梦》传统、生活史诗与“包罗万象的世界”

《谁在敲门》的故事与结构说起来很简单，第一、二章写为父亲过生日，第三章写父亲生病住院，第四、五章写父亲的葬礼，第六、七章写家族的后续故事，但作者的叙述重心不在于故事，而在于生活，在于众多人物在生活河流中的微妙变化，在于丰富复杂的人际关系及其网络，以及时代之变所带来的人心之变与风俗之变。

小说中出场的人物有上百个，作者以“父亲”和这个大家庭为中心，建构起了一个复杂的人际关系网络。这里有卑微但处于家庭核心位置的父亲，有地母般的大姐和呼风唤雨的大姐夫，有被儿子丢尽脸面的大哥、一毛不拔的二哥和远在省城的“我”，以及二姐、弟弟和幺妹。第三代中有大姐的儿子李志、儿媳青梅和女儿丽丽，有大哥的儿子四喜与女儿燕子，二哥的儿子洪泉、女儿小兰和女婿朱贵兵，“我”的儿子维生，二姐的两个儿子子强、子国，弟弟的女儿清涟、儿子朝晖，幺妹的女儿秋月、儿子华天等。此外还有这个家族的第四代，聪儿、天天、豆豆等。在家族成员之外，与父亲相关的，还有老家燕儿坡的候大娘、亚琼、喜鹊、狗屁等一众邻居；与大姐夫相关的还有他的司机杨津，朋友钱文、何老三等人，以及灰狗儿等李家岩的村民，韩镇长等各级领导和众多干儿子；与二哥相关的还有他的相好朱占惠及其一家；与弟弟相关的还有他的初中女同学后来的“情人”贺怡；等等。这些人物编织成一个庞大的人

① 习近平：《在庆祝中国共产党成立100周年大会上的讲话》，人民出版社，2021年，第14页。

际关系网络，作者传承了《红楼梦》等世情小说的传统，在复杂的叙事脉络中展现了世道人心及其变化。

小说中的父亲“跟兄弟住，而兄弟去他岳母的村里起了房子，跟他岳母住了烟火邻居，尽管那名叫拐枣坪的地界，悬在半山，比我们老家燕儿坡，低了二百多米，我也不想去那里给父亲过生”[①]。而父亲之所以跟着“兄弟”住，也是经历了几次波折后才最后做出的选择，“父亲每顿吃饭，有汤就用汤泡，没汤就用水泡，泡得汤汤水水都冰了，锅巴才散骨架。大姐有次去见了，当即把父亲拉到大哥家，让他跟大哥住。在大哥家住了些日子，大姐又上去，私下里问过得好不好，父亲说好。问现在好还是以前好，说现在好。大姐笑，说，才一个月，你就胖了些，脸色也有了个脸色的样子，早该这样！父亲也笑，却是笑得忧忧愁愁，嗫嚅半天才说：‘春红，你听爸爸说，我还是去跟春晌住。’大姐忙问缘由，父亲说：‘我怕给你大哥添麻烦。’大姐霍地起身，把父亲拉进了二哥家里。你怕给老大添麻烦，在老二家住一个月，再回老大家，这么轮换着，麻烦就减了半，看你还有啥话说！可父亲只在二哥家住了十天，就自作主张，拄着拐杖，进了他幺儿子的屋”[②]，这还只是波折的一部分。年老的“父亲”有四个儿子、三个女儿，但最后他选择跟最小的儿子同住，还离开了老家燕儿坡，搬到儿子岳母所在的拐枣坪。这当然有很多原因，比如父亲想把“我”给的钱留给小儿子，帮小儿子看住媳妇，以及“活满一百可奖励一台彩电，父亲想为春晌挣台彩电”[③]，等等。但更重要的是人情亲疏，比如“提到房子，我望了二哥一眼。二哥才有多余的房子。二哥望着别处”[④]。在这里，作者对世道人心之微妙有着深刻的体察，也为我们展现出“父亲”的真实

---

① 罗伟章：《谁在敲门》，广西师范大学出版社，2021年版，第2页。
② 罗伟章：《谁在敲门》，广西师范大学出版社，2021年版，第52页。
③ 罗伟章：《谁在敲门》，广西师范大学出版社，2021年版，第98页。
④ 罗伟章：《谁在敲门》，广西师范大学出版社，2021年版，第53页。

处境。我们可以看到，在传统文化中处于权威位置的“父亲”，在时代的变迁中地位逐渐衰落。

取代父亲而在家族中居于中心位置的是大姐和大姐夫一家，大姐夫是一个乡村能人，是李家岩的村支书，“他在村民中的威信，不是摇旗儿摇出来的。全镇没通乡村公路的时候，他就上下奔走，四处筹资，把李家岩的路凿通了，非但不要村民出一分钱，还为他们挣好处……他回到家，往躺椅上一歪就打呼噜，但为村里的事，又可以几天几夜不眨眼。有年杨侯山遭雷劈，发山火，他一个昼夜冲在头里，小腿和脊背都被烧伤，火救下来，却没休息，也没去医院，而是忙着安排受灾户，给他们找住处，筹米粮”[①]。大姐夫除了帮村民争取利益，还可以在关键时刻为领导分忧，包括为领导隐瞒事故、村里不出上访户等，所以“若干年来，历届镇领导，都是我大姐夫的朋友”[②]。在家庭生活中，大姐和大姐夫也是众多兄弟姐妹的联络中心，大姐家住在回龙镇，不仅是“我”每次回乡的停留之处，也是众多亲友的落脚地，“逢赶场日子，大姐家的门响得更勤，娘家燕儿坡这边，婆家李家岩那边，那些打着露水赶早场的村民，背了山货来卖，一时又没开市，就把大姐的门敲开，进来闲坐、抽烟”[③]。大姐夫是一个人情练达、世事洞明之人，“父亲瞄大姐夫那一眼，大姐夫是见着的，也明白父亲的意思，他喝下一口酒，看着我说：‘我手上是有不少活路，我把活路包过来，再转包出去，但我绝不包给自家亲人……这好比你给外人拿包烟，外人对你有说不尽的好话，你给亲人拿包烟，他心里却在冒泡：为啥只给一包，不是给一条？——不如不给。’”[④]兄弟姐妹之间的感情与感觉也很微妙，“二哥二嫂住到镇上后，大姐请过他们无数，却从不见回请。小兰也

---

① 罗伟章：《谁在敲门》，广西师范大学出版社，2021年版，第39—40页。
② 罗伟章：《谁在敲门》，广西师范大学出版社，2021年版，第41页。
③ 罗伟章：《谁在敲门》，广西师范大学出版社，2021年版，第31页。
④ 罗伟章：《谁在敲门》，广西师范大学出版社，2021年版，第41页。

是，从没请过她大姑。有次大姐向我抱怨，说小兰跟她爹妈一个德行，吃倒泰山不谢土。不回请也罢，还见不得你有钱用，你有钱用或可能有钱用，都得罪了他”[①]。这里的描写显示出作者对人情与人际关系刻画之细微。

在现代家族小说中，无论是巴金的《家》、老舍的《四世同堂》，还是陈忠实的《白鹿原》，主要讲述的都是“父亲和儿子们”的故事，只有极少数如《许茂和他的女儿们》讲述的是“父亲和女儿们”的故事，但在《谁在敲门》中，罗伟章讲述的则是“父亲和儿女们”的故事，并将“大姐”“大姐夫”作为小说叙述的中心。这既显示出我们这个时代的男女平等意识、家族文化衰落，也让小说呈现出更多女性视角和柔和的色彩。但与《红楼梦》《金瓶梅》等聚焦于众多青年女性不同，《谁在敲门》所聚焦的是大姐、二姐、幺妹以及大嫂、二嫂、弟媳等中年女性，这部小说重点关注的也不是青年男女的情感、欲望与恋爱故事，而是大家庭中人与人之间微妙的“隔”与“不隔”，人生在世的生老病死，以及一个大家庭在时代中的命运。

罗伟章在小说中建构起了一个复杂的艺术世界，这个世界不仅人物众多、人际关系微妙复杂，而且置身于中国的社会结构和时代的巨大变迁之中。这个世界的底座是老君山、杨侯山下的村庄燕儿坡、拐枣坪、李家岩，向上一层是回龙镇、清坪镇、黄金镇，再向上是东轩县城，再向上是白马市，再向上是省城，整体构成了一个完整的地理与社会空间图景。白马市和省城只是作为远景出现，为小说勾勒出一个开阔的背景，作者主要以燕儿坡和回龙镇为中心，通过网状叙事为我们描述出各行各业的变化、新旧风俗的交替，呈现出一个“包罗万象的世界”和百科全书般的博学。这正是《红楼梦》《金瓶梅》等中国“奇书体”小说不同于现代西方小说之处。在《谁在敲门》中，罗伟章打破了西方小说的叙述模式，借鉴“奇书

① 罗伟章：《谁在敲门》，广西师范大学出版社，2021年版，第50页。

体”小说，以新的叙述方式重建了一种“包罗万象”的气魄，写出了我们这个时代新旧交替与气象万千的生活史诗。

2. 无能之“我”：零度写作与渔樵史观

《谁在敲门》的叙述视角很独特，小说是通过“我”来讲述的，而“我”既是故事的参与者，也是故事的旁观者，既与小说中的其他人物如父亲、大姐、大姐夫等人有一种血缘关系上的亲近，又有一种心理上的疏离。作者的叙事态度与“零度写作”相似，冷静，客观，但又有一定的感情色彩。“我”在燕儿坡长大，考上大学离开家乡，在省城一家画报社工作，是一位诗人。“今天下午，我进大姐家门，放下背包，洗了把脸，第三个动作，就是给兄弟打电话。我不是跟他商量，只是告诉他，说我回来了，叫他把父亲送到镇上来，也就是送到大姐家来。他说……我没让他说，就把电话挂了。”[①]这简短的叙述中显示出，“我”在这个家庭中的独特位置。对生活在乡村和镇上的兄弟姐妹而言，来自“省城”的“我”，显然具有一种不言而喻的优越性与权威感。

但另一方面，“我”的权威感又没有真正的实力作为支撑，有时难免会遇到尴尬，尤其是在面对亲友超出自己能力之外的要求时，难免陷入两难的处境。比如大姐夫，“有一阵，镇政府招干，是从村干部里提拔，镇领导他是喝着酒的，打着牌的，逢年过节，是上着礼的，加之工作出色，都倾向于他，可这事要县里决定，县里超出了他的势力范围，但我在省上，省上这张大网撒下去，就把县里罩住了。他是这样想的，于是让我撒网。问题是，我不是在‘省上’，是在省城。他不管，三更半夜的打电话催逼。我说我不认识县领导，他就火了，说你每次回来，都被县城的三朋四友请得不落地，

---

① 罗伟章：《谁在敲门》，广西师范大学出版社，2021年版，第3页。

你不认识，未必他们也不认识？要是万事都帮不上忙，交朋友还有啥球意思？我只得又挨个去问，四处托人。最终也没能落实。这事让大姐夫很看不上我”[①]。“那段日子，我深刻地理解了什么叫无能。无能的人，就是总想着别人帮你的人。可别人为什么帮你？别人不帮你，你心里就怨，并很可能因此看轻了旧友。到这时候，你就由无能的人，变成了无耻的人。我差些就沦落到这地步。”[②]

这里的叙述者“我”，与《红楼梦》中“天下无能第一，古今不肖无双”的贾宝玉既有相似之处，但又有所不同。相似之处在于，在一般人眼里和世俗的价值评价体系中，他们都是“无能”的，但他们都有自己独特的精神追求，不足为外人道也，“尤其羞于出口的，是说自己是个诗人。诗歌是我最私密的灵魂，也是我最私密的肉体”[③]。不同之处在于，贾宝玉作为一个钟鸣鼎食之家的“富贵闲人”，不需要去面对和处理世俗事务，而来自燕儿坡贫穷人家的“我”，不得不深陷世俗的罗网，并因亲友的过高期待而陷入尴尬之境，痛切地感受到自己的无能。如果说贾宝玉是内心“不愿”，那么“我”则是“愿而不能”，这是更深一层的痛苦与悲哀。“悲哀，似乎是一个诗人的权利，却永远于事无补。”[④]另一个不同之处在于，贾宝玉是《红楼梦》中浓墨重彩刻画的主人公，而在《谁在敲门》中，“我”主要是一个旁观者，是为进入父亲、大姐夫的村镇世界提供了一个独特视角，小说重点关注的不是“我”，而是“我”眼中的世界。

但这个世界正是因为“我”的视角才呈现出独特的色彩，“我”讲述的都是自己亲人的故事，但又因为“我”处于一个相对超脱的位置，所以可以相对客观冷静地面对和书写。巴尔扎克自称是法国社会的“书记员”，这主要是指他用小说的形式展示了19世纪前期整

---

① 罗伟章：《谁在敲门》，广西师范大学出版社，2021年版，第22页。
② 罗伟章：《谁在敲门》，广西师范大学出版社，2021年版，第22—23页。
③ 罗伟章：《谁在敲门》，广西师范大学出版社，2021年版，第273页。
④ 罗伟章：《谁在敲门》，广西师范大学出版社，2021年版，第535页。

个法国的社会生活。在《谁在敲门》中，我们可以看到罗伟章也承担起了“书记员”的角色，他将中国乡村社会在特定时代中各个层面的变化都收入其中，为我们呈现了一幅斑驳陆离而又丰富多彩的时代画卷。

小说中燕儿坡的老一代人还生活在传统的世界和观念里，例如侯大娘、王晴光、邹灯、“父亲”等；中年一代的大哥、二哥、兄弟、二姐、幺妹等则逐渐离开了家乡，或者到外地打工，或者到镇上买房；而更年轻一代的四喜、燕子、秋月等人则受城市生活影响，离燕儿坡更远了。小说中的侯大娘是个爱吵架的人，她“是母亲的死对头”，“她闲得难过，就把心思多用在我母亲身上。寻母亲吵架，毕竟方便得多，彼此住着邻居，鸡子越界拉泡屎，猫儿钻屋偷块腥，柴草撒落到对方阶沿，还有下雨天从对方门前过，鞋底下掉了块稀泥，如此等等，都可成为吵架的理由。加上逢我母亲那人，你不犯她，她说也有，笑也有，犯了，锣对锣，鼓对鼓，闻到雨气就是雷暴，半点儿也不饶人的。侯大娘真是找对了对手。自从和我母亲厮咬上，侯大娘的脸色滋润了许多，出出进进的，脚下带鼓”[①]。这是只有在传统与闭塞的乡村环境中才会出现的人物，随着现代化和外出打工的潮流的兴起，像侯大娘这样的人已经几乎不见了。

如果比较一下中年一代和青年一代的婚恋观念，我们对时代变化的剧烈或许会有更加清晰的认识，在中年一代的情感故事中，有大姐夫做工作时“没把床上的人关心起来，倒把他女人关心到床上去了”[②]，被大姐数落了一辈子，有二哥跟朱占惠之间充满世俗算计的情人关系，有兄弟因缺乏母爱与初中女同学到床上诉说的奇怪情感关系，也有“在她跟丈夫睡的床上，一丝不挂的蜷着个女人。硬翘翘的，是个死去了的女人。那女人名叫鄢敏……”[③]这样因情妇暴

① 罗伟章：《谁在敲门》，广西师范大学出版社，2021年版，第18页。
② 罗伟章：《谁在敲门》，广西师范大学出版社，2021年版，第220页。
③ 罗伟章：《谁在敲门》，广西师范大学出版社，2021年版，第209页。

亡而引发的家族矛盾。但是这些充满古典色彩的偷情故事，跟青年一代相比就小巫见大巫了。比如四喜，“四喜找过多少女人？不清楚，据他自己给几个兄弟老表讲，有好些演员，还有好些空姐，都跟他睡过。这无据可考，但有两个女人是大家都知道的，第一个是他妻子，确切地说是前妻，名叫冉晴……第二个名叫康芙蓉，没结婚，但也为他生了个女儿……现在又钻出第三个。大哥说，这第三个，名叫申晓菲，哈尔滨人。这不重要，重要的是，申晓菲是本科生，去年刚毕业。四喜他一个初中都没念完的，却找了个本科生。父亲听见这话，满意地笑着。大姐却把脸沉了：‘又是骗人家嘛。’大姐夫说：‘不靠骗，他还靠啥子？’”[①]小说中的申晓菲人长得很美，她来参加父亲的葬礼，连四喜的“姑妈”——大姐都觉得四喜做得太过分了，揭穿骗局，连夜劝说申晓菲回去，这是小说中一段颇为精彩的故事。如果说四喜欺骗的还是外人，那么秋月背叛的则是整个大家庭：“秋月发去的信息，有一条是这样说的：‘那天我终于做了女人，终于知道做个女人有多美满。那天是6月4号，我生生世世记得那日子。’新历6月4号，即旧历四月二十二，是安葬她外公的当天。”[②]这条消息的收信人任达友，就是秋月表姐燕子的第二任丈夫，这段故事的结局是秋月在安徽等达友一起私奔，而达友则“和燕子回了回龙镇”[③]。但小说并没有在道德上谴责秋月，作者指出：“女人分两种，一种是水，一种是火，水让人看不透，即便清澈的小溪，也有看不透的地方，火则不留余地，里外红，一旦点着，就直奔目标。火的目标就是焚烧。而秋月是团烈火。”[④]在这里，作者的态度是冷静而超然的。小说中还写到了李志不负责任的婚姻，燕子“结了离，离了结”的冲动等，甚至也没有回避叙述者“我”的隐秘

① 罗伟章：《谁在敲门》，广西师范大学出版社，2021年版，第113—114页。
② 罗伟章：《谁在敲门》，广西师范大学出版社，2021年版，第520—521页。
③ 罗伟章：《谁在敲门》，广西师范大学出版社，2021年版，第531、532页。
④ 罗伟章：《谁在敲门》，广西师范大学出版社，2021年版，第462页。

情感。在医院陪护父亲时，“我”觉得程护士“真美”，在父亲葬礼期间看到申晓菲时又感到，“这女子，像一束光，照得人眼花。……她的那种美，就是让整个院坝焕然一新”①。燕儿坡的传统价值和伦理观念，在时代的剧烈变化之中发生了巨大的变异。

小说中的回龙镇也在变化，既出现了闹婚这样的新风俗，“铜锣要不断地敲，打个喷嚏的工夫不敲，又扔一串鞭炮。回龙镇以前没这种风俗，是新近从外地学来的。新郎打头阵游过街，他父亲再背着新娘游街”②，也有几乎被人遗忘的老街，“多少年来，回龙人都当它是世上最热闹、最繁华的去处，生意买卖，打架斗殴，聚散离合，都在这里上演，而今是无人问津了，三几个老人，坐在昔日的店门、现在的家门前，衰朽地延挨着时光”③。

面对时代的沧桑巨变，作者更多地采用了冷静旁观的态度，这或许既来自小说叙述者“我”的无能与无力感，也来自传统中国的叙述态度——“白发渔樵江渚上，惯看秋月春风，一壶浊酒喜相逢，古今多少事，都付笑谈中”。在这里，叙述者既是时代的参与者，也是时代的旁观者，既在历史之中，又超然于历史之上。“渔樵主要关注的不是历史事件或历史人物的是非曲直，而是其中生成一种命运的历史性，或者说一种历史性所展开的命运：何者如水之逝？何者如山之固？在道的层次上，谁的得失都是得失，谁的成败都是成败，所有成败得失都是命运的一部分，都事关命运的秘密。”④或许正是因此，作者才在小说中不厌其烦地详细记录了父亲葬礼的每一个环节——包括阴阳师刘显文的仪式和二哥的哭唱祭文，这是对“父亲”的告别，也是一种文明的最后挽歌。

---

① 罗伟章：《谁在敲门》，广西师范大学出版社，2021年版，第371页。
② 罗伟章：《谁在敲门》，广西师范大学出版社，2021年版，第59页。
③ 罗伟章：《谁在敲门》，广西师范大学出版社，2021年版，第58页。
④ 赵汀阳：《渔樵与历史哲学》，《人文杂志》，2018年第11期。

3. 漫谈的艺术、网状叙事与“人类文明新形态”

《谁在敲门》的叙述语言简洁流畅，节奏舒缓自然，娓娓道来，就像听作者摆龙门阵一样，他总是从一件事扯到另一件事，再从另一件事扯到其他的事，让更多的人和事在小说中不断涌现。但作者的东拉西“扯”也并非胡扯，而是围绕故事主线形成了一张巨大的网，众多的人和事纵横交织，结成了一个个小的节点，再由这些节点支撑起那张大网，这或许是这部小说在结构和叙述上的最大特点。

比如第一章第二十三节所写的“送鸡”，就很能说明作者的这种叙述特色。“送鸡”这一节本来就是从上一节“干儿子干女儿”这个话题蔓延过来的，“干儿子干女儿”的话题是由儿媳青梅带孙女豆豆来家里吃饭，大姐去做饭看到鸡引起的，而青梅和豆豆到大姐家来，是父亲过生日前夕众人汇聚在大姐家这条故事的主线引发的。由故事主线到青梅和豆豆，再到干儿子干女儿，再到“送鸡”，这是叙事之网的一个个节点，也是故事层层转折的内在逻辑。这一节开头写道：“村民和干儿干女给大姐送鸡，开始都是打整好，洗一洗就能下锅，但后来他们发现，大姐经常去送给别人。”[①]接下来就写大姐给大姐夫的司机杨津的老婆黄二妹送鸡，讲了一段黄二妹的故事（身世、来历）；又写给二哥的女儿小兰送鸡，讲了一段小兰和她老公朱贵兵的故事（租房，买房，刷墙粉）；又写给二哥二嫂送鸡，这一段写了二哥在镇上买房的状态和心态：“他们到镇上住，是因为在镇上买了房子，买了房子不住，就像买了车子不开，心里痒，同时也要表明：我们在镇上也是有住处的。”[②]又写：“自然也给大哥和兄弟送，但他们都是赶场天才来街上，且家里没冰箱，一次不能送

---

① 罗伟章：《谁在敲门》，广西师范大学出版社，2021年版，第48页。
② 罗伟章：《谁在敲门》，广西师范大学出版社，2021年版，第48页。

多。再后来，李志结了婚，青梅的父母搬到了桥头，大姐下楼摘荷叶的时候，又会多摘一张。”[①]仅给谁送鸡这么一件事，就包含着这么多丰富的人情内容。但这还只是开始，接下来还有大姐和大姐夫将别人送的东西再送人会不会让别人寒心的争论，还有关于大姐心里的犹豫的描写，“大姐心里不烫热，却还是把鸡往二哥屋里送。外人都送了，亲人不送，那成什么样子”[②]。还有情况的新变化，“她正考虑是不是还要把鸡往外送，送给她的人就先改了套路：不再送她鸡肉，而是送来活鸡，活鸡吃不过来，可以养着的”[③]。关于活鸡，后面还有不少故事和人物与之牵连，即就这一段而论，作者拉拉杂杂写来，其对世道人心的体验和把握就跃然纸上了。

这样的叙述和结构方式，与作者的创作意图有关。作者说：“如果非要概括，《谁在敲门》写的是一个时代，以及这个时代下的人和时代下的情绪。”[④]作者想要写的并不只是故事，更是世俗生活中的人情、人性及人际关系之微妙，及其在时代巨大变迁中的细微变化。正是这样的写作追求与“野心”，让作者专注于细节，专注于编织生活之网，并让我们看到这张生活之网在时光中的流变。所以当小说最后一章写到大姐夫锒铛入狱、大姐上吊身亡的时候，我们不能不为之惋惜和感叹。

这部小说最重要的艺术成就是在生活之网中塑造了众多鲜明、立体、有血有肉的人物形象，比如大哥大嫂、二哥二嫂、兄弟弟媳，以及四喜、燕子、小兰、秋月等，作者塑造的人物不是单面的，而是“圆形人物”，是贴着生活本身塑造出来的。即使是小说中不受人待见的二哥，小说也不吝惜笔墨，不仅追溯了他早年热爱读

---

① 罗伟章：《谁在敲门》，广西师范大学出版社，2021年版，第48页。

② 罗伟章：《谁在敲门》，广西师范大学出版社，2021年版，第53页。

③ 罗伟章：《谁在敲门》，广西师范大学出版社，2021年版，第53页。

④ 罗昕：《罗伟章〈谁在敲门〉：它是乡土〈红楼梦〉吗?》，澎湃新闻，2021年6月15日。

书及受挫的历史，而且在父亲的葬礼上展示了他作为“礼生”不可替代的光彩。二哥这样一个复杂的多面体及其性格的内在逻辑，便鲜明地呈现在了我们面前。小说中塑造得最成功的人物是大姐、大姐夫这两个形象，大姐夫既是“公而忘私”的村支书，又是为领导分忧的底层官员；既是朋友众多的江湖中人，又是与朋友恩断义绝的性情中人；既是和蔼可亲的家族成员，又是高高在上的特殊人员。小说回溯了他早年在新疆的故事，展示了他做村支书的生活状态，以及“中了连环套”而入狱前后的巨大变化，为我们塑造了一个可亲、可敬、可爱又可悯的生动形象，这是我们这个时代的生活和文化土壤中所生长出来的典型人物。大姐是一个宛如地母般的形象，但这个地母不是苦难生活中的“地母”，而是率先富裕起来、进入小康生活的“地母”。但她仍像母亲一样是大家庭生活的中心，仍然关心照顾着每一个小家庭及其每个成员，仍然有着强烈的家族意识和荣誉感。她为整个大家庭提供了一种难得的归属感和亲切感，但在这个大家庭日益分化、离心化和“原子化”的过程中，她又不能不感觉到无奈和无力，伤心和寒心。小说的最后，大姐因“红灯笼”被摘掉而自杀身亡，正是由于她的“自我”及其“脸面”被不断缩小，以致她无法接受这个结果。大姐的身亡和父亲的葬礼，都可以说是一种文明的挽歌。

《谁在敲门》以生活的逻辑、复杂的网络、人性的幽微让我们看到了一个时代的丰富性与复杂性。刘小波认为：“《谁在敲门》有着‘大河小说’的模态和品格，但在具体呈现上聚焦于个体命运叙事。时代的大潮与个体的生存交相辉映，大河小说与个体叙述构成了作品的‘经纬’。”[①] 黄德海认为：“‘谁在敲门’可以理解为‘《红楼梦》在敲门’，也可以理解为‘时代在敲门’‘城市在敲门’。”[②]他们都从不同

---

① 刘小波：《罗伟章〈谁在敲门〉：大河小说的“经”与个体叙事的“纬”》，中国作家网2021年9月23日。

② 罗昕：《罗伟章〈谁在敲门〉：它是乡土〈红楼梦〉吗?》，澎湃新闻2021年6月15日。

角度把握住了《谁在敲门》在艺术上的特色与追求。如果我们跳出“个体与时代”“传统与现代”“城市与乡村”等范畴，在一个更为宽广的视野中来看，也可以说是一种“人类文明新形态”在敲门。

“人类文明新形态”展示了一种新的整体性视野，从文明的角度来说，当代中国的一个特殊的境遇是，在我们的社会中，既有源远流长的传统农耕文明，也有门类齐全、独立完整的现代工业体系，更有飞速发展甚至在某些领域领先世界的信息技术与产业。在西方不同历史阶段相继出现的农业文明、工业文明与信息文明，被极大地压缩在一个特定时空中彼此共存、共生。我们的生活中既有传统文明与现代文明的冲突，也有工业文明与后工业文明的矛盾，包蕴着无限的丰富性、复杂性与可能性。从世界文学的角度来说，我们的时代所面临不仅仅是19世纪劳伦斯、哈代等人所感叹与惋惜的工业文明的碾压和田园牧歌的消失，也不仅仅是巴尔扎克、德莱赛等人所描绘的乡下人进城故事和资本所催生的各色人等，更不仅仅是托尔斯泰、陀思妥耶夫斯基等人笔下“上帝死了”这一传统价值观崩塌所带来的精神磨难和灵魂痛苦，而是更加丰富复杂、更加多元驳杂的时代图景，是不同历史阶段、不同文明体系的矛盾冲突混合杂糅在一起的新形态。

在《谁在敲门》中，罗伟章就为我们提供了这样一幅丰富、驳杂的整体画卷。在这幅画卷中，“父亲”及其生活的燕儿坡、拐枣坪是一个世界，大姐、大姐夫的回龙镇是一个世界，张书记、郑县长的县城是一个世界。其中既有“父亲”与子女、孙子女的代际冲突，也有传统与现代、城市与乡村的矛盾，更有信息化所带来的新生活与新问题。作者将诸多丰富复杂的矛盾融为一体，为当今这个时代文明的新形态赋形，也为我们展现了一个新的艺术世界。

短篇小说的技、艺与“道”

——刘建东《无法完成的画像》简评

刘建东的短篇小说《无法完成的画像》让人眼前一亮，又引人深思，颇为耐读，它是一篇在故事和细节、风格与技艺等方面达到完美平衡的优秀作品。小说的故事围绕“画像”展开：1944年，十五岁的“我”跟随师傅杨宝丰为一户人家画像，画像是纪念死者的一种方式。这户人家只有一个十岁的小女孩小卿，日常由舅妈照料。而且他们要画的小卿的母亲只是失踪了三年，并不知是否尚在人世。根据舅妈的讲述：“我这小姑子比较任性，因为恋爱的原因，几乎断了和我们来往。我一年也就能见她几面。三年前的秋天，我婆婆病重，临死前就是想见她这个小女儿一面。我和小卿舅舅来找她时，已经看不到她了……我们找了她整整三年……慢慢地，我们也就不抱什么希望了，只好放弃了，就当我这小姑子是死了，所以才请您来给画一张像……”

舅妈的讲述说明了“画像”的理由，但也为“画像”过程中的波折埋下了伏笔。接下来作者以工笔画般的技巧，为我们细致地勾勒出了无数层波折，大波折中又有无数小波折，层层推进。第一层波折是照片突然找不到了，舅妈“来来回回在屋子里转了好几趟，却没有找到一张小姑子的照片，只找到了一本薄薄的相册，里面的照片却不见了”。不见的原因是被小卿烧掉了，“我们顺着她手指的方向，低头观看，脸盆底有一层燃烧后的灰烬”。小卿烧掉的原因是她觉得“我娘没死”，不想让他们画纪念死者才需要的画像。虽然小卿烧掉了照片，但是舅妈家里还有，这就来到了第二层波折。“她拿回来的是一张全家福……指着第二排右首那个年轻的姑娘说：‘这就是她，小卿的娘。’”师傅开始画像，在这里作者发挥了自己曾学过碳晶人像画的特长，将很多绘画的技巧和细节融入故事的讲述中，但就在画像即将完成时，这幅画像却突然不见了，“宣纸下面是空荡荡的桌面，陈年的桌面映着冷森森的光”。小卿自然是最大的怀疑对象，不过接下来该怎么办呢？这就迎来了第三层波折。“师傅淡定地说：‘我重新画。’重新画像的决定让小卿舅妈放宽了心”，然后作者开始以更精细的笔墨书写师傅作画的过程，也加强了师傅对画作的保护，不再将未完成的画放在小卿家里，而是每天都将画夹背回去。画像终于快要完成了，这幅画像是如此真实动人，“一向爱说的舅妈，也变得沉默了，她盯着那幅画，我在她脸上看到了一丝羞愧。小卿看了一会儿，突然间趴在桌子上，放声痛哭”。但就在画像就要完成时，“我”半夜醒来突然发现画夹不见了。“我”四处寻找，在黑暗中终于发现了一个人，“他点了几次，才点着，我立即闻到了燃烧的味道。燃烧的面积越来越大，被火映照的地方也扩展得越来越大，我的视线顺着火光向上移动，一屁股坐到了地上。那个人竟是师傅”。

这是小说的主体部分，在一万多字的小说中占了九千字，如果小说就到这里为止，已经很精彩了，小说中刻画了一个小女孩既想看到母亲又不想为她“画像”的微妙心理。这个小女孩会让人想起孙犁《山地回忆》等小说的主人公，一样聪明伶俐而倔强；又讲述了一个画像艺术家（师傅）亲手毁灭了自己艺术品的故事，这是西方现代小说常见的题材——自我的生命通过艺术转化为画中人的生命，从而引发主体的生存危机，比如王尔德的《道林·格雷的画像》等。作者在极短的篇幅内将不同主题、类型的经典之作融为一体，并在细腻刻画中形成了独特的风格，足以让人回味。

但作者并没有到此为止，他在创新之路上迈出了更大的一步。随后叙事的时间来到1951年，多年未见的小卿找到开画店的“我”，请“我”为她母亲画像（现在她同意了，并主动找“我”来画，这与前文是一个对比）。在小卿的叙述中，“我”才知道小卿的母亲已经为革命牺牲了，“我”跟随小卿来到刚刚落成的烈士陵园，跟她一起去看母亲墓上的合影，“我的目光随着她手指的方向望去。小卿的爹头发很密很长，看上去刚毅英武。……我紧紧盯着照片右首的那个男人，我有点怀疑自己的眼神。我使劲揉了揉眼睛，指着照片惊呼道：‘小卿，你看，那个人，那人是我师傅。’黄姨领着我和小卿来到一个烈士墓前，她告诉我说，这就是你师傅。”——原来我师傅与小卿的爹是曾经一起成长共同战斗的战友！

在这里，小说实现了一个新的也是更重要的反转。我师傅与小卿的爹是战友这一新发现的事实，彻底扭转了小说此前的故事主体。在前面的故事中，我们以为小卿是小说的主人公，现在才发现师傅是更主要的主人公。在前面的叙述中，我们以为师傅毁灭画像是因为艺术，现在才发现是为了战友。带着这一新的发现，我们重读这篇小说，就可以看到前面的细节虽然处处都在写小卿，其实也是处处在写师傅。从师傅的角度来看，他既要为战友失踪的妻子画像，又要面对其女儿一波三折的纠缠，但他身处地下工作，又不能与之相认，其内心的痛苦、隐忍、坚韧可想而知。由此前面的故事也就反转成了一个新的故事——一个革命者不能与战友的女儿相认，但又要忍住悲痛为其失踪的妻子画像的故事。而在新的视野中，舅妈那些看似唠叨的闲话也就获得了新的意义，小说中人物小卿、舅妈和师傅的关系也变得更加丰富复杂。在这里，作者以艾丽丝·门罗式的艺术方法，将故事的真相隐藏在层层折叠起来的叙述之中，但又有力地暗示着我们不断去寻找与发现。这是一个小女孩的故事，也是一个艺术品的故事，更是一个革命者的故事。在故事的缝隙和留白中，我们可以看到，这既是一个革命与恋爱的故事，也是一个革命与家庭的故事，更是一个展现革命者美好人性、人情与伟大牺牲精神的故事。这是一个孙犁风格的小说，也是一个王尔德、门罗风格的小说，更重要的是作者将上述故事和风格融汇在一起，建构起了独特的个人风格。

作者在创作谈中谈道："我今年阅读的书中，有一本1988年由烈士陵园管理处编辑出版的《晋冀鲁豫烈士传》。看到上面的名字，那么的熟悉。而重读这本书，我发现，他们的故事早就保存在我的记忆深处，从来不曾离开。"优秀的作品来自深刻的生命体验，来自我们生活的土壤，但也需要作家以独特的技巧和风格为之赋形。在这篇小说中，作者将小说的细节与技术巧妙地结合起来，既在艺术上有所创新，又表达了对革命烈士的崇敬之情，为新时代作家的探索找到了一条新路。

为中国革命的先驱者塑像

——读金伟信的《塑像》

2021年是中国共产党成立一百周年，金伟信的《塑像》以党的早期活动家和领导者之一马骏为主人公，为我们讲述了他短暂而辉煌的一生，塑造了其光明俊伟的伟大人格，也让我们更深刻地理解了我们党的历史和“为有牺牲多壮志，敢教日月换新天”的革命精神。

对于很多人来说，马骏是一个陌生的名字。为此小说在“引子”中特意引用了其塑像底座上的一段文字：“马骏（1895—1928），男，又名马天安，字遁泉，号淮台。回族。吉林省宁安县（今属黑龙江省）人。1912年考入吉林省立一中。中国共产党的早期活动家和领导者之一，中国革命的先驱人物，中国共产党成立初期第一批入党的回族党员……”在这里，我们可以看出马骏身份的特殊性。他不仅是我们党的早期领导者之一，也是第一批入党的回族党员，这对于同样是回族的作者金伟信来说，无疑具有一种特殊的吸引力。

小说的正文从马骏的狱中生活开始，以他三次入狱为主要线索，为我们展现了马骏英勇不屈的斗争精神与斗争生活。1919年五四运动爆发后，山东镇守使马良残酷镇压群众，破坏济南的“回教救国后援会”等爱国团体，杀害了爱国回民领袖马云亭等，并抓捕大批学生，制造了震惊全国的“济南惨案”。8月26日，天津各界联合会公推马骏赴京请愿，同时他被京津请愿学生推为总指挥。马骏率领四千人在天安门请愿，要求惩办马良和释放第一次请愿的代表，结果也遭到逮捕。

这是马骏第一次入狱，小说在开头以想象的笔触还原了那个历史画面：“那个高个子军警用钥匙稀里哗啦打开铁栅门，回手使劲儿推了一把他面前的小伙子，嘴里不耐烦地嘟囔一句什么。那个小伙子还没有任何准备，被这么一推，身子前倾过去，左肩胛撞在铁门立框的栏杆上，一阵咣啷啷的潮湿的声音像水流似的，漫过阴暗悠长的甬廊。小伙子捂着肩膀，干脆站在那儿不走了。正是他的那个左肩胛，刚刚在天安门的门洞里被军警的木棍打过，现在经这么一撞，剧烈疼痛起来。”此处的描述很有层次，有声音，有色彩，有疼痛感，一下就将我们带入那个生动的历史场景中。随后小说讲述了马骏与监狱老看守老蔡的密切关系，通过老蔡勾连起了义和团运动、护国战争等爱国运动，也为后面老蔡为他通风报信埋下伏笔。同时作家又通过马骏的回忆讲述了他在吉林的成长经历，讲述了他回乡与青梅竹马的杨秀蓉结婚的过程，并通过他与新来的狱友许锡仁的关系展现了他在五四运动中的巨大影响，这段关系也为他将来的人生突变伏下了暗线。

但小说重点描述的还是马骏在南开中学的活动、演讲与影响。他在刚进南开时代表新生所做的演讲中就谈道，“我们身上的责任是非常重大的，挽救我们的国家，唤醒我们的人民，这就是我们自己的责任。决不能指望他人，我愿与诸君共同努力”，“当时张伯苓校长就坐在前排，在向他微微颔首”；五四运动在北京爆发后，天津学生积极响应，“1919年5月的一个黄昏，有一些血气方刚的年轻人在天津南开学校‘敬业乐群会’的小礼堂里集会，讨论组织天津学生临时联合会的建议和迫在眉睫的政治活动计划。在马骏的主持下，天津学生联合会在示威游行的第三天上午就正式成立了”。

在关于反对马良残酷镇压爱国群众运动的相关情节中，也涉及了民族问题。小说中写道：“第二天一大早，他们就来到了绿瓦青砖古色古香的天津清真北寺。马骏他们跟乡佬一样戴着白色礼拜帽。马骏先问候了大家，然后慷慨激昂地说：‘马良是咱回民中的败类，他杀害同胞，天理难容！’‘乡佬们，我们都是有良知的人，爱国是我们的本分。山东亡矣，国家的命运处在风雨飘摇的时期，无论汉族、蒙古族、回族、藏族，还是满族、苗族，都有变成亡国奴的危险。中国是回族的祖国，回民自觉的时候到了。我们要为自己的祖国去联合各民族爱国同胞，反对军阀政府，严惩凶手，严惩卖国贼！’这些民众都站起身来了，都举着胳臂高喊着：‘严惩马良……严惩卖国贼！……’”在这里，作家清晰地展现了马骏的民族意识，他不仅认同回族的身份，更认同中华民族的家国情怀。

小说以对马骏的营救为契机，串联起了对少年中国学会、青年工读互助团、曙光社、人道社等进步团体的叙述，充分显示了当时社会的进步气象。在出狱之后，马骏也因“昔日孙悟空大闹天宫，今日马骏大闹天安门”而获得了一个绰号——“马天安”。1919年9月，马骏和周恩来、郭隆真、邓颖超等二十多位男女青年成立了革命团体“觉悟社”，他取得的代号是29号，便由此化名“念久”。10月，马骏赴上海参加组织成立“全国各界联合会”，被推选为总指挥，领导了著名的“反帝大游行”。1920年，他回天津参加抵制日货的斗争时再次被捕入狱。

这是马骏第二次入狱：“马骏躺在低矮的木床上，也竟自想到，自己离上次被捕，还不到半年哪。难道警察厅的监狱，就是给这些爱国的学生准备的吗？家里人一旦知道了，会为自己要承受多少担心和痛苦哇。他们现在的境况是什么样，自己的事情，他们迟早是会知道的呀。”敌人试图以亲情感化马骏，他们千里迢迢找来马骏的父亲马喜贵，但没想到竟然起了相反的作用。听了儿子一番话后：

“马喜贵望着儿子挺起的胸膛，飘然的胡须，英光四射的眼睛，自己也被感动得掉下泪来。他擦了擦老泪纵横的双眼，坚定地说：‘孩子，你妈……没白养你这个儿子！’马骏紧紧握着父亲的手，激动地叫了一声：‘爸爸！’”——真是英雄的父亲，英雄的儿子！不仅令敌人徒唤奈何，也让读者为之动容。经过艰苦的斗争，到7月14日，北洋军阀政府的审判庭不得不宣布“所有被告，于今日予以开释”，出狱的马骏受到青年学生与社会各界的热烈欢迎。

出狱之后，马骏积极参与觉悟社的编辑工作，参加陶然亭与李大钊等人的聚会。“在门额挂有‘陶然’二字匾的亭子和曲廊里，李大钊身穿长袍，手摇竹扇，同邓中夏、刘清扬、周恩来、马骏、郭隆真、邓颖超等一些男女青年，代表京津两地的进步团体，各方取道至此如约聚会。”正是在这次聚会上，“邓中夏说：‘方才，李大钊主任讲到的要确立共同的、明确的主义，即是布尔什维克主义，就是共产主义。’‘共产主义……’众人重复着说。‘对，共产主义！’李大钊站起身，大声地接下去说，‘我希望你们带动更多的青年学生，到全国各地，同工农群众同呼吸、共命运。因为20世纪的中国革命，必定是滔滔滚滚的群众运动！在这个伟大的变革运动中，共产主义思想将成为最核心、最有力的指导思想！’大家激动起来，热烈掌声响彻陶然亭空旷的山冈上”。在这里，我们不仅可以看到党的早期宣传工作的生动场景，也能感受到共产主义对一代青年的巨大吸引力。

1921年7月，马骏在天津入党，成为天津的第一批共产党员之一。“1921年农历十二月底的一个早晨，在哈尔滨火车站，身穿灰布棉长衫的马骏走出站台。他的脸略显瘦削下来，这跟他在火车厢里一夜没有合眼也是有些关系的。他这次回来，可不是回家省亲的，他是受着中共北京地方执行委员会的派遣，回到东北来开展党的地下革命工作的。是呀，他已经在上海秘密加入了中国共产党。”在哈尔滨，马骏组织“救国唤醒团”，开展反帝爱国宣传。他在宁安建立了吉林省第一个党小组，是东北党组织的创始人之一。1925年“五卅运动”时，他联合社会各界组织了“吉林沪案后援会”并任会长。同年10月，他被派往苏联莫斯科中山大学学习。1927年大革命失败后，马骏回国，任中共北京市委书记兼组织部长，负责重建和恢复北京市各级党的组织。1927年12月，由于叛徒出卖，马骏第三次被捕。

小说中描写了这惊心动魄的一幕：“进来的是两个便衣特务，随后十余名警察一下子冲进屋子里来了。一个领头儿的问：‘谁是马骏？’‘我是。’马骏说。那个人愣了一下，说：‘还真是你。大胡子，跑不了了。共产党的市委书记吧？跟我们走吧。’”更令人惊异的是叛徒，“进来一个人，大家回过头望过去，是他们的熟人许锡仁。他的脸色很不好，很白，很难看。马骏立刻知道他是叛变了。马骏走到许锡仁前面，低声却是狠狠地问：‘你是怕死呀，还是怕打？’‘怕打……’许锡仁站在那里怯生生地说”。在狱中，马骏拒绝了张作霖高官厚禄的诱惑，受尽敌人的严刑拷打，于1928年2月15日英勇就义，年仅33岁。在小说的“尾声”中，作家写到了人民英雄纪念碑上“五四爱国运动”的浮雕，“一群男女青年学生举着废除卖国密约的旗帜，慷慨激昂地来到天安门前。人群高处，一个穿长袍、长胡须的年轻人正在向围着他的群众演说”，一个老妇人“伸手摸了摸那个‘长胡须的年轻人’的脸，回过头时已经看见她老泪纵横了”。

整部小说以马骏的革命历程与狱中生活为线索，展现了他从“五四”学生领袖转变为党的早期领导人，在反革命政变中被军阀张作霖杀害的过程。而马骏作为回族党员的特殊性在作品中也得到了显现，可以说填补了这方面的题材空白。

在文学史的脉络中，以知识青年为主人公的有巴金的《家》、柔石的《二月》、杨沫的《青春之歌》等，但《家》和《二月》并没有涉及实际的革命进程，《青春之歌》所写的是1935年“一二·九”运动学生的经历，晚于马骏所生活的时代。在描写革命者的小说中，蒋光慈的《短裤党》描写了1927年党的干部杨直夫等组织上海工人武装起义的过程，法国作家马尔罗《人的状况》同样描写1927年的上海工人起义，与马骏牺牲的时间几乎相同。罗广斌、杨益言的《红岩》写的是重庆解放前夕的狱中斗争。陈忠实《白鹿原》中鹿兆鹏的经历与马骏有相似之处，但他被纳入了家族史的框架中叙述，并非小说的主角。在少数民族题材的作品中，在我有限的阅读范围内，尚未发现有能与马骏的人生光彩相媲美者。即使从党史上来说，兼具"五四"学生领袖、党的早期领导人以及少数民族等身份的人，也是极为少见的。金伟信的《塑像》以马骏为主人公，可以说别具慧眼，为我们打开了一片新天地。但另一方面，或许是资料有限，又或许是出于对革命者的崇敬，作者并没有将马骏纳入具体的历史情境中进行更丰富的精神挖掘，而只突出了其作为革命者的一面，这也让小说留下了些许遗憾。

对信仰之光的深刻洞悉与呈现

——读郑欣的《百川东到海》

《红楼梦》诞生于二百多年前，我们党诞生于一百年前，《红楼梦》与我们党的诞生有什么关系？表面上看来似乎没有关系，但是在《百川东到海》中，郑欣却在二者之间建立了一种奇妙的联系。在小说中，作者以《红楼梦》的笔法讲述了民国初年一个大家族的覆灭，但是就在这个家族之中出现了一个“叛逆子弟”。他是第一批共产主义研究小组的参加者，也是《共产党宣言》《资本论》的最早译者之一。小说由此打破了《红楼梦》与传统中国社会的盛衰循环，带领我们进入现代，也进入了新的时空，多年来引发无数人猜想的问题——贾宝玉的出路究竟在哪里？这在传统社会和儒释道的思想框架中是无解的，但在新的时空和新的思想背景中，新的人物走向了新的道路。

小说中的故事开始于20世纪20年代，在繁花似锦的北京城里，出身于书香门第的孟敏之和表姐顾惠茗都待字闺中，分别与北洋军阀唐氏家族的两兄弟唐淳祐、唐淳祛订下了姻缘。正当这两对少年情侣憧憬着未来的美好生活时，唐氏家族却平地起风云，卷入一场政治旋涡。家族覆灭恰如大厦将倾，唐淳祐、唐淳祛两兄弟不得不踏上新的人生道路。波澜壮阔的历史帷幕徐徐拉开，每个人的命运都出现了不可捉摸的变故：唐淳祐长途跋涉进入黄埔军校，加入国民党，而唐淳祐则去山东青岛散发传单，领导工人运动。抗战时期他们共同参加了激烈的聊城保卫战。在大浪淘沙之中，唐淳祐参加的中国共产党成为艰苦岁月的中流砥柱，中国人民经过多年的斗争，终于迎来胜利的曙光，他们也开始了崭新的生活。

小说的开头便颇有《红楼梦》的韵味："民国八年初冬昏黄的夕阳，映照着三希堂青莲诗文铭白羊脂玉方壶，油润温文，酥酪一般细腻。十七岁的惠茗就着表妹敏之手里认真地看着，一双凤目微微地眯了起来。几行铭文细微如蚁，她一手拿了一方豆青绢帕，不由得就接过来，想看一下底部'三希堂制'几个小字。敏之笑道：'仔细这壶润滑得紧。'一句未落，方壶就从绢帕中滑了下去，跌在惠茗脚下。"——这里的器物、色泽、语言的感觉，以及说话的语调，似乎都是从《红楼梦》中化用而来的，但又与她们贵族子女的身份符合。小说多从女性视角展开叙事，关注"人生安稳的一面"，对世道人心和人情世故的深刻洞悉与呈现，以及苍茫而又细腻的叙述风格，都让我们看到《红楼梦》传统在当代的延续。比如小说中对孟敏之、顾惠茗两姐妹之间微妙关系及各自命运的把握，便让我们看到了人性之常与人心之深。顾惠茗自幼父母双亡，在姨母家与孟敏之一起长大，后来又如愿与唐淳祐喜结连理。她与孟敏之姊妹情深，但随着故事的渐次展开，我们才明白她的内心原来积压了那么多嫉妒与怨恨。小说中惠茗彻底爆发那一段写得惊心动魄，而这都源于"多少年了，她一直像听话的绵羊一样寄人篱下，扮演着没有主见的纸美人角色。不管在亲友还是在学校里同学面前，表妹总是占尽人前风光那一个。即使敏之不开口，也总不乏有人关注。她自己呢，永远是那个'敏之的表姐'"。再加之唐家的衰败、淳祐的出走，顾惠茗便与孟敏之分道扬镳，投入王中南的怀抱，最终沦为汉奸。而孟敏之经历了家庭变故、千里奔赴战场与淳祐成婚、眼睛失明等诸多事件，最终带着孩子踏上了与淳祐团圆的道路。

但这部小说也有很多不同于《红楼梦》之处，在风格上并没有因家族覆灭而最终陷入悲凉之境，而是伴随着新的历史又融入了清新之风；在题材上并不是只关注家庭生活，而是将诸多重要事件纳入其中；在结构上也并不是以家族为中心，而主要是以淳祐、淳祛两兄弟的人生选择为中心。当然最重要的是小说中新人物的出现，淳祛、罗丹、黎达泽、肖禾、陈尔留、续春花等共产党员，为小说带来了曙色和希望。看得出来，小说中的黎达泽和肖禾分别是以李大钊和邓恩铭为原型塑造的，他们在小说中出场并不多，但黎达泽的思想启蒙和肖禾在青岛领导工人罢工的实际行动，对淳祛、罗丹走向革命道路起到了决定作用。小说中淳祛是与《共产党宣言》《资本论》的翻译事业联系在一起的，小说中第一次出现《共产党宣言》是在淳祛被捕后对父亲进行辩解时："父亲，我真的没有做什么不对的事情。只是因为我英文好，罗丹和黎达泽两个人烦我翻译一篇英译德文的稿子，说是一个叫什么马克思的德国人写的宣言，我才看了两行字，就被稀里糊涂地带走了。"第二次出现，是读书会上淳祛不了解为什么要重新核对原文时，一位穿长衫戴眼镜的青年说："因为那一版《共产党宣言》从日文翻译过来，日本话与中国话相近，但是与德语英语相差甚远，只有欧罗巴的语言才是相类近似，黎达泽同志从伦敦带回了英文版，我们就要比对一下。"第三次出现，是肖禾向青岛的工友介绍淳祛时："黎达泽同志生前都很器重他这位译者，中英文很扎实，英译本的《共产党宣言》很多重要章节都是他做的终审。"从这里我们可以看出，淳祛在《共产党宣言》的早期翻译中起到了重要作用，而这也是他革命生涯的起点。在淳祛参加中国远征军，消失很久终于有了消息之后，他的译稿也在他白发苍苍的妈妈的箱底被发现了，"续春花和敏之对视着，奇怪地接过了那个布包，打开了一层又一层的包裹，里面放着厚厚的一摞泛黄的手稿，封面第一行字'《资本论》第一卷'。下面还有一行字

‘卡尔·马克思著’。敏之恍然大悟，原来这就是淳祛在北平、在青岛、在聊城几个地方花了很久的时间翻译的《资本论》第一卷的手稿”。——淳祛在艰苦战斗中坚持翻译《资本论》的鲜明形象跃然纸上，令人动容。小说中的罗丹也是一个奇女子，她热烈大胆，勇于追求真理，数次身陷囹圄，在狱中她与淳祛萌发情感并走在了一起，共同生活，并肩战斗，她最后牺牲在反抗日军扫荡的前线，短暂的生命放射出无穷的光彩。陈尔留、续春花则是从普通民众中成长起来的共产党员。这些新人物的出现，打破了古典小说的叙述循环，让我们看到了新的力量与新的生活。

整部小说如行云流水，将诸多历史事件与淳祐、淳祛的人生相交织，既有来自《红楼梦》的独特韵味，也有对建党初期奋斗牺牲的史实的还原，为我们呈现出了一幅斑斓多彩的历史画面。可以说这部小说是以《红楼梦》的风格写出了一部建党初期的史诗，深厚的传统文化功底与扎实的党史知识在小说中融为一体，显示了作者对历史的深刻体认与高超的艺术造诣。但小说仍留有一些遗憾，其一是篇幅较短，有些部分未能充分展开；其二是有的历史事件，没有充分转化为小说的叙述。比如其中颇为精彩的聊城保卫战，小说的主人公淳祛、淳祐便在范筑先司令面前失去了光彩。我和作者一样，也是山东聊城人，很理解作者对范筑先司令和史实的尊重，但这部分如能充分融入小说的整体，艺术效果或许会更好。不过尽管如此，整部小说对建党前后历史深刻而细腻的呈现，及其在艺术上所达到的成就，可谓当代长篇小说中难得的优秀之作。

北大红楼与中国故事的关键

——读长篇报告文学《孕育》

在传统中国转变为现代中国的过程中，最关键的是有中国共产党。中国共产党之所以能够诞生，最关键的是有陈独秀、李大钊、毛泽东等先进的知识分子，以及将他们汇聚在一起的北大红楼。海江、凌翼的长篇报告文学《孕育》讲述的就是中国共产党在北大红楼“孕育”的故事，以及北大和红楼诞生的过程。

北京大学的前身京师大学堂，是戊戌变法的产物，变法失败之后，慈禧把变法的所有新政统统废除，唯京师大学堂因“萌芽早”而得以保留。在义和团运动中，“京师大学堂先是义和团的据点，后又被外国侵略者以胜利者的姿态进驻。经此两度浩劫，大学堂建筑损毁，藏书楼的图书被扔进了水池，教学仪器和设备荡然无存”。文中还详细梳理了京师大学堂及其管学大臣孙家鼐、许景澄、张百熙等人起伏跌宕的命运。辛亥革命之后，1912年，京师大学堂更名为北京大学，严复出任北京大学首任校长，但他没有到任。1912年12月，何燏时接任北京大学校长，“北洋政府教育部为减省经费，几次要停办北京大学，将它并入天津北洋大学，遭到何燏时及全校师生反对”。1914年1月，何燏时辞职，胡仁源继任。在胡仁源任内，北大开始兴建沙滩红楼：“由于学生数量的增加，北京大学的校舍日益紧张。1916年9月，在北洋政府无力投资的情况下，胡仁源校长商请教育部同意，与比利时仪品公司签订贷款建楼合同，决定在马神庙本街东口外一块学校用作操场的河滩空地上兴建预科学生宿舍。”“两年后，大楼建成启用，因其外观主体所用砖瓦为红色，于是习惯上被人们称为‘北大红楼’，又因此地原为河滩，所以也被称为‘沙滩红楼’。”——在这里，作者将一所大学的曲折命运与旧中国风雨飘摇的历史结合在一起，让我们看到在国运衰微之时，仍有一代代知识分子在薪火相传，从传统的旧体制挣脱出来，构建新的体制与思想空间，为中国保留着救亡图存的火种。

1916年12月初，胡仁源辞职，月底，蔡元培任北京大学校长。蔡元培就任之后，聘请李大钊为北大图书馆主任，陈独秀为文科学长，将红楼改为教学办公用房。“红楼为中西合璧建筑风格，西式罗马柱大门和建筑立面以西洋风格为主，木窗和屋顶融合了部分中国传统建筑造型。在此后的数十年里，北大红楼以其体量和造型一直都是北京城最有现代气息的建筑之一。”“北大红楼的崛起，将见证中国近代史上的一场风雷般的青年运动，也将容纳李大钊、陈独秀、毛泽东等一大批传播民主科学进步思想和马克思主义的先驱者，中国近代史上一场风云际会的伟大交响乐章从此在北大红楼拉开序幕。”

此后的故事就是我们熟悉的了，《新青年》、新文化运动、五四运动，新旧文化的激烈交锋，马克思主义的广泛传播，一直到中国共产党的诞生。作者以北大红楼为主要舞台，记录了陈独秀、李大钊、毛泽东等共产党人在北京的革命活动，以及蔡元培、胡适、鲁迅等新文化运动重要人物的事迹，以翔实的资料、饱满的激情和生动的笔触，再现了那个风起云涌的时代，生动阐释了历史选择中国共产党的必然性。

作者掌握的史料全面而细致，比如我们通常更关注蔡元培就任北大校长后聘请了哪些新派学者，而较少关注他辞退了哪些人。文中写道："英文系的青年教员徐佩铣道德败坏，品质低劣，蔡元培首先将这个害群之马裁撤出校。对那些托驻华使馆介绍进来的滥竽充数的外国教员，蔡元培顶住各方面的压力，一律解聘。自1917年3月起，蔡元培陆续辞退的外籍教员有克德来、燕瑞博、牛兰德、斯华曾、伦特、纽伦等，其中多数为英籍教员。当时，英国驻华公使朱尔典曾出来干涉，威胁说：'蔡元培是不想做校长了。'北洋政府外交部和教育部也多次来函，指责北大处置不当。蔡元培没有被恫吓和指责压倒，明确回答：'本校辞退各教员，系按照合同第九条办理，毫无不合。'最终，通过有理有节的斗争，攻克了外籍教员辞退难这一堡垒，保障了北大聘任和辞退教员的自主性。"通过这一史料，我们不仅可以更全面地看到蔡元培的人才观，也可以看到他的勇气与担当。比如我们都知道鲁迅是北大校徽的设计者，但不知道他也是北洋政府使用的中华民国国徽的设计者之一，还专门撰写了《致国务院国徽拟图说明书》一文。再如我们都知道十月革命的重要意义，但不知道十月革命爆发当天，北洋政府驻俄国公使刘镜人就给北京政府外交部发了电报，而且"在此后的一段时间里，刘镜人连续发报回国，报告俄国革命进展"。这些重要史料既还原了历史现场，也丰富了我们对历史的认知。

作者在行文中将史料、趣闻、议论融为一体，展现了那个时代知识分子的风采，陈独秀、毛泽东、梁漱溟、胡适、邵飘萍等形象跃然纸上，在这里我们仅举一例："谁都知道，李大钊有一把大胡子。那个时候，蓄胡子似乎是一种时尚，但将李大钊的胡子和列宁、恩格斯、马克思的胡子做一个比较，就很有意思了。马克思和恩格斯两人的大胡子几乎成了一种共产主义的象征；列宁蓄着小胡子，与下巴翘起的胡须形成映衬，这成为十月革命领导者的标志；李大钊的胡子像两把刷子，个性鲜明，这与他一脉相承继承马克思、列宁主义的衣钵不无关系。"这里的叙述角度新颖独特，议论妙趣横生。

在这里也涉及一个有意思的问题，描写中国共产党的“孕育”，以北大红楼为中心舞台是否合理？我们都知道中国共产党是马克思主义和工人运动相结合的产物，但该结合的前提是马克思主义在中国的广泛传播，是先进知识分子的翻译、介绍和宣传，而当时的北大红楼正好提供了这样一个包容性的思想空间，所以这里选择北大红楼不仅是合理的，也是历史唯物主义的表现。北大红楼连接古今，融汇中西，孕育了中国共产党，也开启了中华民族伟大复兴的新征程。通过《孕育》，我们可以回到那个风云激荡的年代，重温我们党喷薄欲出的光辉时刻。

新时代谍战小说的独特语法

——海飞《苏州河》简评

《苏州河》是“海飞谍战世界”系列中的最新一部，这部小说延续了他《惊蛰》《醒来》等小说的艺术风格，兼具先锋性、传奇性与抒情性，以饱满的笔墨描绘大历史中的小人物，让我们在错综复杂的时代风云中看到了主人公及其信仰的成长。但这部小说与《惊蛰》《醒来》也有所不同，《惊蛰》的故事主要发生在抗战时期的重庆，《醒来》的故事主体发生在抗战时期的杭州与上海，《苏州河》的故事则主要发生在解放前后的上海，在时间上晚于《惊蛰》和《醒来》，时间的改变也意味着对敌斗争情势的变化。在《惊蛰》和《醒来》中，主人公陈山、陈开来面对的是国、共、日以及不同特务机关犬牙交错的复杂斗争，主要敌人是日寇，其次是国民党；而在《苏州河》中，主要是国、共两党之间的斗争，看似更加简洁明了，但在上海解放前后极端复杂的环境中，更多的是潜流、暗流、回流，表面的斗争之下隐藏着更加激烈复杂的地下斗争。《苏州河》便以主人公陈宝山为线索，为我们展现了这一时期对敌斗争形势的复杂、丰富与微妙。

小说的引子是三宗命案，租住在郝德路的女子张静秋被杀，此案由上海警察局刑侦处陈宝山接手侦察，但一案未破又出新案，居住在顺庆里的郑金权和居住在龙江路的汤团太太也先后被杀，三宗命案之间似乎有着隐秘的联系，于是三宗命案以及侦破工作就构成了《苏州河》的重要情节之一。陈宝山和他的徒弟赵炳坤等人展开追踪。但是在叙述逐渐展开的过程中，作者的笔墨涉及了诸多人等，刑侦处处长周正龙以及他的妹妹周兰扣，上海仲泰火柴厂老板唐仲泰、老板娘童小桥、喜欢下棋的司机老金、以前的使女来喜，解放后的上海警察局刑侦处处长张胜利，等等。这些人物之间又有着千丝万缕的联系，周兰扣是个时髦女郎，似乎有点喜欢陈宝山，但转身陈宝山就看到她与唐仲泰走在了一起；养尊处优的老板娘童小桥得到过陈宝山的帮助，两人在情感上也有点暧昧，但不久童小桥将以前的使女、现在开馄饨摊的来喜介绍给了陈宝山，促成了两人的婚姻；解放后新来的刑侦处处长张胜利原来就是陈宝山的发小、因打人致死而逃亡的张仁贵。在这里，小说的叙述重心开始发生转移，三宗命案及其追踪在小说中不再是重点，更重要的是人物之间微妙复杂的关系，以及人物身份、立场的迅速转换，正是在这里，我们可以看到作者构建谍战世界、掌控叙述节奏的出色能力，以及他对复杂环境中“人”的多面性、丰富性的认知与探索。

随着故事的不断发展，我们可以看到小说中除了陈宝山之外，几乎所有人物的身份和立场都发生了转换。刑侦处处长周正龙老奸巨猾，不断试探陈宝山、赵炳坤，他说，“局里有个代号叫猫头鹰的共党，毛人凤查了很久也没有头绪”，而到后来我们才知道，他自己就是这个猫头鹰，是另一条线上的地下党员，最后他临危不惧，为保护上海电厂而葬身在火柴厂的大爆炸中。在上海解放前夕，时髦女郎周兰扣与火柴厂老板唐仲泰私奔，搭乘太平轮逃往台湾，太平轮沉没了，正当我们以为他们在小说中消失了的时候，他们却作为潜藏大陆的特务出现了，在他们试图炸毁杨树浦电厂时，尾追而来的陈宝山及时赶到，最终他们一个被击毙，一个迫于形势而自杀。

解放后的刑侦处处长张胜利在鉴别旧警察时开除了陈宝山，又侮辱了童小桥，原来他竟然是保密局安插在共产党内的特务，他在要往自来水厂投毒时被一举抓获，而当初那三宗命案，正是保密局为了使他不被熟人认出、顺利进入上海而特意安排的，行凶者正是那个看上去不声不响、喜欢下棋的司机老金，他就是隐藏很深的特务“老根儿”；而另一个隐藏更深的特务“水鬼”，是看上去风姿绰约，似乎毫不关心世事的童小桥，她在惠民轧棉厂以隆隆机器声为掩护向台湾发报时，被陈宝山和赵炳坤两路人马发觉，而“她再次深情地冲宝山笑了一下。然后她突然扯下胸前那枚纽扣，塞进嘴里使劲咬了一口。……宝山看见她渐渐把眼睛闭上，嘴角很平静地淌出一缕血”。甚至陈宝山身边的妻子来喜和徒弟赵炳坤，也都有他不知道的身份，温和善良的来喜原来也是地下党员，她养的那些信鸽是用来传递秘密信息的，而来喜早先那个参军之后传闻死去的丈夫原来就是赵炳坤。——如此复杂的人物关系，如此密集的人物身份反转，对作者的叙事能力是一个巨大挑战，但作者的叙述语调始终从容不迫、游刃有余，他甚至有余力、有闲情将更多的人物、细节、风景编织到叙述之中，所以在阅读过程中我们虽然会时时感到故事情节与叙述节奏的紧张，但小说文本始终是先锋的，也是抒情的，这既展示了作者高超的叙事技巧，也可以说是“海飞谍战世界”系列的独特艺术风格。

在《苏州河》中，作者通过曲折的故事塑造了诸多鲜明的人物形象，其中最突出的是陈宝山，这个从旧社会走来的警察既是地下党员，也是一名聪明机警的侦探，具有敏锐的直觉和出色的专业技术能力，在生活中他又是重情重义的人，小说中他身患脑瘤晚期但仍亲临现场追捕“老根儿”“水鬼”的情节令人动容，最后他的自杀既是追寻当年父亲的身影，也是留给来喜和炳坤的一种解脱。这部小说塑造人物的一大特色是在情节的突转中不断突显人物的多面性，小说中的周正龙、周兰扣、童小桥、唐仲泰、司机老金、使女来喜以及张胜利，都经历过这样“反转”的过程，正是在他们形象的反转过程中，读者对他们留下更加深刻、立体的印象，这既是谍战小说中常见的艺术手法，也是现实主义中的“典型环境中的典型人物”，从一个侧面展示了上海解放前后环境与人物的复杂性，以及我们党最终取得革命胜利的来之不易。在这里，海飞将谍战小说与现实主义、革命史以及坚定的信仰巧妙地融合在一起，开创了新时代谍战小说的独特语法。

《苏州河》的结尾，也是另一部小说的开始，“男人住在一家旅馆，行动怪异，有很多疑点，他们怀疑和台湾最近派来的一个行动小组有关，行动目标是要刺杀首长。我反特科潜伏在他们中间的人员叫陈开来，代号‘断桥’，他已经从隐身的七宝镇上偷偷回了一次市局，向上级汇报了对方的行动计划。炳坤正了正头顶的帽子，深深地看了来喜和苏州河一眼，对宝山的墓碑敬了一个礼。然后他转身对贺羽丰说，走！”——这里的陈开来正是《醒来》的主人公，这里的结尾也正是《醒来》的结尾，在这里，海飞巧妙地将《苏州河》和《醒来》连接在了一起，既在他的“海飞谍战世界”系列之间建立起了有机的联系，也意味着另一场谍战大戏即将上演，且让我们拭目以待。

苏北水乡的革命与少男少女

——读李有干先生《酷热的夏天》

李有干先生的《酷热的夏天》是一部革命历史题材的儿童文学作品，也是一部颇具地方特色与文学性的优秀小说。与他以前的作品相似，这部小说所写的仍是他的家乡苏北盐城，正如曹文轩先生所说，“他的脚底下有一块奇特的土地，这块土地上活着一群奇特的人，这些人中间无时无刻不在发生着一些奇特的故事。他面对这份独特的创作资源，再也无暇顾及外面的世界。风车、芦苇、油菜花、海滩、帆船以及苏北大平原上的一切物象，对他而言，都有说不尽的魅力”。但与以往不同的是，这次他将我们带到了苏北盐城独特的历史之中，并以儿童的视角为我们呈现出了历史的残酷与革命的诗意。

小说的主人公秋燕是一个童养媳，老家在燕子窝，她九岁时母亲早逝，她爹娶了个后妈，后妈时常虐待她，十三岁时她被人领到卢庄当童养媳，走前只有二妈（爹的嫂子）按照当地的乡风，请她吃了出嫁饭，她养的狗黑子也从后窗逃了出来，一路跟随着她。到了卢庄，心地善良的福婶将她当亲生女儿看待，但比她小两岁的“小丈夫”阳子总是欺负她，这个时候只有黑子护着她，阳子痛恨黑子，有一次恶作剧将鞭炮绑到黑子的尾巴上点燃，黑子在惊恐之中到处乱窜，钻进了二牛家的草垛，燃着了一堆干草，差点烧着了他家的房子，在城里做药材生意的父亲卢泰和正好回家，当众惩罚了阳子，让他休学一个月，赔人家一千五百斤草再继续上学。阳子无奈，只得去庄外的荒地里割草，但他自幼娇生惯养，割不了多少草，秋燕便帮他承担了大部分劳作，阳子最终也认可了她这个“姐姐”。这是小说第一章的主要内容，作者以细腻动人的笔触，为我们讲述了小女孩秋燕的悲惨身世，以及她在艰难生活中养成的坚韧品格。在第二章中，秋燕摆脱了裹小脚的命运，并与阳子一起读私塾，一起去城里看洋学堂，卢泰和请了一位教白话文的许老师到卢庄给他们上课，许老师教了一年课突然消失不见了，不久后秋燕和阳子竟然也失踪了，在这里我们可以看到时代新风如何吹拂到了这个偏僻的村庄。

从第三章开始，小说进入了革命历史。秋燕接到许老师的信，瞒着家里和阳子一起去盐城报考华中鲁艺，秋燕被分到音乐系，阳子被分到戏剧系，在这里他们结识了教导主任鲁平、戏剧系教授毕蓝等人，在革命的艺术学校中逐渐成长。阳子一度想离队回家，但后来自己又回来了。毕蓝的丈夫老袁在与鲁平等人突围时牺牲，他的鲜血沾染了鲁平的衣服，丈夫牺牲后，毕蓝发现自己怀孕了，她为了方便从事工作，想回到上海打掉孩子，鲁平劝住了她，让她为老袁家留下这条根。这时日寇将要进攻盐城，华中鲁艺百余名师生在鲁平的率领下开始在水乡中艰难转移，秋燕、阳子这样的小孩和毕蓝这样的孕妇更加困难，他们先后经过宋村、陶家舍，最后在北辛庄落下了脚，鲁平考虑到毕蓝行动不便，以工作的名义让毕蓝和秋燕到偏僻的燕子窝躲避，秋燕回到故乡发现父亲已去世，后妈带着孩子去往他乡了，二妈热情地招待了他们，这时秋燕才发现二妈原来也是党的人。毕蓝得知这是鲁平的特意安排后，又执意回到北辛庄。毕蓝怀孕了害口想吃红薯，阳子跑了好几个村庄为她寻找，在荒地里发现了野生红薯，还因此与村里的狗娃发生了争执，被关了一天禁闭。毕蓝流产了，性格古怪的名医姚老太给她治病，但只剩下了一颗“安胎丸”，药店关闭，四处都买不到这种药，秋燕记得爹的药店卖过这种药，卢庄家里也有存货，便向鲁平提出让她回卢庄去取药，鲁平实在没有办法，便让秋燕和阳子出发了。他们冒着危险，穿越日军的封锁回到卢庄，见到了福婶、卢泰和与黑子，福婶不想让他们再离家，但卢泰和听他们讲了毕蓝的事后，觉得救命要紧。秋燕和阳子带着黑子出发了，但他们在泅渡小河时被岗楼上的鬼子发现，他们在芦苇滩上奔跑，鬼子在后面追击，一个鬼子就要追上来了，黑子突然掉过头迎面冲了过去，咬住了他，但被后面赶来的鬼子击中，倒在血泊之中，“黑子的死为秋燕赢得了时间，和追赶的鬼子又一次拉开了距离，追上了前面的阳子，拿出口袋里的药丸，边跑边说你跑得快，把药尽快送回去……一颗子弹飞来，秋燕跌倒在地，血如泉涌”。小说中秋燕最后英勇牺牲，阳子一路跑到北辛庄，脚掌被戳得像马蜂窝，终于将药交给了鲁平。

这部小说详细描述了秋燕从一个童养媳到一个华中鲁艺战士的成长过程，她虽然年幼，却承受了人世间的诸多苦难，但是她聪明，坚韧，可爱，在加入革命队伍后积极上进，又有唱歌的天赋，勇敢地承担起了为毕蓝取药的重任，最后她虽然牺牲在日寇的枪口下，却在革命事业上留下了永恒的身影。小说在“后记”中交代，“1948年夏天，当地政府在鲁艺师生的牺牲地北辛庄，建起了烈士纪念碑和烈士陵园……碑的后面是烈士陵园，遇难的二十八名师生，均安葬于此。老袁和秋燕的墓，也从串场河边和卢庄迁了过来”。这是革命与历史的记忆，而这部小说是文学的记忆，以形象的方式还原了这位小小烈士短暂而光辉的一生，让我们看到了她的生活、情感与成长，细腻而有力地刻画出这个女孩的生动形象。小说中阳子的形象也是鲜活的，在卢庄时他爱欺负、捉弄秋燕，但并非出于恶意，而是来自小男孩调皮捣蛋的天性，所以一旦感受到秋燕真心对他好之后，就将秋燕当作了姐姐，在盐城时他虽一度逃离华中鲁艺，但也并非是出于革命意志不坚定或者怯懦，而是出自想要回家的天真愿望。后来经过教育，他知道了新四军的纪律，在部队转移、寻找红薯、回家取药等事件中表现英勇，最终成长为一名战士。小说结尾处，在2021年建党一百周年之际，他和毕蓝的儿子袁继业“向纪念碑敬献了花篮，并给每座烈士墓献了鲜花。卢阳在秋燕的墓前停留了许久，久久不想离去……”

整部小说聚焦于秋燕和阳子这两个少年男女，通过他们的童趣、成长与相互依存的关系，展现了旧日乡村生活的艰辛与革命理想的召唤，在过去年代的儿童与当代儿童之间架起了一座理解的桥梁，现在的儿童可以由此进入过去年代的生活，理解过去的年代和革命成功的来之不易。小说中也为我们展现了苏北盐城的水乡特色，将与盐城紧密相连的新四军、华中鲁艺的历史有机地嵌入了小说的叙事之中，在革命历史小说中，很少有作品表现新四军和华中鲁艺的历史，这部作品的出现，不仅为革命历史小说填补了这个空白，而且为之增添了苏北水乡的独特色彩，从儿童的视角为我们打开了一个新的艺术天地。

中国人的文化自觉与想象力

——读刘慈欣《三体》

2015年8月23日，刘慈欣凭借《三体》英文版第一部获得第七十三届“雨果奖”，这不仅是科幻文学界的盛事，也是当代中国文学的盛事。科幻文学在中国虽然很早就得到提倡，梁启超曾撰写过《新中国未来记》，鲁迅也翻译过凡尔纳的《月界旅行》，但“五四”以来，科幻文学在中国一直不甚发达，其原因或许在于，科幻文学虽然与科学有关，但在20世纪饱经忧患的中国，最切要的是民族的生存与发展，我们很难在现实的苦难中仰望星空，探寻宇宙的奥秘。新世纪以来，科幻文学在中国崛起，以刘慈欣、韩松、王晋康、何夕等为代表的科幻作家创作了一大批优秀的科幻文学作品，在整体上提升了中国科幻文学的水平，尤其是刘慈欣的《三体》，有研究者称之为“凭一人之力将中国科幻提高到了世界水准”。在科幻文学崛起的背后是几代科幻人付出的心血与努力，也与中国在世界秩序中位置的提升有极大关系。

《三体》的获奖让我们看到了中国科幻已经达到甚至开始引领世界水平，但它的意义不仅于此。在阅读《三体》时，最令人兴奋的是，在那波澜壮阔的太空史诗中，我们看到了中国人的身影，中国人开始以主角的身份出现，作为人类的代表参与宇宙事务。这对于创作者来说或许是自然而然的，没有经过深思熟虑——作者是中国人，在构思时自然会将中国人代入其中，但就我的阅读体验来说，具有一种震撼性的艺术效果。在此之前，我们看到的西方科幻文学与电影中，西方人是当然的主角，他们代表人类与外星人展开星球大战，最终拯救了地球。在这些作品中，我们看不到中国人的身影。《三体》的出现让我们看到中国人也可以参与宇宙事务，更让我们意识到，此前的中国人形象在科幻作品中的缺失，不仅是一个艺术想象的问题，也是一个国家实力与信心的问题。

《三体》塑造了一种新的中国人形象，以往我们熟悉的中国人是“哀其不幸，怒其不争”的阿Q，是“出水才见两脚泥”的朱老忠、是终于可以挺起腰杆说话的陈奂生，他们在历史与现实的重压下负重前行，在他们的身上，我们可以看到数千年来中国人“精神奴役的创伤”以及他们在20世纪改变命运的艰辛与努力。而在《三体》中，我们看到的是具有东方智慧的现代中国人形象，罗辑、章北海、叶文洁、程心、云天明，这些性格迥异的中国人，在地球文明遭遇三体文明时都承担着关键的使命，他们是人类文明的代表，在太空中挥洒着他们的智慧与意志，探索着人类与宇宙的未来。《三体》的开头描述的是“文革”场景，这样“伤痕文学”式的开场是我们熟悉的新时期以来的中国故事，但随着故事的渐次展开，我们可以发现，这不只是一个中国故事，而且是一个人类的故事，一个宇宙文明的故事，或者说，作者是在中国故事特殊性的基础上，讲述了一个具有普遍性的人类与宇宙文明的故事。

在《三体》中，中国人不仅可以参与宇宙事务，而且可以想象并把握未来。想象一种新的未来并促使其实现，并不是所有国家都能做到的，近代以来的中国不仅不能想象与把握未来，而且其命运往往被其他国家所决定，在那样的时代，一个中国人很难展开想象的翅膀自由翱翔。只有新中国成立后，中国人才能把握自己的命运，只有在改革开放之后，中国逐渐富强起来，才能参与世界事务，才能想象一种新的未来。“胜利的信念是必须建立的，这种信念，是军队的责任和尊严的基础！我军曾在极端困难的条件下，面对强敌，以对祖国和人民的责任感建立了对胜利的信念：我相信，在今天，对全人类和地球文明的责任感也能支撑起这样的信念。”这是在“太空军政治部工作会议”上章北海的发言，是从中国历史而来的对未来的想象。毫无疑问，中国的强盛为《三体》提供了想象的基础与可能性，而《三体》也是中国的强盛在科幻文学领域中的一种折射。在世界科幻文学的视野中，或者在中国现代以来的文学史上，《三体》最重要的特色或许就在于中国人在太空中出现，并能够代表人类、地球与其他星球对话。科幻文学是没有国界的，但科幻作家是有国界的，或许也正是因此，刘慈欣在获奖后并没有显得兴奋，而是对中国科幻文学的整体状况表达了忧虑。

阅读《三体》是一种奇妙的体验，小说显示了一种非凡的想象力，严锋在《三体Ⅲ》的序言中说，“在整个三部曲中，我个人认为第一部最具历史感和现实性；第二部的完成度最高，结构最完整，线索最清晰，也最华丽好看；《三体Ⅲ》则是把宇宙视野和本质性的思考推向了极致，这方面目前无人能及”。《三体》的想象由现实出发，展现了一个无限宽广的时间与空间，一种未来的太空史诗。作者从当下现实遥望星空，也是从无限遥远的高度与未来观察地球、人类与中国，让我们看到了一种超出一般想象的浩瀚宇宙。比如，在《三体Ⅲ》中，作者设计了一个“纪年对照表”，其中最后两个纪年是“DX3906星系黑域纪元，公元2687年—公元18906416年”和“647号宇宙时间线，公元18906416年”。在这里，作者的视域已达到了公元1800万年之后，这是我们在日常生活中绝难想到的，但在作者的叙述中，我们真切地看到了时间尽头的风景。或许无限遥远的时空对我们没有实际意义，但能够想象整个宇宙的民族，一定是有梦想、有未来的。

最令人赞叹的还不是时间与空间的无限宽广，而是作者想象宇宙的方式以及超强的叙述能力。在刘慈欣的想象中，我们看到了宇宙社会学、宇宙心理学、宇宙生态学。在第一部中，作者虚构了一个星球及其文明的历史，在第二部中开始探讨不同星球文明之间的关系及相处规则，第三部则探讨时间的本质与宇宙的秘密。小说中瑰丽的想象与令人惊叹的细节俯拾皆是，作者以硬科幻的方式支撑起了整个叙述，逻辑严密、基础扎实，有自己独特的创造，比如小说中关于面壁者、持剑人、水滴、黑暗森林、降维打击等的叙述，既出人意料，又具有历史与想象的合理性。阅读《三体》对我而言，仿佛是从中国出发的一场太空旅行，那些辉煌的画面、壮丽的场景、奇妙的细节，较之观看西方科幻电影更具真切感、更有想象力，这是一首真正的波澜壮阔的太空史诗，也是我们这个时代想象未来的神话。

2012年，我第一次见到了刘慈欣，记得在讨论时我曾问过他一个问题，鲁迅翻译过凡尔纳的科幻小说，而鲁迅的小说主要关注现实人生，不知他怎么看待这一现象。刘慈欣的回答很简略，他表达了对鲁迅的尊重，也对科幻小说的有限性做了思考。现在想来，我的这个问题，主要是想讨论“新文学”与类型文学的关系。在这方面，我们的研究显然还不够。一个显而易见的事实是，新世纪以来，中国文学已突破了“新文学”的范围，科幻文学、新武侠、官场小说以及网络文学中的诸多类型文学颇为兴盛，其中优秀的作品如《三体》，已跨越了严肃文学与类型文学的藩篱，充分显示了中国人的文化自觉与想象力。在这个意义上，我们可以说《三体》的意义超越了科幻小说，也超越了当今绝大部分的严肃文学，它带给我们的是关于人类命运的深沉思考，也是中国人对未来世界的预言。

第四辑

艾青：民族与人民的伟大歌者

艾青是中国新诗史上的一座高峰，也是民族与人民的伟大歌者，他在民族危机最深重的时候写下了对祖国最深沉的情感：“为什么我的眼里常含泪水？因为我对这土地爱得深沉。”他也宣告了一个新的时代的来临：“趁这夜已快完了，请告诉他们，说他们所等待的就要来了！”艾青的诗歌饱含着对民族与人民的深情，他歌唱太阳、黎明、火把与光，也歌唱大堰河、土地、手推车与吹号者，唱出了一个民族最深处的心声，也发出了一个时代的最强音。

艾青的诗歌意象鲜明简洁，意境雄浑阔大，他将个人最深刻的生命体验以朴素的语言写出，却凝聚了最为丰富的民族与时代情感。他的《大堰河——我的保姆》写的是“我的保姆”，却写出了一个中国人对母亲的深切眷恋和一个新知识分子对人民深厚而又复杂的感情；他写“雪落在中国的土地上，寒冷在封锁着中国呀”，眼中看到的是雪花，心中想到的却是苦难深重的“中国的大地”；他写“在黄河流过的地域，在无数的枯干了的河底，手推车，以唯一的轮子，发出使阴暗的天穹痉挛的尖音”，写的是“手推车”，但瞩目的是“黄河”“河底”与“天穹”，在辽阔的思想视野中建构了独特的美学意象；他写“吹号者”，“现在他开始了，站在蓝得透明的天穹的下面，他开始以原野给他的清新的呼吸，吹送到号角里去……”写的是“吹号者”，但是在“天穹”“原野”“黎明”的广阔背景中加以勾勒，这个“吹号者”的形象便鲜明地挺立在了我们面前，成为时代与民族的“吹号者”；他写太阳升起，是“从远古的墓茔，从黑暗的年代，从人类死亡之流的那边，震惊沉睡的山脉，若火轮飞旋于沙丘之上，太阳向我滚来……”太阳既从天边升起，也从他独特的时空观念与艺术思想上升起，形成了一个精神和美学意义上的“太阳”，照亮了中国新诗，也预示着中华民族的新生。

艾青的诗歌总是蕴藏着一种深沉的感情，他的诗歌中既有西方现代诗人的“忧郁”，也有传统中国诗人的“沉郁”，艾青在他的诗歌中融汇中西诗风，形成了独属于自己的风格与艺术世界。他从西方象征派诗人凡尔哈伦、波德莱尔、兰波、阿波里内尔等人那里获得创作灵感，“我从你彩色的欧罗巴，带回了一支芦笛”，一度被称为“吹芦笛的诗人”。但艾青并不像这些诗人一样关注抽象的现代文明危机，他更多地关注了他所身处的民族苦难，所以他的“忧郁”更加深沉，更加沉郁。在艾青的诗歌中，我们也能感受到像屈原、杜甫、陆游等人一样强烈的家国情怀与忧患意识。但相对于传统中国诗人，艾青的思想、艺术和情感表达更具现代性，他并不像这些诗人一样忠于某个君主或王朝，而是作为民族与人民的一分子，发出了民族和人民的声音。在他的诗歌背后，隐藏着从传统家国情怀向现代民族意识与人民意识的转变，他在新的思想与历史视野中，以诗歌的形式凝聚并召唤着现代中国人的民族意识。

艾青的诗歌善于创造意象，他创造了大量新的诗歌意象，以太阳、黎明、火把等代表光明的意象，突破了传统中国文学的美学范畴，表现出了一个民族对光明的渴望，也体现出深刻的时代性和人民性。另一组意象，即以土地、旷野、北方等为代表的意象，则表现出了民族的苦难与历史的沉重，寄托着作者深沉的民族情感。“北方是悲哀的；而万里的黄河，汹涌着浑浊的波涛，给广大的北方，倾泻着灾难与不幸；而年代的风霜，刻画着，广大的北方的，贫穷与饥饿呀。”诗人将民族苦难刻画在北方旷野悲凉、阴郁的广阔风景之中，令人过目难忘。以“太阳”和“土地”为核心意象，艾青构建了他诗歌的艺术世界，这是他个人批判黑暗、追求光明的精神写照，也是一个民族在苦难中崛起的生动记录。在诗歌形式上，艾青继承了“五四”白话诗的传统，反对格律诗与格律化，追求诗歌的“散文美”，他的经典诗歌如呼吸一样自然，如生命律动一样舒畅，但又蕴含着独特的诗意和诗歌之美。“诗的声音，就是自由的声音；诗的笑，就是自由的笑”，艾青以自由的诗歌形式创造了中国新诗的新境界。

艾青的诗歌是在时代中产生的，也随时代的变化而变化。在民族危亡的年代，艾青以强烈的民族情感歌颂太阳、礼赞人民，他的诗歌代表着一个民族觉醒的声音；在蒙冤受辱的日子里，他也没有低落消沉，而是坚定地相信“即使是磷火，还是在燃烧”；在新时期到来之际，他重新焕发出诗歌的青春，以诗人的敏感与良知，将深刻的体验与思考凝结成新的诗歌意象。从20世纪30年代吹响《芦笛》，到20世纪80年代唱出《光的赞歌》，艾青在数十年的创作生涯中，始终以充沛的激情为他所挚爱的祖国和人民歌唱，深刻地表达出时代精神和人民的心声，也为我们留下了一首首经典之作——《向太阳》《火把》《北方》《黎明的通知》《雪落在中国的土地上》等等，这些诗作凝铸成中国新诗史上的一座艺术丰碑。

艾青说：“最伟大的诗人，永远是他所生活的时代的最真实的代言人；最高的艺术品，永远是产生它的时代的情感、风尚、趣味等最为真实的记录。”今天重读艾青的诗歌，这些饱含真诚和激情的篇章依然令人感动不已。但我们已置身于不同的历史时空，在新时代的宏大视野中，我们正行进在为中华民族伟大复兴而奋斗的征程上。新时代的诗人既要继承艾青对祖国与人民的深厚情感，融汇中西的文化格局，也要学习艾青在时代中不断创造的艺术精神，从而将新时代的新经验、新情感熔铸成新的经典诗篇。

一曲《白毛女》，唱响新中国

1945年4月，中共七大召开期间，歌剧《白毛女》在延安首演。《白毛女》的故事来源于民间传说，讲述了贫苦佃农杨白劳的女儿喜儿，被恶霸地主黄世仁霸占，喜儿逃入深山穴居，青丝变成白发，最后被八路军和昔日恋人大春所救的故事，反映了“旧社会把人变成鬼，新社会把鬼变成人”的主题。半个多世纪中，《白毛女》一直活跃在舞台和银幕上，成为几代中国人的集体记忆。

1. 从“白毛仙姑”的传说到歌剧《白毛女》的诞生

1945年4月，为迎接中共第七次全国代表大会的召开，歌剧《白毛女》在延安公演，观众中有毛泽东、周恩来、刘少奇、朱德、陈毅等中央首长。首场公演盛况空前，因为戏票紧俏，陈赓将军是坐在窗台上看完演出的。该剧的创作团队和演员们收获了雷鸣般的掌声。今年，歌剧《白毛女》走过了七十六年的历程，已然是中国民族歌剧史上的一个高峰。

歌剧《白毛女》缘于“白毛仙姑”的传说：1940年，在河北北部一个山村中，村干部和村民都很迷信，说曾在庙里看到过“白毛仙姑”，要他们每月初一、十五上供。于是，区干部带人夜里到奶奶庙捉“鬼”，终于逮住了这个“白毛仙姑”。经审问才知道，“白毛仙姑”原来是一个贫苦人家的女儿，被村中的恶霸地主以讨债为名逼死父亲，抢掠回家，后来地主要续娶新人，想用阴谋害死她。她设法逃到深山，一住多年，因缺盐少吃，全身发白。她常到奶奶庙去偷贡品，被村人看见，称为“白毛仙姑”。区干部告诉“白毛仙姑”，世道变了，将她从山洞中解救出来……

“白毛仙姑”的故事有不同的版本在晋察冀边区流传，《晋察冀日报》记者、作家林漫（李满天）写出故事《白毛仙姑》，寄给了延安鲁迅艺术学院院长周扬。1944年5月，西北战地服务团回到延安，也将这个故事带到延安，引起了延安文艺界的重视。周扬提出把白毛女的故事改编成一部新型歌剧，作为向中共七大献礼的剧目。剧本最初由邵子南执笔，他是按秦腔脚本创作的，周扬不太满意，觉得“没有走出旧剧的窠臼”。后剧本改由贺敬之、丁毅执笔，这就是1945年4月上演的版本。

演出过程中的几个小插曲不能不提：当黄世仁在白虎堂向喜儿施暴时，首长席后面的几个女同志失声痛哭；当幕后唱起“旧社会把人逼成鬼，新社会把鬼变成人”时，掌声经久不息。座中的毛泽东、朱德、周恩来等中央首长也深为感动，毛泽东在喜儿唱出“太阳底下把冤申”时，目中闪出泪光。第二天一早，中央办公厅便向剧组传达了中央领导同志的三点意见：第一，主题好，是一部好戏，非常合时宜。第二，艺术上是成功的，情节真实，音乐有民族风格。第三，黄世仁罪大恶极，应该枪毙。创作组吸收了来自党中央的意见，以及来自群众的大量建议，对剧本做了数次修改，才形成现在的版本。

2. 鲁艺集体创作的佳话，新的艺术形式的探索

歌剧《白毛女》的成功，部分缘于“白毛仙姑”故事的传奇

性，但更主要靠的是当时鲁艺的文学艺术界精英组成的创作团队，他们相当年轻，具有鲜活的创造力。他们将来源于生活的“白毛仙姑”的故事，进行艺术上的构思、提炼与升华，赋予了这一故事新的主题与新的艺术形式，使之焕发出了全然不同的生命力。在贺敬之的《〈白毛女〉的创作与演出》中，我们可以看到，关于如何改编“白毛仙姑”的故事曾有不同的意见，一种意见认为这是一个没有什么意义的“神怪”故事，另一种意见认为可以作为“破除迷信”的题材来写。但是，“仔细研究了这个故事之后，我们没有把它作为一个没有什么意义的‘神怪’故事，同时也不仅仅把它作为一个‘破除迷信’的题材来处理，而是抓取了它更积极的意义——表现两个不同社会的对照，表现人民的翻身”。这就是“旧社会将人变成鬼，新社会将鬼变成人”这一全新主题的提炼，使之从一个现实生活中的具体事件，成为一个能反映时代变化本质的典型故事，一个新的中国故事。

有研究者称《白毛女》“唱出了一个新中国”，这不仅表现在《白毛女》向人们展示了一种新的政治文化，以及新中国政权为穷人当家做主的性质；也表现在《白毛女》巨大的社会动员能力与影响力，很多战士正是喊着“为喜儿报仇”“为杨白劳报仇”，冲上了解放战争的战场。

还可以引用一个小故事，据说愤怒的战士差点向演黄世仁的陈强开枪，此后部队首长规定，观看《白毛女》必须子弹退膛。《白毛女》不仅具有艺术影响力，它还直接触动了穷苦中国人最深层次的情感结构，让他们从千百年精神奴役的创伤中觉醒，从而迸发出了巨大的精神力量。可以说，像《白毛女》这样，将艺术的影响力直接转化为精神力量乃至战斗力的作品，在世界文艺史上也是极为罕见的。

在艺术形式上，歌剧《白毛女》也是一种全新的尝试。“新歌剧”不同于西洋歌剧，也不同于中国的民间戏曲，是鲁艺创作团队在秧歌剧基础上的一种新创造，也是歌剧民族化与戏曲现代化相互融合的一种新探索。要表现新的世界、新的人物、新的思想，用原来的旧瓶子已不适合装新酒了，这也是《白毛女》的秦腔脚本不被采纳的原因。喜儿的扮演者王昆曾回忆，“周扬同志说：‘因为我们马上要胜利了，新的局面来了，我们一定要有一种新的气象、新的味道。秦腔是古老传统的剧种，当然是我国优秀传统文化，但不能表现当前我们军民的新的精神面貌。’”

但是要创造一种新的形式并不容易，张庚在《关于〈白毛女〉歌剧的创作》中指出，“在最初的讨论中，我们定下了这样一个方式：创造一个歌剧。但是在我们前面，有两种歌剧，一个是中国的旧剧，一个是西洋的OPERA。用哪一种，这是得立刻决定的。我们觉得，首先要广大的工人、农民、士兵能懂，而且喜欢，完全的洋派是不行的，就是洋气过多也不行，再说它也表现不出中国农民的生活来。中国旧剧呢？当然，它是中国的，但它是旧的，这里的故事、生活，是解放区农民的新生活，旧戏的一套无论如何是表现不出来的，正是应当遵照毛泽东同志‘文艺座谈会讲话’所指示的，从生活和民间文艺出发，来加以创造提高，一面吸收旧的，一面吸收西洋的，我们就根据了过去搞‘秧歌剧’的一点经验来开始。然而一个大的歌剧不比小秧歌那么容易对付，做着做着，问题就一个一个地出现了……只能从实际做的中间慢慢积累许多点滴的经验……”

创造新的艺术形式是一个艰难的探索过程，正是在《白毛女》的创作过程中，我们看到了不同艺术部门的艺术家携手合作，为了一种新的理想和新的艺术，迸发出了惊人的艺术才华，这是中国历史上第一次“写群众，为群众写，写给群众看”，他们与新的历史主体共同成长，充满了历史与创作的信心，而正是这些，才成就了《白毛女》的辉煌与传奇。

1945年1月执笔创作《白毛女》的时候，贺敬之刚满二十岁。贺敬之在抗日战争的艰难环境中，从山东枣庄经四川梓潼，辗转到达延安，那是1940年，他还是一个少年诗人。如果说贺敬之改变了《白毛女》，让这个民间故事具有了一种全新的艺术形式，那么我们可以说，《白毛女》也改变了贺敬之，让他获得了一种新的历史意识与主体意识。

周扬、张庚组建并领导着整个主创团队，导演王滨，作曲马可、张鲁、瞿维，贺敬之和另一位执笔者丁毅，以及喜儿的主要扮演者王昆等人，对歌剧《白毛女》来说都功不可没。王昆在回忆中就谈到张鲁犹如星探般发现她的过程："那个时候，嗓子不经常唱就难受。所以，走路也唱，打饭吃饭也唱，到后来种西红柿的时候也唱，修飞机场的时候也唱……有一天，我感觉有一个人老跟着我，跟了好几天。后来才知道，那个人就是《白毛女》的曲作者张鲁。"

在1942年毛泽东《在延安文艺座谈会上的讲话》之后，文艺"为群众"以及"如何为群众"成了文艺界的核心命题，这个创作集体从领导者到具体创作者，都认可并信奉这一艺术理想，并将之作为创作《白毛女》的艺术追求。在具体的创作中，创作集体各有分工，充分发挥每个人的特长。有资料显示，在张庚的领导下，剧组采取"流水作业"的方式，即贺敬之写完一场后，作曲者就谱曲，由张庚、王滨审定，交丁毅刻写蜡纸印出，再由导演和演员试排，每幕完后总排，请鲁艺师生、干部群众和老乡观看并评论，边写作边排演边修改。这确实是一种独特的集体创作的新方式。

3. 延安到处飞扬着"北风吹""扎红头绳"的曲调

民族歌剧《白毛女》对观众来说是一种全新的艺术形式，作曲家采用了"小白菜"、河北梆子等民间音乐的曲调，并加以创新，《白毛女》中不少唱段因此而流行。

北风吹，雪花飘，
雪花飘飘年来到。
爹出门去躲账整七天，
三十晚上还没回还。
大婶子给了玉茭子面，
我等我爹爹回家过年。

这首“北风吹”是《白毛女》中的著名唱段，简洁而生动，在短短六句歌词中，既有写景抒情，又有叙事交代，情境合一，开场就将人带入了风雪扑面的情景中，又表现出了喜儿既欣喜又不安的心情。古城延安到处飞扬着“北风吹”“扎红头绳”的曲调。据说毛泽东在窑洞里与女儿李讷嬉戏时，用浑厚的湖南腔调唱起“人家的姑娘有花戴，你爹我钱少不能买，扯上二尺红头绳，给我喜儿扎起来!”在散步时，毛泽东常一边走一边用口哨吹“北风吹”的曲调。

在《白毛女》中，无论是人物塑造、场景描绘，还是歌词创作、戏剧冲突的设计，都让我们看到了贺敬之作为诗人与戏剧家的杰出才华。有研究者以白色意象的出色运用，阐释了《白毛女》的艺术特色：“如果将歌剧《白毛女》比喻为一巨幅画作，酷爱写‘雪’的贺敬之在制作这幅画时，对于白色的运用可谓苦心孤诣——从除夕夜纷纷飘落的轻柔的白色雪花，到杨白劳艰难挣扎在白茫茫雪原；从扑倒在杨白劳尸体上的喜儿披麻戴孝、一身素白，到经历了非人环境磨难的喜儿一头白色长发，以及喜儿发出复仇的呐喊时天空中炸裂的白色闪电——剧作家将白色的功能发挥到了极致。”一篇文章如此描绘张鲁为《北风吹》作曲的场景：“张鲁就在这张摇摇欲坠的桌子上陷入了沉思。他顺着刚才的思路前进。他想起了张庚一再强调的：‘北风吹’一定要让观众一听就喜欢，就愿意关注人物的命运。按照剧本的描述，喜儿出场时是个十七岁的农家少女，自幼丧母，与父亲相依为命，多像河北民歌里的‘小白菜’

呀！想到这里，他心里猛地一动，又想起了贺敬之曾提醒过大家：喜儿的唱段可以用民歌‘小白菜’做基调。顺着这个思路，在经过了一遍又一遍的自我否定之后，他终于揣摩到了喜儿在等待爹爹回家时那种又急又喜的感觉，一串串音符像一股山泉般在他的手上奔涌而出，不到三分钟的时间，他就写就了整首‘北风吹’。”

4. 每个版本的《白毛女》都承载着时代的深刻寓意

在七十多年的风风雨雨中，每一个版本的《白毛女》都承载着时代的深刻寓意。歌剧《白毛女》首演在延安，之后公演了三十多场，场场爆满。丁玲曾描写过看戏的场景：“每次演出都是满村空巷，扶老携幼……有的泪流满面，有的掩面呜咽，一团一团的怒火压在胸间。”然后从延安演到了张家口、哈尔滨、北京，最后是全中国。首演时，喜儿的扮演者是王昆。郭兰英于1947年第一次扮演喜儿，她的声音被公认有极强的穿透力。

《白毛女》是我国民族歌剧的开山之作，是中国歌剧史上具有里程碑意义的经典作品。七十多年来，《白毛女》被改编成京剧、芭蕾舞、电影等多种艺术形式，演遍祖国大江南北和海内外，至今仍具有旺盛的生命力和感染力。新中国成立后，东北电影制片厂1950年摄制了同名黑白故事片，由水华、王滨担任导演，杨润声任编剧，田华、李百万、陈强、张守惟等主演。

1951年，电影《白毛女》在全国二十五个城市的一百五十五家电影院同时公映，一天的观众竟达四十七万八千余人，创下了当时中外影片卖座率的最高纪录。田华在回忆文章中说：“《白毛女》摄制组无论主创人员，还是演员阵容，实力都很强大。导演王滨是内行，熟悉电影业务，懂得蒙太奇，主管分镜头和最后剪接；同期录音，三个同步，绝对是他的强项……联合导演水华，虽是首次拍片，但在延安鲁艺就是表演课教师，分工为执行导演。他排戏很细致，善于启发诱导和处理演员的表演，使我学到了许多宝贵的东西。两位导演各有所长，可谓珠联璧合，相得益彰。”1951年，《白毛女》参加了捷克的卡罗维发利第六届国际电影节，荣获特别荣誉奖。1955年，日本松山芭蕾舞团最早推出了芭蕾舞版《白毛女》，松山树子扮演喜儿、清水正夫担任创作的《白毛女》，博得了日本人的好评。清水正夫回忆道：“那天天气非常冷，但是观众人山人海，连补座都没有。”松山树子回忆：“谢幕的时候，观众的掌声经久不息。我看到前排的观众都流着泪水，有的甚至大声地哭了起来，台上的演员也抑制不住自己的感情，都流着眼泪谢幕。”《白毛女》还以其他艺术形式传播着。1958年，马少波、范钧宏将其改编成京剧《白毛女》，由中国京剧院演出。而连环画《白毛女》有多种，其中以华三川的彩色连环画《白毛女》影响最大，1965年曾获第二届全国连环画评奖绘画一等奖。

1964年，上海市舞蹈学校排演了中国版的芭蕾舞剧《白毛女》，在1965年第六届“上海之春”音乐节上进行公演，演出轰动一时，得到了周总理和陈毅副总理等人的好评，继而为缅甸和刚果等国国宾及各国使节演出。1966年“五一”节在北京，刘少奇、周恩来、邓小平等党和国家领导人陪同阿尔巴尼亚等国国宾观看。1967年4月24日晚，毛泽东主席首次观看了芭蕾舞剧《白毛女》的演出，称赞道：“《白毛女》好。”芭蕾舞剧《白毛女》被列入八个“样板戏”之内，进行反复修改排练。1971年拍摄成舞台艺术片，第二年在全国反复放映。1975年，整个芭蕾舞剧《白毛女》剧组奉命调往北京，对《白毛女》进行大修改，修改未成功，也未进行公开演出。直到1976年粉碎“四人帮”，芭蕾舞剧《白毛女》才又恢复原来的面貌。

新时期以来，《白毛女》多次重演。1983年，为纪念毛主席诞辰九十周年，芭蕾舞剧《白毛女》再次公演。1985年，歌剧《白毛女》复排上演。2005年，为纪念芭蕾舞剧《白毛女》诞生六十周年，上海芭蕾舞团举办了“《白毛女》故乡行——从延安到上海”巡演活动。2011年，为庆祝建党九十周年，歌剧《白毛女》再次复排公演。2015年是歌剧《白毛女》首演七十周年，新版歌剧《白毛女》再次公演。新版《白毛女》本着“守正创新”的原则，更加强调回归歌剧艺术本体，突出音乐性、歌唱性和旋律性。“赵大叔讲红军”“穆仁智强抢喜儿”等几场戏中，把以前的对白和台词改成了唱段，增强了歌剧的感染力；“喜儿和大春在山洞相逢”一场，恢复了两人的二重唱，声情并茂，催人泪下，生动地表现了“旧社会把人逼成鬼，新社会把鬼变成人”这一深刻主题。在最后的大合唱“太阳出来了”的激昂歌声中，观众的情绪达到高潮，掌声、叫好声此起彼伏。

从1945年到今天，《白毛女》依然散发出历久弥新的艺术魅力。当回首仰望这座中国民族歌剧的高峰时，我们也应该从中汲取经验，努力创造我们这个时代文艺的新“高峰”。

在生活故事中发现史诗

——重读《创业史》

1952年，柳青三十六岁，风华正茂，年富力强。那时他已经参与创办了《中国青年报》，创作了长篇小说《种谷记》《铜墙铁壁》，还作为中国青年作家代表团成员访问苏联。就在工作和事业"顺风顺水"之时，柳青主动做出了人生中一个重大决定，那就是离开北京去陕西深入基层。后来，他扎根长安县皇甫村，一住就是十四年。

到生活现场去，走艰辛创作路

20世纪50年代初，柳青感到，中国乡村的政治、经济和社会生活即将发生翻天覆地的变化。他必须亲赴现场与村民一起参与、感受这一巨变，才能创作出无愧于时代的作品。人民生活"是一切文学艺术的取之不尽、用之不竭的唯一的源泉"。带着这样的信念，带着文学的理想，柳青主动选择了一条艰辛的创作道路。

从1952年到1956年，柳青没有发表过一篇有较大影响的作品，不少人对他深入生活的方式产生怀疑。柳青承受住来自各方的压力，不为所动。《创业史》的责编王维玲清楚地记得："1956年是柳青最苦的一年，也是他创作上最关键的一年……他食不香，睡不宁，变得又黄又瘦，身体极度衰弱。”后来讲起这一年，柳青笑着说：“那才真正是脱胎换骨，狼狈极了，这是我创作最艰苦的一年。”柳青在写作《创业史》第一部的时候，不脱离实际，跟大家一块开会，给群众和干部出主意，想办法。直到1959年，柳青创作的这部小说先是以《稻田风波》为名在《延河》杂志连载，1960年又以《创业史》为名由中国青年出版社出版单行本。《创业史》出版后，一时广为称道、好评如潮，“我国当代反映农村生活最优秀的长篇小说之一”，“现实生活的历史容量具有了史诗性的规模”，评论家们给予这部作品以高度评价。六十多年来，《创业史》经受住了读者、专家与时间的考验，成为中国当代文学的经典。

时代的画像，生活的史诗

“梁生宝买稻种”是《创业史》中的经典章节，广为人们知晓。这个章节细致地描写了梁生宝舍不得住店而睡在火车站里，舍不得吃饭，只是喝免费的面汤就馍，但这一切都没有动摇他心中新稻种所带来的丰收梦想。这个年轻庄稼人冒着春雨，“头上顶着一条麻袋，背上披着一条麻袋，抱着被窝卷儿，高兴得满脸笑容，走进一家小饭铺里”，其勤俭节约、风尘仆仆的形象，留在很多人的记忆深处。这个段落出自《创业史》第五章，也是小说中梁生宝这个人物第一次登场。梁生宝是小说的主人公，为什么一直到第五章才出现？这正是《创业史》艺术上的独到之处，小说要写的是“生活故事”，“生活”是网状的，有着多个侧面和多个层面。小说的前四章写梁三老汉、郭世富、徐改霞、郭振山、任老四、高增福的生活，而他们又都在关注和议论着梁生宝，众多故事的矛盾和关键点也都在指向他。这样，梁生宝在“买稻种”一章出现后，便迅速成为小说叙述的中心。路遥说，柳青“多年像农民一样生活在农村，像一个普通基层干部那样做了许多具体工作。正因为如此，他才能在《创业史》中那么逼真地再现如此复杂多端的生活——在这部作品中，我们看见的每条细小的波纹都好像是生活本身的皱褶”。如果说梁三老汉、郭世富、徐改霞等人体现了“复杂多端的生活”和“细小的波纹”，那么梁生宝体现了时代生活的主流及其对一个村庄复杂生活的影响，他们共同构成了一个时代的画像。

梁生宝为什么要去买稻种呢？这是小说中的一个关键情节，是为了互助组的丰收，也是为了体现农业合作化道路的优越性。《创业史》正是通过梁生宝互助组“买稻种”“新发育秧”“进山割竹”等一系列生活故事，通过他与郭振山、郭世富、姚士杰等人的斗争和竞争，将中国农民告别旧的生活方式、探索新生活的过程转化成了一部“史诗”。在小说第一部的结尾，梁生宝带领互助组通过艰苦创业获得了大丰收，又成立了全区第一个农业社——灯塔社，梁生宝的创业终于成功了。《创业史》虽着眼于蛤蟆滩这个小村庄走合作化道路的过程，但柳青想要回答的是“中国农村为什么会发生社会主义革命和这次革命是怎样进行的”这样一个宏大主题。《创业史》正是通过生活故事，生动形象地描述了“新的历史巨流”及其展开的细微波光。在艺术上，柳青也将宏大的叙事结构与精细的描写、心理刻画与哲理性的议论很好地结合了起来。

小说在艺术上的最大成就是塑造了梁生宝、梁三老汉等一批鲜活的人物形象。梁生宝是一个完全摆脱了小农观念羁绊的新人形象。他既淳朴公道，又克己奉公，是从农村中的“仁义孩子”成长起来的新社会的新人。为了塑造好梁生宝，柳青一直与其原型王家斌保持着密切联系，并亲自参与王家斌互助组的领导工作。全组十来户人，谁每天干什么活，哪家发生了什么事，他都知道。梁三老汉则是老一代农民典型，他在旧社会数次创业失败，在精神和性格上留下了创伤，土改后分得了土地，重新唤起了他的创业热情，他想为了个人利益再“拼一把”；他反对集体事业，暴露出落后、狭隘、保守的小生产者意识以及顽固倔强的性格，但同时他又具有中国农民勤劳、善良、朴实的品质。柳青极其精彩地描写了梁三老汉的内心矛盾，着重表现了他参与合作化运动的艰难历程。梁三老汉这个形象凝聚了柳青对时代转折的深刻思考。

要塑造英雄，先塑造自己

《创业史》对后世的影响，既有文学的影响，又有作家柳青人格的影响。《创业史》作为经典之作，一方面，其开创的叙述模式在新时期之后的创作中有着悠远的回响；另一方面，柳青以扎根皇甫村十四年的生活与创作实践，向人们昭示了何谓“深入生活”，如何“深入生活”，“深入生活”之后怎样创作出优秀作品。柳青“深入生活”的影响已经超越了文学，成为坚持群众路线的一个典范。“要想写作，就先生活，要想塑造英雄人物，就先塑造自己。”柳青是这么说的，也是这么做的。《创业史》出版后，柳青将一万六千零六十五元稿费全部捐给了自己扎根的地方。他说：“农民把收获的粮食交给国家，我也应该把自己的劳动所得交给国家。”柳青高尚的人格、实事求是的精神和勇攀艺术高峰的志向赢得了路遥、陈忠实等一代代作家的尊崇。

柳青及其《创业史》也向我们昭示，作家应当如何深入生活，书写时代。近百年来，中国乡村发生巨大变化，现在的中国乡村已经不再是柳青笔下的乡村，但我们通过《创业史》可以体味到当时人们的生活经验与内心世界，我们仍然需要像柳青那样深入生活、勇攀艺术高峰的作家，创作出无愧于时代的优秀作品。

《创业史》之前的柳青

——柳青作品集序

柳青的《创业史》已经成为当代文学的经典，但是在《创业史》之前，柳青的创作是怎样的，柳青走过了怎样的创作道路？很多读者并不了解。现在摆在大家面前的《土地的儿子——柳青作品选》《种谷记·狠透铁》便向读者展示了柳青在《创业史》之前的主要作品。在这些作品中，我们可以看到柳青是怎么成为“柳青”的，柳青为什么能写出《创业史》，以及柳青的生活和创作道路。

《土地的儿子——柳青作品选》收入的是柳青的散文和短篇小说，时间跨度很大，既包括柳青1935年发表的处女作《待车》，也包括他在1972年所写的《建议改变陕北的土地经营方针》，但主要是在抗战时期所写的短篇小说，以及新中国成立后合作化时期在皇甫村所写的散文（或特写）。前者主要收录于柳青的小说集《地雷》（光华书店1947年2月初版），后者主要收录于柳青的散文特写集《皇甫村的三年》（作家出版社1956年11月初版）。此次将它们汇集在一起，可以让我们更清晰地看到柳青创作的整体面貌。

《种谷记·狠透铁》收入的是柳青的长篇小说《种谷记》和中篇小说《狠透铁》。《种谷记》是柳青的第一部长篇小说，取材于柳青在陕西米脂县当乡文书的生活，抗日战争结束后，柳青带着《种谷记》的手稿，跟随部队奔赴东北，开辟新的解放区。1947年7月，《种谷记》由东北光华书店出版，后于1951年10月由人民文学出版社正式出版，先后7次印刷，发行达70万册。《狠透铁》原名《咬透铁锨》，副标题“1957年纪事”，写作于1958年，是柳青在创作《创业史》（第一部）间隙所写的一部中篇小说，最初发表于《延河》1958年4月号，后经三次修改，于1959年11月由陕西东风文艺出版社出版单行本。

以上是对这两部作品集内容和版本情况的简略介绍，下面我们结合柳青的人生和创作经历，对这些作品进行一些分析。

柳青，1916年生，原名刘蕴华，陕西省吴堡县人。八岁进入本村私塾接受启蒙教育，后在佳县螅镇小学、米脂县东街小学读书。1928年济南惨案发生后，他参加了米脂的示威游行，开始参加革命活动，并于1928年5月加入中国共产主义青年团。1930年下半年考入绥德省立第四师范学校。入学刚半年，学校被陕北军阀井岳秀下令关闭，遂考入陕北联合县立榆林中学。在这里，他广泛地接触了鲁迅、郭沫若、茅盾、丁玲和沙汀等人的作品，并自修大学课程。由于过度用功和生活上的清苦，他染上了严重的肺结核病。1934年夏初中毕业，柳青到西安投奔在西安高中当教员的长兄，以第一名的成绩考进西安高中。从塞上来到省城，柳青的视野大为开阔，他如饥似渴地博览中外名著，开始作诗，写散文，还学习翻译外国文学作品。1935年冬，上海《中学生》季刊第二卷第二号上发表了他署名柳青的处女作《待车》，这是他在全国性杂志上发表的第一篇作品。《待车》全文不足两千字，描写了一群在反共内战中负伤的国民党士兵（大概是东北军），在西安车站等待被转到别处去的情景。“从这极小的一角，可以使人联想到很多，想到这一群伤兵的悲惨命运，想到他们对于被迫打内战的无言的憎恨，想到他们对于失去家乡的怀恋……柳青一开始写作就表现出他的摹写生活的现实主义手

法，同时也表明他具有摄取一点反映更多东西的本领。”（林默涵《涧水尘不染，山花意自娇》）

“一二·九”运动爆发后，西安学生罢课、游行，并成立西安学生抗日救国联合会。正在高中二年级读书的柳青，积极投身爱国运动，曾在西安高中学生救国会会刊创刊号上发表翻译诗歌《村里的铁匠》。1936年冬，悼念鲁迅大会、纪念“一二·九”运动一周年和西安事变的爆发，使西安地区的学生爱国运动空前高涨。柳青担任西安学生抗日救国联合会会刊《学生呼声》的主编，还为学联拟写传单，每日显得特别忙碌。就在这时，他加入了中国共产党。抗日战争爆发后，1937年8月，柳青到《西北文化日报》副刊《战鼓》当编辑。不久，考入刚成立的西安临时大学俄文先修班。翌年4月，日机轰炸西安，临时大学搬到陕南南郑、城固，柳青没有随校南迁，转而奔赴陕甘宁边区。他于1938年5月初到延安，在边区文化协会任海燕诗歌社秘书、民众娱乐改进会秘书。1939年到1940年，他以随军记者和文化教员的身份，随八路军东渡黄河到华北，转战于山西抗日前线。抗日队伍的生活激发了他的创作激情，让他写出多篇反映中国共产党领导抗日军民英勇打击日本侵略者的短篇小说。这些小说主要包括《地雷》《误会》《牺牲者》《废物》《一天的伙伴》等。1940年10月，柳青返回延安，担任文学月刊《谷雨》编辑，并和林默涵一起负责延安向重庆传送消息的文化站的工作。这一时期他写出了多篇反映边区生活的短篇小说，如《在故乡》《喜事》《土地的儿子》等，这时期可以说是他短篇小说创作的高潮期。在此前后，柳青还写有散文特写《萧克将军会见记》《一个女英雄》等。

这些作品初步展现了柳青的创作才华和艺术风格。《地雷》重点描写的是李树元老汉对儿子银宝抬地雷支援前线并加入八路军的心理反应过程。李树元老汉身上有小生产者的狭隘意识，面对日寇的进攻和人民群众逐渐高涨的抗日意识，他经历了新旧的思想矛盾和斗争过程。“作品对李老汉爱儿子与爱革命、顾自家与顾国家的思想矛盾和转化过程，展现得十分真实、细腻。”（屈桂云《论柳青的早期短篇小说创作》）在小说中的李树元、银宝身上，我们可以看到《创业史》中梁三老汉和梁生宝的影子，柳青在这里已经表现了他对思想矛盾的“旧人物”和走在时代前列的“新人物”的特殊关注。《误会》写的是一个休养的伤员将“我”误认为汉奸而造成的一场小风波；《牺牲者》以战斗结束后风雪扑面的窑洞为场景，描写了七八个战士对牺牲的战友马银贵的怀念；《一天的伙伴》中的吴安明，是帮“我们”运送行李的伙伴，作者以先抑后扬的方式讲述了他悲惨的童年和参加革命的过程；《废物》中的王得中是一个五十多岁的老光棍，是八路军营部的一个马夫，作者通过对他执拗性格的描写展现了他凄苦的过去以及对八路军的忠诚。“这些战士都是穿上军衣的农民，他们带着浓厚的农民气质：质朴、固执、惊人的耐苦力，还有一些落后意识。这说明柳青是很了解农民的，他确实是农民的儿子。”（林默涵《涧水尘不染，山花意自娇》）《土地的儿子》则描写了一个农民李老三在新旧社会的命运转换，在旧社会他依靠“偷”和“骗”维持一家人的生活，而在新社会，他终于置办了三垧土地。小说的字里行间充溢着这个翻身农民对新政府的热爱和对土地的痴迷。《在故乡》《喜事》则主要通过作者回乡的过程，描绘了作为家乡的边区在党领导下发生的新变化。这两篇小说在结构与写法上类似于鲁迅的《故乡》，但其间所展现的新旧风俗、新旧人物的此消彼长，也让我们看到了时代进步的足迹，以及作者心目中理想的远景。

1942—1945年，柳青在米脂县民丰区任乡文书，和当地干部一起开展减租减息、反霸反奸斗争和大生产运动。根据这个时期丰富的生活积累，他写成了第一部长篇小说《种谷记》。《种谷记》围绕互助帮工、集体种谷这一核心事件，描述了农村中不同阶层、不同性格的农民的心理以及他们之间的关系，小说对乡村中复杂的政治、伦理、人际关系有着精准的把握，刻画出了王加扶、王克俭、王存起、赵德铭、福子、维宝、存恩老汉、王老雄、王相仙等一系列人物形象。这部小说无论在题材还是主题上，都与后来的《创业史》相似，虽然与《创业史》相比，小说的主题不够宏大开阔，叙事节奏较为缓慢，人物塑造也不够鲜明，但这部小说更贴近生活的原生态。从《种谷记》到《创业史》，我们可以看到作者不断进行思想与艺术提炼的过程。

新中国成立之初，柳青参加了《中国青年报》的创刊工作，任编委和文艺副刊主编，还参加中国青年作家代表团访问了苏联。此后任中国作协西安分会副主席、中国作协第二届理事等。1952年，柳青到长安县皇甫村落户，兼任中共长安县委副书记，他参加了农业合作化各阶段的实际工作，熟悉和了解农村各阶层群众的生活和语言。1956年，柳青出版散文集《皇甫村三年》，其中包括《新事物的诞生》《灯塔，照耀着我们吧！》《第一个秋天》《王家斌》《一九五五年秋天在皇甫村》《王家父子》等作品，在这些作品中，我们可以看到柳青满怀热情地投入生活，和农村一代新人共同前进的足迹，也可以看到《创业史》中梁生宝的原型和蛤蟆滩翻天覆地的时代背景。1958年，柳青发表中篇小说《狠透铁》，这篇小说正视生活矛盾，真实反映了农村自发势力和一些腐化堕落的干部勾结，破坏集体经济的发展，小说主人公“狠透铁”不畏诬陷、不畏孤立、不畏病痛，与腐化干部坚持斗争的故事。“狠透铁”敢于斗争的性格与品质，不仅反映了他对事业的忠诚，也显示了现实矛盾的复杂严峻。这部作品不仅表现了作者的敏锐眼光，而且展现出了艺术家的勇气。据柳青说：“《狠透铁》所反映的，是他亲自参加处理过的一个真实事件，故事本身很完整，他没有进行更多概括与加工，就写成了。”（转引自王鹏程《〈创业史〉的文学谱系考论》）而在同时写作的《创业史》中，作为主要人物之一的高增福也具有这样的品质。《狠透铁》显示了柳青对合作化事业的隐忧，也显示了他对此较为复杂的态度。

1960年，柳青的代表作《创业史》（第一部）问世，这是描绘中国农村社会主义革命的一部史诗性作品。《创业史》原计划写作四部，1964年基本完成了第二部初稿。然而不久，历史动乱开始了。十年内乱期间，柳青的身心受到严重摧残，创作被迫中断。在非常困难的情况下，他坚持修改第二部书稿。但他的创作宏愿最终也未能实现。不过即使在困难时期，柳青仍不顾个人安危，关心着时代与国家大事，撰写了《建议改变陕北的土地经营方针》等文章。

通过以上梳理我们可以看到，柳青的人生与创作历程是与时代、人民血肉相连的，同时这也是一个在艺术上不断进步、不断超越自我的过程。柳青正是深刻认识到中国处于一个伟大的变革时代，而变革的动力来源于人民群众，才会真心诚意地走入人民之中，亲身经历人民创造历史的伟大过程，并将之容纳到自己的作品中。柳青参与土改与合作化，扎根长安县皇甫村14年，他的着眼点虽然只是蛤蟆滩上几户农民的生活及其变化，但他参与的是数千年中国历史变化的一个重要节点，这是中国农民改变自身命运、重塑新的形象的历史性时刻。他所深入的生活，是人民创造历史的生活，也是一个时代变化的核心。在他的作品中，我们可以看到时代最真切的变化和最深层的奥秘，正是在《创业史》中的梁三老汉和梁生宝身上，最为深刻地呈现了中国农民在历史变革中的生活变迁及深刻的内心变化。柳青深入生活的动力，不是来自外部，而是来自内在的召唤和艺术创造的冲动。他的艺术雄心不在于表现个人，而在于将个人融入时代与人民之中，并刻画出一个时代的风貌与核心。在这个意义上，柳青的追求既是一个人民作家的追求，也是一个大作家的追求。

在《创业史》刚刚出版时，敏锐的评论家就注意到了其整体感与创造性，同样是写合作化题材，柳青的《创业史》与赵树理的《三里湾》、周立波的《山乡巨变》不同，如果说《山乡巨变》更注重地方性特色，《三里湾》更注重碎片式的复杂经验，那么《创业史》则提供了一种整体性。这种整体性来自作家对时代的理解，也来自其世界观与创作方法。作者以现实主义精神观察与描摹生活，但又不拘泥于现实，而是将对过去、将来的理解融入当下的现实之中，让我们在当前现实的脉动中，感受到历史的脉络和未来的趋向。在这个意义上，柳青《创业史》所讲述的中国故事，既是现实主义的典范，又充满着理想的光辉。新时期之后，伴随着对“合作化”评价的变化、现实主义的边缘化、“宏大叙事”的消解等社会文艺思潮，对柳青与《创业史》的评价也曾一度走低。但时过境迁，在经历过个人写作、日常生活、私人写作等文艺潮流的洗礼之后，柳青与《创业史》的价值更加突显出来。

柳青在艺术创作上严谨细致与精益求精的精神，以及他不断超越自我，锲而不舍，勇攀艺术高峰的精神，值得我们敬重与学习。通读这两本作品集，我们可以发现，柳青在创作上是不断进步的。在《创业史》之前，柳青已经写出了《种谷记》《狠透铁》等优秀作品，但柳青并不满足于所取得的成就，而是勇于超越自我，勇于攀登高峰。《创业史》是柳青创作的一个飞跃，正是生活、艺术、思想的积累达到了一定程度，柳青才能够创作出《创业史》，才能真正成为“柳青”。柳青的文学来源于生活与实际工作，但又超越了一时一地具体工作的限制，既蕴含着他对中国整体发展的深刻思考，也蕴含着他对社会主义美学的探索与创新。在《柳青传》中，我们可以看到柳青对很多艺术问题的思考以及他个人的创造。新时期以来，柳青已经成为当代中国文学的一种传统，不仅直接影响了陈忠实、路遥等作家的创作，更是在广大作家、读者之间产生了深远的影响。柳青在病床上仍在精心修改《创业史》第二部的场景，让几代作家铭记于心，激励着他们执着创作，不断超越自我。今天我们重读柳青的这些作品，不仅将会更加深刻地理解柳青和《创业史》，而且将会更加深刻地理解当代文学与当代中国。

回到浩然文学的源头

——重读《喜鹊登枝》

1956年，浩然的第一篇短篇小说《喜鹊登枝》，发表在《北京文艺》11月号上。1958年，浩然的第一个短篇小说集由作家出版社出版，也以《喜鹊登枝》作为书名，共收入11篇小说。浩然的小说一经发表与出版，便引起了文学界的注意，文学界的前辈作家叶圣陶专门写了评论《新农村的新面貌——读〈喜鹊登枝〉》，对作者加以热情的肯定与鼓励。其中写道："读这本短篇集子，我觉得像这几年到外地去参观访问一样，心里充满着兴奋和喜悦。作者浩然在'后记'里说：'这些东西，比起当时的运动，比起运动给我的感受，实在太渺小了。'这个话当是真的。但是光就收在集子里的十一篇短篇看，已经可以从多方面见到，在被革命唤醒的新农村里，人的面貌是怎样焕然一新，人与人的关系是怎样发生自古未有的变化。作者是凭他深入生活的经验写成这些短篇的，所以使读者得到仅仅参观访问未必能得到的领会。说实在的，读完这本书，我对作者非常感佩……"著名文学评论家巴人亲自担任小说集《喜鹊登枝》的责任编辑，在书出版前就在《文汇报》发表了《读稿偶记》。其中写道："小说共十一篇。每篇都透露着新生活的气息，自己好像置身于新农村里，看到了一个个精神饱满、积极、勇敢而又活泼的青年男女，也看到了一些笑逐颜开、正直、纯良、从旧生活和旧思想中解放出来的年老的一代。所有小说的基调是充满乐观主义精神的，是新生活的颂歌。”小说集出版后，巴人又撰写了评论《略谈〈喜鹊登枝〉及其他》，发表于《人民文学》1959年11月号。文学前辈的热情鼓励让浩然在文学界迅速为人熟知，也极大地鼓舞了浩然的创作热情。此后他创作了《苹果要熟了》等多个小说集，并出版了长篇小说《艳阳天》《金光大道》，这两部小说让浩然成为“文革”时期全国人民最为熟悉的作家，但也在之后为他带来了巨大的争议。

在创作《喜鹊登枝》时，浩然还只是个二十四岁的青年。浩然出生在一个贫苦的农民家庭，六岁丧父，十四岁时母亲也去世了，留下他与姐姐相依为命。他只上过三年小学，但从少年时即爱看书，无钱去买，只好到处去借。在浩然20世纪80、90年代所写的“自传体三部曲”《乐土》《活泉》《圆梦》中，我们可以清楚地看到他早年的艰辛生活，以及他是怎么走上革命与文学之路的。在这个过程中，他的舅舅与八路军黎明同志的鲜明对比对浩然起到了关键作用。浩然的母亲去世前，将浩然托付给了他的舅舅，但是舅舅一家对浩然很冷漠，还企图霸占他的家产，当浩然要求归还本属于他家的房屋和土地时，“‘哈哈哈……’老舅用他那瘆人的惨笑打断了我的话，又拿腔拿调地说：‘好大的口气呀，怪不得这么仗义、这么厉害，敢情在王吉素躺着房子卧着地呀！我问问你，你的房子、地块在哪儿写着呢？你有文书吗？拿来让我开开眼！’”后来，在八路军黎明同志的秉公办理下，浩然终于得到了应得的财产，当黎明同志叫他时：“这一声呼唤具有神奇般的力量，像亲人对待亲人那么亲近，那么亲热，这恰恰是我们这两个举目无亲、濒临绝境、处于生死关头的孤儿所渴求、所急需的。”——自己的舅舅竟然如此冷漠无情，而“像亲人对待亲人那么亲近”的恰恰是八路军。在这里我们可以意识到传统伦理的崩溃，最亲的舅舅反而成了剥削自己的人，而建立在新的阶级伦理上的八路军则取而代之，成为一种保护性的力量。这对浩然一生的创作产生了巨大影响，也是他热爱共产党、歌颂新社会的思想基础。在参加革命的过程中，浩然逐渐萌发了要当作家的愿望，为了实现这一目标，他经历了种种磨难，从幼时爱看书而不可得，到坚持自学文化知识，到一百多篇废稿换来一篇新闻稿的发表，再到历经嘲笑、轻视，才终于发表了第一篇小说《喜鹊登枝》。

《喜鹊登枝》的发表一开始并不顺利，根据浩然的儿子梁秋川讲述，1956年8月，河北省青年业余文学创作者会议在保定召开，浩然以唯一一个列席者的身份参加了这次会议。受谷峪等人发言的影响和启发，会议结束后不几天，浩然就根据新的创作思路，写出了《喜鹊登枝》，并满怀信心地送到了《河北文艺》。出乎他的意料，本以为是成功之作的《喜鹊登枝》受到了极为不公正的待遇，连信封都没有拆开，就被判处了“死刑”。浩然愤然从编辑部拿回稿件，回到自己的居所，划掉信封正面的《河北文艺》编辑部，在背面写上《北京文艺》四个字，便投进信筒。稿子寄出不到十天，浩然便接到《北京文艺》编辑部的回信，信中说：“寄来的小说稿《喜鹊登枝》，编辑部的同志都传看过了。小说写得真切、生动、新颖，具有浓郁的农村生活气息，我们大家都很喜欢。”小说很快就刊登出来。

《喜鹊登枝》的故事很简单，东方红农业社的韩兴和老伴商量女儿韩玉凤的婚事，玉凤与青春社的青年林雨泉在修桥时相识，进而恋爱，而韩兴的老伴对女儿自由恋爱颇有疑虑，说玉凤的二姨想给她介绍城里的供销股长。韩兴正好要去青春社前去换谷种，便借此了解情况。韩兴来到邻村，一个青年骑车差点撞到他，危急关头青年一个急刹车，想要主动避让，结果自己反而摔倒了。而在此期间，韩兴踩了一个石子也滑倒了。青年热情地扶起他，并向他介绍青春社新品种的特性，这个青年正是林雨泉。韩兴来到青春社，见到社长和副社长林振，林振热情地请他到家里吃饭。这时有人来抱怨报账的问题，韩兴看到了林雨泉作为会计股长，不肯通过多买牲口红缨子的账目，“不管是谁，都得按原则制度办事儿”。之后韩兴到林振家吃饭，林振向他打听玉凤的情况，他这才知道林振是林雨泉的父亲。了解了对方的身份，韩兴也说出自己就是玉凤的父亲，并赞扬林雨泉是好孩子，小说在一种皆大欢喜的氛围中结束。

整篇小说的语言清新自然，充满着浓郁的生活气息，确实写出了“新农村的新风貌”。小说的第一句“清早，飞来了两只花喜鹊，登在院子当中的桃树枝上，冲着北屋窗户喳喳地叫”，不仅奠定了小说的语言风格与叙事氛围，也展示了浩然在文坛初试啼声的姿态，即他更擅长写“新人新事，好人好事”。这与浩然此前长期从事新闻写作相关，也与他在文学上的自觉追求有关。浩然曾说：“1956年我被调到北京的俄文《友好报》工作时，文坛上‘百花齐放、百家争鸣’的气氛十分浓烈，在那宜人的环境中，我开始发表颂扬农村新世界、新人物的小说作品，创作激情格外旺盛。不料想，到了第二年春天，极容易走极端的中国文艺界气候骤变，一股‘干预生活’‘揭露阴暗面’的风耀武扬威地刮起。仿佛除了写这类题材和这类内容的作品之外，一律都不是文学，都不应该有立足之地，都没有活下去的权力。”从浩然的叙述来看，他对“干预生活”的作品本来就没有感觉，要仿效也是“东施效颦”，对这样的风气是颇为不满的。而这不仅在于对文坛风气变换的不适应，也在于他的风格或追求与此不同——他更善于“颂扬农村新世界、新人物”。

可以说《喜鹊登枝》奠定了浩然此后的写作风格，这种风格一直延续到《艳阳天》《金光大道》。那就是质朴清新的语言，浓郁的乡村生活气息，对主人公道德品质的关注，对新世界、新人物的热情肯定与歌颂，甚至这些小说的题目也都具有极高的象征性。所不同的是在《艳阳天》《金光大道》中，增加了阶级斗争理论作为主要叙述线索，并塑造出萧长春、高大泉等更加鲜明、丰满，然而具有“高大全”之弊病的主人公，这也是这两部史诗性作品后来引起争议的主要原因。新时期之后，浩然创作了《苍生》与“自传体三部曲”等重要作品，写作风格也发生了转变，但他在文学界始终没有获得足够的关注与认可。从文学史的脉络来说，浩然可以说是左翼文学“大众化”一直在呼唤的创作主体。鲁迅、瞿秋白等人在20世纪30年代就倡导“大众写，写大众”，如果说赵树理作为一个擅长书写农村的作家，自觉摒弃了知识分子气息，从“文坛”转向“文摊”，那么浩然则更进一步。他本人就是农民出身，一生也在追求“写农民，为农民写”，但是他的写作与特定时期政治的紧密关系、歌颂性的创作追求与风格、社会主义新人形象的塑造，以及他是否能够真正代表农民等问题，在今天仍然值得我们在理论与实践上做出新的思考。重读《喜鹊登枝》，回到浩然文学写作的源头，或许会有助于我们深化对浩然与当代中国文学的认识。

《平凡的世界》何以成为经典？

1.《平凡的世界》发表、出版的曲折历程

路遥的《平凡的世界》现在已成为当代文学经典，路遥也在长篇笔记《早晨从中午开始》中记述了其艰难的创作历程，但这部作品在最初发表、出版时并不顺利，甚至可以说充满了波折。

《当代》编辑周昌义曾著文，记述了他作为一个青年编辑将《平凡的世界》第一部退稿的过程："那些年，作家的作品都是通过刊物产生影响，读者还不习惯直接阅读图书，所以作家都寻求刊物发表。还有，作协那位副主席，是个好同志，他问我有没有兴趣时，对路遥有极其充分的保护。他说，路遥新作没给《十月》《收获》，也没给《当代》的领导，是为了寻找知音。之所以问及我，是认为我会是路遥作品的知音。副主席说，路遥新作，是写底层生活的，很多人不一定理解。但路遥相信我能够理解，因为我也出身底层。尤其重要的是，路遥新作写有煤矿生活，而我，恰好就是矿工子弟。……和副主席谈过之后，当天下午，我在陕西作协的办公室里，和路遥见了一面，寒暄了几句，拿着路遥的手稿回到招待所，

趴在床上，兴致勃勃地拜读。读着读着，兴致没了。没错，就是《平凡的世界》，第一部，三十多万字。还没来得及感动，就读不下去了。不奇怪，我感觉就是慢，就是啰唆，那故事一点悬念也没有，一点意外也没有，全都在自己的意料之中，实在很难往下看。……所以，我不可能对他说我根本就看不下去。我只能对副主席说，《当代》积稿太多，很难满足路遥的三点要求。……那位副主席希望我千万要保密，对文坛保密，对陕西作家尤其要保密。那是应该的，稿子被你一个小编辑随手就退了，传出去怎么也不好听。”[1]

这样的结果，对于为写作《平凡的世界》呕心沥血了六年的路遥来说，无疑是一个极大的打击，但是这样的打击接二连三。据厚夫的《路遥传》记述，“《当代》编辑周昌义前脚走了，作家出版社的一位编辑后脚就来了。他看了三分之一就干脆直接退给路遥，说这本书不行，不适应时代潮流，属于老一套‘恋土派’。这盆扑面浇来的凉水浇得路遥透心凉的同时，也使他警觉起来，是要很认真地判断一下文学形势，到底是自己的创作出了问题，还是文坛风向出了问题”[2]。

几经波折，《平凡的世界》第一部最终发表在《花城》杂志：“1986年春天，路遥历经四年创作准备和艰苦写作，几易其稿的长篇小说《平凡的世界》被《当代》杂志退稿了。这个结果，是路遥始料不及的。有一天，在和好友、评论家李炳银聊天的时候，他们谈到了《平凡的世界》第一部的情况。当得知路遥的书稿没有得到青睐，处于‘名花无主’状态的时候，热心的李炳银对路遥说，干脆我把这部书稿推荐给广东的《花城》发表吧！对于路遥这位写出了《人生》这样优秀作品的优秀青年作家，《花城》主编李士非自然格外看重。因此，当李炳银将路遥很想把自己最新创作的长篇小说

---

① 周昌义：《记得当年毁路遥》，《文艺理论与评论》2007年6期。

② 厚夫：《路遥传》，人民文学出版社，2021年版，第491页。本文所注页数为“微信读书”页数，下同。

《平凡的世界》第一部交给《花城》发表的信息透露给他之后，李士非委派副主编谢望新奔赴西安面见路遥。谢望新到达西安之后，和路遥见了面，待在宾馆，埋头拜读路遥的小说。读完这部书稿，谢望新真切地感受到了这部书稿沉甸甸的分量，并认为这部书稿值得发表。路遥曾经在一封信中向谢望新表达了自己的敬意和谢意：'使我受感动的是，在我耗尽心力寂寞地投入到这件漫长工作的时候，得到了您这样的朋友的理解和帮助。再一次感谢您。'1986年11月，《花城》第六期发表了路遥的长篇小说《平凡的世界》第一部。"[①]

这时，路遥又遇到了一位知音，"正在西安组稿的中国文联出版公司青年编辑李金玉，注意到路遥《平凡的世界》第一部。1986年春天，毕业分配到出版社才两年多的李金玉，被出版社派到西安组贾平凹长篇小说《浮躁》。然而，《浮躁》手稿被作家出版社抢走了。她听说路遥也有一部长篇杀青，就去拜访路遥。她读完作品后，被作品的恢宏气魄和深刻内涵深深震撼了，感觉到这是一部不可多得的'大手笔'，并郑重向路遥约稿。……但是，当李金玉兴致勃勃地带着这部三十多万字的书稿回到出版公司后，一些领导认为她'捡了芝麻，丢了西瓜'。领导得知《当代》和作家出版社曾经退稿的情况后，也一度缺乏信心。但李金玉坚持自己对书稿价值的判断，说：'这是一部不可多得的好作品，书中表现的经历苦难的人们不向苦难低头、积极向上的精神和美好的道德情感深深地感动着我。'公司领导才下决心出版此小说。直到8月份，路遥才与中国文联出版公司正式签订出版合同。这样，《平凡的世界》第一部终于在1986年11月由《花城》第六期全文刊发的同时，也在12月份由中国文联出版公司出版了第一版的精装与平装两种版本"[②]。

但是《平凡的世界》的波折并未到此为止，小说的第一部发表

---

① 姜红伟：《〈花城〉刊登〈〈平凡的世界〉第一部始末》，《花城》2019年5期。
② 厚夫：《路遥传》，人民文学出版社，2021年版，第496—498页。

出版了，但第二、第三部的发表遇到了更大的困难。姜红伟在一篇文章中谈道，“1987年8月，趁热打铁，谢望新原本计划将在《花城》上继续刊登《平凡的世界》第二部。路遥也满怀希望地将第二部的书稿委托朋友带去了广州，并给谢望新写了一封信，表达了自己的心意。……天有不测风云。由于单位内部发生的矛盾，严重干扰和影响了谢望新对于书稿的审阅和签发，从而使路遥的《平凡的世界》第二部最终未能如愿以偿地刊载于《花城》，给谢望新，给路遥留下了巨大的遗憾。此时，面对《平凡的世界》第二部的‘无法发表’，路遥自然会对刚完成的《平凡的世界》第三部的出路感到担忧，并陷入了极端的困境之中。……《平凡的世界》第二部‘有心栽花花不开’，最终无缘在任何杂志发表。《平凡的世界》第三部却‘无心插柳柳成荫’”，时任《黄河》杂志主编的周山湖“专程坐火车去了西安，由于路遥正忙于创作《平凡的世界》第三部，两个人匆匆见了面。周山湖向路遥说明了来意，希望他能将《平凡的世界》第二部交给《黄河》发表。路遥决定将即将完成的《平凡的世界》第三部交给《黄河》发表。……大约过了十多天，信守承诺的路遥亲自来到了太原，拿着《平凡的世界》第三部书稿的复印件交给了周山湖。1988年7月25日，《黄河》第三期隆重发表了路遥的长篇小说《平凡的世界》第三部”[①]。

厚夫的《路遥传》则这样记述，“路遥希望继续在《花城》杂志刊登《平凡的世界》第二部，可是由于种种原因，这部作品在公开出版前一直没有在包括《花城》在内的任何文学刊物上发表。这对路遥无疑是个打击。《花城》杂志社原主编范汉生后来的一篇回忆文章披露了此事：1987年8月路遥托人将第二部稿子带来，由于编辑部人事变动，新组成的编辑部尚在磨合期，在发《平凡的世界》第二

---

① 姜红伟：《〈平凡的世界〉第三部为什么发表在〈黄河〉?》，腾讯网https://new.qq.com/omn/20191118/20191118A0KX4D00.html

部时，内部意见出现分歧，发排受阻。此时我已离开编辑部，对此情况完全不知，后来听说也只能叹气罢了。《平凡的世界》后荣获茅盾文学奖。三部中《花城》只发一部，未能争取到出版权。这是花城出版社的一个损失，也是《花城》杂志创刊以来的一大失误与遗憾”。“当然，无须讳言的重要原因，就是当时的评论界对《平凡的世界》第一部评价不高，以至于影响到第二部的发表。”[①] “5月25日晚，结束了简单的庆祝酒宴后，路遥就在王天乐的陪同下赶到延安，从吴堡过黄河，先赶赴太原将复印稿交《黄河》。山西的《黄河》杂志推迟二十多天发稿时间，就为等待他现在完稿的第三部。这样，《黄河》就赶在六月底刊出《平凡的世界》第三部了。……6月1日，路遥准时赶到中央人民广播电台送去第三部手稿。他去后才发现这里已经堆集了两千多封听众的热情来信，他尽管疲倦却很欣慰，他感到先声夺人的广播，已把他的劳动成果及时地传播到人民大众之中了。……路遥在京期间，还给中国文联出版公司的李金玉编辑送去第三部手稿。这也是他人生的承诺。尽管《平凡的世界》第一、二部最初的征订数均不够好，勉勉强强达到起印的三千册，但是在责任编辑李金玉的不懈坚持与艰难斡旋下，才有了它们的公开出版。”[②]

从以上的梳理中，我们可以看到《平凡的世界》发表、出版的过程可谓一波三折，周昌义在文章中说，“《花城》发表了这一部曲之后，居然就没发表以后部分。后面部分居然就没了音信，几年以后，才在《黄河》上登出。《黄河》好像是山西文联或者作协的，比《花城》还要边缘哪。有传说，在《黄河》上发表也不容易，也费了不少周折。对路遥，对《平凡的世界》，算不算落难？”[③]从被《当代》退稿，到在较为边缘的《花城》发表第一部，到第二部无法再

① 厚夫：《路遥传》，人民文学出版社，2021年版，第551—552页。

② 厚夫：《路遥传》，人民文学出版社，2021年版，第617—623页。

③ 周昌义：《记得当年毁路遥》，《文艺理论与评论》2007年6期。

在《花城》上刊出，以至于没有在任何文学刊物上发表，再到第三部在更为边缘的《黄河》上才能刊发出来，《平凡的世界》可谓命运多舛，但究竟是什么原因导致这部作品如此命运多舛呢？这主要与当时的文学环境相关。

2.《平凡的世界》与20世纪80年代的“文学场”

20世纪80年代的中国文学新潮迭起，在思想解放和新启蒙运动的推动下，刚从“文革”中走出的中国作家焕发出极强的生命力和创作力，从“伤痕文学”“反思文学”开始，经过“改革文学”“知青文学”，到“先锋文学”“寻根文学”，一直到“新写实小说”“新状态小说”，新的文学浪潮一拨接一拨，令人目不暇接，再加上国外文艺思潮与文艺作品的大量译介，新时期的中国文学展现出极大的生机和活力。但对于置身其中的作家个体来说，也面临着巨大的创新压力、是否能跟上新的文艺潮流的压力，文学的弄潮儿很容易被下一波文学浪潮淹没，不得不紧紧跟随新的文艺潮流。而20世纪80年代文艺思潮的转折，尤以1985年前后为最，在此之前，是现实主义占据文学界的主流，但在此之后，伴随着文艺理论与批评界关于“主体论”、“向内转”、真假“现代派”、“写什么”与“怎么写”等问题越来越深入的讨论，“先锋文学”与现代主义逐渐成为文学界关注的中心，新一代作家与批评家成为文学的弄潮儿，而现实主义的写作方法被视为落后、过时的创作方法。

路遥在“文革”时期开始创作，他早期在延川县《山花》杂志上发表的《代理队长》《优胜红旗》《父子俩》《不会作诗的人》《青松与小红花》等作品，擅于写新人新事、好人好事，具有现实主义的风格。进入新时期之后，路遥相继写出了《惊心动魄的一幕》《在困难的日子里》《人生》等优秀作品，依然延续了现实主义的风格，但对生活的挖掘更深更透，其中《惊心动魄的一幕》《人生》分别荣获第一届、第二届全国优秀中篇小说奖，《人生》在文学界引起兴奋和热议，还被改编为同名影片，在文学界与社会上有着广泛的影响力，路遥也成为当时最为人瞩目的青年作家之一。

正是在这样的情况下，路遥开始了《平凡的世界》的构思与写作，其中一个关键问题是是否仍然坚持现实主义的创作方法。他在后来的《早晨从中午开始》中写到了他思考的过程："在当前各种文学思潮文学流派日新月异风起云涌的背景下，是否还能用类似《人生》式的已被宣布为过时的创作手法完成这部作品呢？而想想看，这部作品将费时多年，那时说不定我国文学形式已进入'火箭时代'，你却还用一辆本世纪以前的旧车运行，那大概是十分滑稽的。但理智清醒地提出警告：不能轻易地被一种文学风潮席卷而去。"[①]"至于当时所谓的'现实主义过时论'，更值得商榷。也许现实主义可能有一天会'过时'，但在现有的历史范畴和以后相当长的时代里，现实主义仍然会有蓬勃的生命力。生活和艺术已证明并将继续证明这一点，而不在于某种存有偏见的理论妄下断语。即使有一天现实主义真的'过时'，更伟大的'主义'君临我们的头顶，现实主义作为一定历史范畴的文学现象，它的辉煌也是永远的。"[②]"我决定要用现实主义手法结构这部规模庞大的作品。当然，我要在前面大师们的伟大实践和我自己已有的那点微不足道的经验的基础上，力图有现代意义的表现——现实主义照样有广阔的革新前景。我已经认识到，对于这样一部费时数年，甚至可能耗尽我一生主要精力的作品，绝不能盲目而任性。如果这是一个小篇幅的作品，我不妨试着赶赶时髦，失败了往废纸篓里一扔了事。而这样一部以青春和生命做抵押的作品，是不能用'实验'的态度投入的，它必须在自己认为是较可靠的、能够把握的条件下进行。老实说，我不敢奢望这

① 路遥：《早晨从中午开始》，北京十月文艺出版社，2013年版，第31—32页。

② 路遥：《早晨从中午开始》，北京十月文艺出版社，2013年版，第38页。

部作品的成功，但我也‘失败不起’。”[1]

尽管有这样的认识和心理准备，但当年以《人生》走上个人文学高峰的路遥，面对《平凡的世界》发表、出版的重重困难与波折，其内心的悲凉和失望可想而知。时过境迁之后，周昌义在文章中谈道，“二十年前，我这个刚进北京不久的外省青年被路遥引为知己，那是路遥的误会。但在今天，无数和我当年一样的外省青年，真成了《平凡的世界》读者，成了路遥的知己。……作为编辑，退掉了茅盾文学奖，退掉了传世经典，怎么说，也是错误，怎么开脱也没用。当然，我也不后悔，后悔也没用。我个人不可能超越时代，再给我一次机会，我还得犯同样的错误，不可能更改”[2]。厚夫的《路遥传》也指出，“事实上，路遥在构思与创作《平凡的世界》第一部时，现代主义的文学思潮已经铺天盖地，滚滚而来。各种外来的文学思潮和表现方法如同‘走马灯’一样令人眼光缭乱、目不暇接。‘现实主义创作方法过时论’的言论更是甚嚣尘上，作家们唯恐自己不新锐、唯恐自己不赶时髦。……激愤归激愤，路遥对中国文坛现实看得很清楚，他意识到这部书的发表和出版是很成问题的。这部书基本用所谓的‘传统’的手法表现，和当时的文学潮流悖逆；一般的刊物和出版社都对新潮流作品趋之若鹜，不会对这类作品感兴趣。……面对现代主义横行、现实主义自卑的文坛环境，路遥的话语虽是悲壮的，但目光是深邃的，神情是坚定的”[3]。

《平凡的世界》第一部发表后，曾召开过一次研讨会，据姜红伟记述：“1986年12月29日至30日，由《花城》编辑部牵头，联合陕西《小说评论》编辑部举办的‘路遥长篇小说《平凡的世界》（第一部）讨论会’在人民文学出版社会议室举行。……对于这部作品，

---

① 路遥：《早晨从中午开始》，北京十月文艺出版社，2013年版，第43—44页。

② 周昌义：《记得当年毁路遥》，《文艺理论与评论》2007年第6期。

③ 厚夫：《路遥传》，人民文学出版社，2021年版，第481—483页。

大家在给予高度评价的同时，也提出了批评意见，指出作品开头有些徐缓，其中有些章节读来有些沉闷、板滞。”[①]李国平作为这个研讨会的当事者和参加者之一，对姜红伟的文章提出了意见，他指出了会议召开的地点不在人民文学出版社会议室而在“北京北三环的七省市驻京办事处”等细节，更重要的是他对路遥研究中“被夸大的悲情”做出反思与批评，针对这次会议，他强调，“这个研讨会并没有就事论事，讨论了当时中国文学的总体态势，给予路遥《平凡的世界》第一部以充分的评价，认为是一部具有内在魅力和激情的现实主义力作，是一部全景性地反映当代农村生活、农民命运的优秀作品。……纪要从创作方法、美学追求、作家的精神态度、作品的人物形象等方面对研讨会的发言进行了归纳，虽然说二度复原，但从二度复原中也能读出这个研讨会的质量、视野和高度”[②]。他随后引用了白描关于这次会议的回忆，以及相关著作的记述，指出，路遥“向朱寨、蔡葵、曾镇南表达了敬意，但无一字指陈《平凡的世界》（第一部）研讨会，因为这个研讨会没有保留和冷落，更没有放逐、否定、批判的阴影留在他心中，用现在的话来说，他不能无中生有，违背自己的人格伦理和文学伦理。如果我们依据史实考察，遵循学理，逻辑考辨，可不可以讨论出，就是这次研讨会，奠定了路遥研究、《平凡的世界》论说的基调和尺度，甚至构成了他获得茅盾文学奖的评价基础。研讨会后，蔡葵、丹晨、曾镇南、雷达、李星等参会者都写出了评价很高的文章，形成了对这部作品评价的第一波热潮。如果按照白描先生，几部史传的描述和一些研究文章的引用、传播，研讨会发出的‘尖刻的批评’，给予的失败之作，‘全盘否定’的定性，我们按这个逻辑找，连带其他参会者后来陆续还

---

① 姜红伟：《〈花城〉刊登《〈平凡的世界〉第一部始末》，《花城》2019年第5期。

② 李国平：《路遥研究的史料问题——兼议姜红伟的路遥考》，《当代作家评论》2020年第5期。

产生的文章，还指证不出一篇否定性的论说，材料证明，他们没有很快背叛自己，而且始终没有背叛自己”[①]。

针对李国平的文章，白描进行了回应，他除了指出“研讨会只开了半天，即12月28日下午”等细节，更是对会议的整体氛围和效果做出了完全不同的判断，“我曾经在多篇文章和多种场合，讲过这次会议的召开情况，总的意思，这个研讨会开得不好，除了朱寨、蔡葵、曾镇南等几位对《平凡的世界》（第一部）给予较高评价外，大多数评论家，即使有所肯定，也持有某种保留态度，批评者则很激烈。一位被当时文坛誉为《文艺报》‘四大金刚’之一的著名青年评论家，言辞激烈地说道：要是有人把这部小说拿来让我看，不说作者名字，打死我我也不相信这是《人生》作者路遥写的。当时的批评意见主要是认为作者思想观念、小说写作手法过于陈旧老土。白烨是路遥的好友，他在接受南都记者访谈时回忆道：‘《平凡的世界》开研讨会时，我就是其中一个不喜欢这部作品的人。会上我没有发言，会后给他写了信，说他没有在《人生》的道路上继续前进，而是停滞不前。’同样是路遥好友的雷达，事后多年在《〈平凡的世界〉的当代意义》一文中反省：‘路遥写《平凡的世界》的时候是1985到1988年前后，那正是中国文坛上借鉴和实验现代派文艺、先锋派创作、前卫艺术最为活跃的时期。在当时的氛围下，理论批评界没能给《平凡的世界》太多的赞扬和肯定，甚至是很冷淡的。这是可以理解的，却也暴露了我们总是习惯于“一边倒”的思维。’白烨、雷达的说法，均能印证我对这个研讨会的评判，另外当时与会者今天大都健在，我想他们都能回想起当时研讨会的真情实貌”[②]。

对于两位当事人相互矛盾的回忆与记述，作为外人我们很难判

---

① 李国平：《路遥研究的史料问题——兼议姜红伟的路遥考》，《当代作家评论》2020年第5期。

② 白描：《不要再为我们的文学批评护短——也谈路遥研究“被夸大的悲情”》，《文学自由谈》2020年第6期。

断，但站在客观的角度，我们认为都存在真实性的因素，却是不同层面的真实，白描的记述可能更接近于经验与感性的真实——不少评论家对《平凡的世界》评价不高，但李国平的记述可能更接近于理性与整体的真实——与会的评论家大多对《平凡的世界》评价较高，这些评论家“按照现在的说法大都来自主导话语权的位置，‘几乎囊括了中国当时最权威与最优秀的文学评论家’”[①]，但真正的问题在于这些评论家正是那些新潮评论家的对立面，他们掌握着文学界的“领导权”，而新潮评论家掌握着文学界的“文化领导权”，这也就可以解释为什么《平凡的世界》在当时的文学环境中发表那么困难，也可以解释为什么《平凡的世界》最终能够获得茅盾文学奖。

3.“文艺评奖”、大众的力量与《平凡的世界》的经典化

20世纪80年代的中国文学，尤其是1985年之后的文学界，新潮评论家独领风骚，他们在一波波文学的新浪潮中设置和引导理论议题，活跃文学界的氛围，不断推动文学的发展。但他们过于精英化的文学观念——从“朦胧诗”到文学的“主体论”、“向内转”、“怎么写”和“写什么”、“走向世界”、现代主义与“现代派”，等等，一方面挑战着权威评论家的理论权威，另一方面也挑战着普通读者的接受底线，当这些新潮评论家强调文学的“主体论”、“向内转”、“怎么写”、现代主义，强调文学似乎只是“纯文学”，而与时代、世界以及大多数人的生活无关时，普通读者也通过他们的选择展开了对新兴文艺思潮与新潮评论家的反击，这就是“纯文学”的读者越来越少的原因之一，这在20世纪80年代后期成为文学界最为突出的问题之一。

---

① 李国平：《路遥研究的史料问题——兼议姜红伟的路遥考》，《当代作家评论》2020年第5期。

而在《平凡的世界》的传播史上，读者大众通过另一种方式显示了他们的力量，那就是中央人民广播电台的长篇联播所创造的奇迹。据厚夫《路遥传》记述，“中央人民广播电台的‘长篇连播’节目，是深受亿万听众喜爱的品牌栏目，也是展示古今中外优秀中长篇小说的重要窗口。早在新中国成立后到‘文革’前，它就播出了众多优秀的文学作品，深得全国听众的喜爱。……1987年春天，路遥去西德访问前夕，在北京电车上与老朋友、中央人民广播电台文艺部‘长篇连播’节目编辑叶咏梅女士邂逅。仓促之间，路遥送给叶咏梅刚刚在中国文联出版公司出版的《平凡的世界》第一部。当时的路遥也绝没有想到世界就是这么神奇，它在不经意间改变了《平凡的世界》的命运”[①]。“从1988年3月27日起，中央人民广播电台‘长篇连播’节目每天分两个时段向全国听众播送长达一百二十六集的长篇小说《平凡的世界》。播出一百二十六集，就意味着播送了一百二十六天，直到8月2日结束，历时四个月有余。这样，在广播是20世纪80年代的重要传媒，以及传统的小说连播是中国民众文化消费的重要通道的情况下，《平凡的世界》的传播效应可想而知。……《平凡的世界》自开播到结束，在听众中引起强烈反响。数千封听众来信像雪片一样飞进中央人民广播电台，来信者中有学生、教师、工人、农民、军人、离休干部、待业青年等，他们共同表达这样的心情：听了《平凡的世界》，它教我们走路，教我们生活，教我们如何去实现自我人生价值。在这个天地里，我们领教了作家手中笔的厉害，体会到了作家撼人的魅力。”[②]白描在上述文章中也谈道，“《平凡的世界》命运的转机，来自中央人民广播电台长篇小说连播节目。这一点，已是当今人们的共识，路遥也特别感激这档节目。……直到1987年秋，叶咏梅与路遥在京城112路电车上邂

① 厚夫：《路遥传》，人民文学出版社，2021年版，第602—603页。

② 厚夫：《路遥传》，人民文学出版社，2021年版，第629—630页。

逅，才知晓路遥有长篇出版，那时《平凡的世界》第二部已经写完。叶咏梅读过后，决定上节目。1988年3月27日节目开播，3月20日叶咏梅赶到西安。……路遥为感谢叶咏梅，在西安钟楼饺子馆请客，拉上我作陪。那时的路遥太需要支持了，在文学批评界对《平凡的世界》看衰的情况下，能通过中央人民广播电台的电波传递给听众，对路遥无异于打了一支强心针。席间路遥说了很多动情的话。小说播出后，据中央人民广播电台统计，直接受众超过三亿，收到读者来信两千多封，创下长篇小说联播节目历史之最，也带动了纸质书的销量。中国文联出版公司总编顾志成在《广播的威力》一文里透露，《平凡的世界》第一部只印了三千册，基本无人问津。经广播播出后，销量直线飙升，出现供不应求的局面"[①]。可以说，中央人民广播电台以及叶咏梅、李野墨在《平凡的世界》与观众、读者之间建立起了一座桥梁，他们有效地打破了新兴文艺思潮与新潮评论家对文学界的"文化领导权"，让《平凡的世界》与大众之间建立起了有机的联系，也充分展示了大众的力量。

但是另一方面，普通读者只有选择权与阅读权，并不能真正确定一部作品的文学价值与文学史地位，真正确认《平凡的世界》文学价值与地位的是"权威评论家"所评定的茅盾文学奖。新潮评论家虽然掌握文学界的"文化领导权"以及相应的话语权、影响力，但当时文学界重要奖项的评定掌握在权威评论家那里，所以新潮评论家（以及受他们影响的文学界）虽然不看好《平凡的世界》，但并不影响权威评论家对《平凡的世界》的最后认可，而这一认可最终拯救了《平凡的世界》与路遥的文学生命。

说到这里，有必要简单回顾一下我国文艺领导体制的变迁。在20世纪50—70年代，我国在文艺领域的管理方式以批评与批判为

① 白描：《不要再为我们的文学批评护短——也谈路遥研究"被夸大的悲情"》，《文学自由谈》2020年第6期。

主，在20世纪80年代则是批评与奖励并存，既有对文艺思潮与具体作家作品的批判，但也开始设置一些奖项，如文学领域的全国优秀中篇小说奖、全国优秀短篇小说奖、茅盾文学奖，戏曲领域的梅花奖，电影领域的金鸡奖，等等。而到20世纪90年代之后主要以奖励为主，1992年中宣部开始设置并评选“五个一工程”奖，1996年中国作协设置的“鲁迅文学奖”统合了20世纪80年代的全国优秀中篇小说奖、全国优秀短篇小说奖等奖项，与茅盾文学奖、全国优秀儿童文学奖、全国少数民族文学创作骏马奖等形成了较为成熟、完整的文学评奖体系。其他艺术领域的金鸡奖、百花奖、金钟奖、牡丹奖、荷花奖、金像奖、兰亭奖、山花奖、金菊奖、金鹰奖、中国戏剧奖、中国美术奖，等等，也构成了较为完备的艺术评奖评价体系，在我国的文艺生活中发挥着重要的引领作用。

在路遥写作和参加评奖的年代，我国文艺评奖机制与体系尚处于完善的过程中，评奖的年限和规则等也在不断调整中，茅盾文学奖也不例外。茅盾文学奖是根据茅盾先生的遗愿于1981年设立的长篇小说奖，是中国具有最高荣誉的文学奖项之一，1982年评选出第一届获奖作品，1984年评选出第二届获奖作品，1990年评选出第三届获奖作品，路遥的《平凡的世界》即以排名第一的方式获得了第三届茅盾文学奖。在历年来茅盾文学奖获奖作品的社会影响力调查与评选中，《平凡的世界》总是位列前茅，在这个意义上我们可以说，茅盾文学奖成就了《平凡的世界》，而《平凡的世界》也成就了茅盾文学奖。

赛珍珠：如何讲述中国的故事

1

我很早就想读赛珍珠的书，但一直没有买到。这一次，我托了人文社的朋友，好不容易才找到了一套《大地》三部曲。书的装帧印刷很精致，但印数只有三千册，难怪要买一套有这么难呢。赛珍珠的书为什么如此难买呢？我想了想，可能有三个原因，一是中国文学界对赛珍珠的评价普遍不高，茅盾曾批评赛珍珠的小说歪曲了中国农民的形象。巴金也说："我从来对赛珍珠没有好感……她得了诺贝尔奖奖金还是原来的赛珍珠。"胡风也认为："《大地》虽然多少提高了欧美读者对中国农民的了解，但同时也就提高了他们对于中国的误会。"鲁迅对赛珍珠也颇有微词，但他也自省："……译文，或许不太可靠。"此外，赵家璧、江亢虎等人都曾对赛珍珠进行过批评。二是美国文学界对赛珍珠的评价也不高，尤其是在她1938年获得诺贝尔文学奖之后。诗人弗罗斯特甚至说："如果她能得诺贝尔文学奖，谁都能得。"福克纳也说："情愿不拿诺贝尔文学奖……也不愿意同辛克莱和'中国通'布克夫人之辈得奖人为伍。"这里不乏嫉妒的因素，但同时也显示了作家文学观念的差异。赛珍珠的小说主要以中国为题材，在文学市场上是最热门的“畅销书”之一，在弗罗斯特、福克纳看来，或许不能说是主流的“美国文学”。而在美国文学的视域下，赛珍珠常与《飘》的作者玛格丽特·米切尔，以及《所罗门之歌》的作者托尼·莫里森相提并论，她们作品的畅销一定程度上影响了她们在精英文学界的评价。三是在20世纪50至60年代，苏联文艺界与中国文艺界曾经对赛珍珠进行批判。谢尔盖耶夫的《破产的“中国通”——赛珍珠》的中译文发表在1950年的《文艺报》上，后来中国学者还发表过《赛珍珠——美帝国主义文化侵略的急先锋》《美国反动文人赛珍珠剖析》《猫头鹰的诅咒——斥赛珍珠的〈北京来信〉》等文章，这些文章主要以政治性的观点批判赛珍珠的作品。这样，无论在文学上还是在政治上，赛珍珠的影响都趋于式微，或许这正是她的作品在今天不易买到的原因。

赛珍珠和中国有着不解的缘分，她于1892年6月26日出生在美国西弗吉尼亚州，出生后才三个月，便随着做传教士的父母来到了中国。在她前40年的人生中，除了在美国读大学和硕士的时间，都是在中国度过的。他们一家先是住在苏北的清江（现在的淮安市），在赛珍珠四岁时又迁到长江边上的镇江，赛珍珠在这里度过了她的童年和青少年时期。在美国弗吉尼亚州的伦道夫·梅肯女子学院毕业后，赛珍珠又回到镇江，一边照顾生病的母亲，一边在一所教会中学教书。后来，赛珍珠嫁给了年轻的农业经济学家约翰·洛辛·布克，跟随丈夫在皖北土地贫瘠、经济落后的宿州生活了两年半。1919年，赛珍珠又随丈夫到金陵大学任教，在南京生活了12年，在这里的一座阁楼上，她几乎完成了所有后来获得诺贝尔文学奖的作品。1931年，《大地》在美国纽约出版，引起轰动，赛珍珠也一夜成名。1934年，赛珍珠与丈夫的关系出现裂痕，她离开南京回美国定居。次年，她与布克离婚，嫁给了她的出版商理查德·沃尔什，从此再也没有回到过中国。

《大地》是最早为赛珍珠赢得名声的作品，在这部作品中，她讲述了一个中国农民的一生，展示了那个年代中国人的生活方式与内心世界。在我们今天看来，《大地》的故事有些奇怪，因为它所讲述的是一个农民如何变成“地主”的故事。也即是说，赛珍珠所展示的是传统中国社会的一种常态：一个贫苦的农民如何创业，如何买地，如何娶妻娶妾，最后如何成为一个大家庭的家长，以及当地有名望的地主。我们可以说，赛珍珠所描述的是千百年来中国农民的梦想和生活轨迹。但是恰恰在这个地方，20世纪中国的“新文学”有着不同的视角与思路。我想鲁迅、茅盾、胡风等人之所以批评赛珍珠，原因也许就在这里。鲁迅、茅盾等人的小说置身于中国内部，致力于批判中国农村现状的不合理，强调变革，注重农村中的时代性，这与赛珍珠小说中更加注重“稳定的一面”有着鲜明的不同。从赛珍珠的视角，我们可以重新审视20世纪中国“新文学”的面向。

在《阿Q正传》等小说中，鲁迅对“国民性”有着深刻的批判。但我们也可以看到，像阿Q这样的人物并非中国乡村的常态，而是一种“变态”，鲁迅所着重发掘的也是他“性格”中自欺欺人与自相矛盾的因素；而与之相反，赛珍珠在《大地》中把握的则是一种“常态”：传统乡村中农民王龙的“经济”生活，他对土地、女人的热情，以及“发家致富”的愿望。另外，鲁迅笔下的乡村是分裂的。他对乡村既满怀眷恋（《故乡》《社戏》），又带着批判的眼光（《祝福》《风波》）；而赛珍珠的态度则是一贯的，她的眼光平淡而疏远。当然，这与她的身份与视角有关，她并不能像鲁迅一样切身体会到中国乡村的温暖与疼痛，但她无疑也提供了观察中国乡村的一种独到视角。与茅盾的《春蚕》《秋收》《残冬》等“社会问题”小说相比，赛珍珠的小说并不着重于把握乡村中存在的时代性“问题”，而注重从主人公的人生问题的角度去把握乡村。与沈从文的《边城》等以理想化的笔触去建筑“人性的希腊小庙”不同，赛珍珠所描述的不是虚幻的、诗意化的乡村，她笔下的中国乡村是朴实自然的。

如果与新中国成立后中国作家的小说相比，或许更能看出赛珍珠《大地》的不同。“新文学”发生以来，中国作家几乎从未写过一个农民如何变成“地主”的故事。这在社会主义时期文学中更加明显，《红旗谱》讲述的是一个农民如何走上革命道路的故事，《创业史》《艳阳天》讲述的则是一个农民如何成长为“社会主义新人”的故事。即使在20世纪90年代的《白鹿原》中，主要表现的也是白嘉轩面临的时代风云，以及传统宗法社会在现代革命风潮中的解体。在这个意义上，我们可以说《大地》中的王龙，是白嘉轩的“前史”——正是他的艰苦创业才奠定了一个家族的地位与声望；或者说，王龙实现了《创业史》中梁三老汉的理想——这也是千百年来中国贫苦农民的愿望。但是另一方面，正如梁三老汉被称为“旧式农民”，在《创业史》中受到批评一样，在充满变革与断裂的20世纪，传统中国农民的生活方式已不可能再延续，一个农民变成地主的理想也不可能再延续，中国乡村必须在变革的世界寻找新的出路，必须探寻新的理想与新的生活方式。而20世纪的中国“新文学”，也正是在这个意义上参与了中国社会的变革过程，从鲁迅、茅盾到赵树理、柳青、浩然、路遥，他们与笔下的人物血肉相连，他们的作品与中国农民一起探索着现代化的路程，写出了20世纪中国乡村所经历的苦难、革命与梦想。

对于像我这样在“新文学”传统中成长起来的人来说，最初读到《大地》，难免会大吃一惊：一个农民的追求竟然是要成为地主？但仔细想一想，这才是千百年来中国农民的“常态”，也是绝大多数农民的真实心态（20世纪50年代中期“合作化”时期及以前）。因为在那以前，中国农民看不到别的出路，千百年来的生活习俗也对他们的理想起着塑造作用。正是在这个意义上，我们可以看到传统中国乡村是“小生产者的汪洋大海”，中国革命正是在这样艰难的环境中进行的，中国“新文学”也是在这样的环境中与中国农民的“旧式理想”做斗争的，所以中国“新文学”强调变革，注重批判，塑造理想性的人物（“新人”）引导中国乡村的改变。尽管中国“新文学”内部有不同的流派与阶段，但在对旧式农民及其旧式理想进行批判这一点上，态度上具有同一性。正是在这一点上，赛珍珠与中国“新文学”不同，她对待旧式农民及其理想的态度是“描述”，是以同情的笔调去贴近。在这个意义上，我们可以理解茅盾、胡风、巴金对她的批评。但是在今天看来，赛珍珠的《大地》的价值，恰恰在于为我们提供了一幅不同于“新文学”的中国乡村的图景，让我们可以看到传统中国农民的生活方式与生活理想。对于我们来说，这已经是一幅陌生的图景，但是只有理解这一图景，我们才能理解赛珍珠，也才能更深刻地理解中国“新文学”。

如果从这样的视角去看，《大地》三部曲的另外两部作品——《儿子》《分家》也具有不可替代的价值。《儿子》以王龙的儿子王虎为主人公，王龙的“儿子们都不是好东西；老大沉湎于空虚的放荡生活；老二当了商人和高利贷者，被金钱的贪欲淹没了；老三成了‘军阀’，祸害不幸的国家”（诺贝尔文学奖授奖词）。《儿子》主要描述了老三王虎作为一个小军阀的一生，他在乱世中戎马倥偬，背叛了父辈对土地的感情，想以自己的力量成为割据一方的“强人”。他不近女色，不重亲情，严格要求自己与所属的部队。但是他并没有等到最佳的政治时机，在势力最强大的时候也不过控制了两个县城，最后他空怀着一个成为强者的梦想死去。在这个小军阀身上，赛珍珠写出了她对一部分中国人的印象：他们意志坚强，在变化了的时代中仍坚守着传统的思维方式，于是造就了他们个人的悲剧。在中国的“新文学”中，虽然不少作品涉及军阀争斗所造成的饥馑遍野，民不聊生（如沈从文的作品等），但很少有作品以一个军阀为主人公，探讨他的内心世界与人生历程。在这一方面，《儿子》可以说给我们提供了一个独特的视角。尽管不可否认，小说中对主人公的描述不无偏执，其中一些场面（如战争场景）也更接近臆想，而偏离现实太远。

在《儿子》中，我们可以读到不少时代性的因素，而这些在第三部《分家》中有着更明显的体现。《分家》以王虎的儿子王源为主人公，像他的父亲王虎背叛了父亲王龙一样，王源也背叛了自己的父亲王虎。但他走的是另一条道路，他为了逃婚和躲避父亲的精神控制，从乡村逃到了一个沿海的大城市（小说中虽然没有明确提及，但我们可以感觉到是上海），从这里他又去美国留学，六年之后回来，他已告别了父祖辈的生活理想，开始追寻新的生活理想，也开始追寻真正属于自己的爱情。相对于《大地》和《儿子》，《分家》所讲述的是我们更熟悉的故事，也是中国“新文学”更擅长表现的情感结构与情感冲突。事实上，在读《分家》的时候，我会不断联想到中国的作家。比如描述父子冲突与逃婚的情节，会让人想到巴金的《激流》三部曲；比如写上海舞场的场景与人物，会让人想到“新感觉派”穆时英、刘呐鸥等人的作品；而写王源在美国的经历，他的自尊与自卑，他的屈辱感，他的民族情感与男女情爱的纠缠，则会让人想到郁达夫《沉沦》中的故事。不论相似或相异，可以说《大地》三部曲为我们提供了一个观察中国的新视角。

2

读赛珍珠的《母亲》却给人以另外的感受。相对于《大地》三部曲，《母亲》在文学界获得了很高的评价。《纽约时报》当时的书评指出：“《母亲》是赛珍珠至今创作的所有作品中，最具有建筑统一性和简洁有力特征的作品。简洁和力度几乎具备了强大的特质。不仅如此，赛珍珠的成就还表现在她从人类普遍价值观的角度来描述与我们自己相异的民族。”伦敦的《时代》文学增刊也认为：“赛珍珠从不曾写过比《母亲》还好的书，她凭借敏锐直觉的天赋，深入到中国农村妇女的思想、内心和精神之中，揭示了生命永恒的价值。”1938年诺贝尔文学奖的授奖词中也说：“《母亲》在赛珍珠的中国女性形象中是最完美的，这本书也是她最好的一部。”

《母亲》讲述的是中国乡村一位母亲的故事，她的一生充满了苦难，可以说是旧时代中国妇女的典型与象征。在她年轻的时候，她的丈夫就离家出走，一去不回，她一个人赡养着婆婆，拉扯着三个儿女。她艰难地支撑着一个家庭，到田里去干活，还要忍受村里人的风言风语。她的大儿子慢慢长大了，她为他娶了媳妇，但是他们一直没有生孩子；她的女儿幼时眼睛经常被烟熏，没有得到及时的医治，最后眼睛全瞎了，后来女儿嫁到了大山深处，当她半年后去探望女儿的时候，女儿刚刚死去；小儿子小时候备受宠爱，长大后他参加了革命，后来遭到逮捕并被处死，她亲眼看到了小儿子被押赴刑场的场景，晕倒了过去。“母亲”一生中唯一愧疚的事是她在丈夫走后耐不住寂寞，与下乡收租的账房先生发生了一次偷情，她认为自己遭受的苦难是上天对她的惩罚。她一次次拜佛，最后她的大儿子终于生了孩子，“母亲一句话也不说，一个人也不理会，就往屋里跑，走到床前，看见了孩子，一个男孩子！像他父亲说的一般无二，张着大嘴，哭声很响，她从来没有看见过这样又漂亮又肥壮的孩子。母亲弯下腰来，把孩子抱在怀里，觉得暖暖乎乎的，很健壮。就连她自己也像又充满了新生命一样……”

小说中的“母亲”没有姓名，作者在小说中直接以“母亲”来称呼，可见赛珍珠所写的并不是中国乡村中某一位母亲，而是中国乡村中“母亲”的典型与代表。她所写的不是“个性”，而是中国乡村母亲的“共性”。在这一点上，《母亲》取得了非凡的成功，可以说是一部不可多得的杰作。在这部小说中，我们可以看到千百年来中国乡村妇女所承受的苦难，她们的生活与内心世界，小说所塑造的是一个大地母亲的形象，“母亲”像大地一样深沉厚重，也像大地一样承载着一切——苦难、灾荒、战乱与革命。但她始终坚忍不拔，“她的整个命运都体现在‘母亲’这个词中。然而，她是有生动个性的，是一个强壮、勇敢、精力充沛的人物”（诺贝尔文学奖授奖词）。在“母亲”的形象中，凝聚着赛珍珠对中国乡村妇女命运的观察与思考，她以饱含深情的目光注视着“母亲”的一生。

但是在这里，我们也可以发现，赛珍珠的目光是隔着一段距离的。小说的视角是俯视或旁观式的，她很少能够真正深入“母亲”的内心世界。在这一点上，我们可以将之与赛珍珠描写自己母亲生平经历的传记《离乡背井》相比较，“母亲凯丽勇敢热情，有天分，有诚恳的天性，在各种力量当中善于协调。她在悲愁和危险之中经受了严峻的考验……她甚至在内心经历了一场艰苦和连续的斗争。在她的内心倾向中，凭着她的天性，她需要比坚定的宗教信仰更多的东西。……然而，她保持着精神上的健康，保持着对生活的热爱，尽管生活给她展示了那么多的恐怖之处。她懂得鉴赏人世所呈现的美；她甚至保留着她的快乐和她的幽默。她就像发源于生命心脏的一股清泉”（诺贝尔文学奖授奖词）。在这里，我们所看到的，显然是一个更具个性化的“母亲”。

当然将她描写自己母亲与描写中国“母亲”的作品相比较，对于赛珍珠来说并不公平，毕竟两部作品中作家投入的经验、情感是迥然不同的。在这里，我们可以将之与鲁迅描述乡村妇女的《祝福》略做比较。我们可以看到，在《祝福》中鲁迅也描述了祥林嫂的命运，在小说中，鲁迅也着重突显了叙述者——知识分子“我”与祥林嫂的隔膜及冷漠，但是我们也可以感受到鲁迅笔下的疼痛与反思。如果比较一下赛珍珠与鲁迅对待中国乡村妇女的态度，可以发现，赛珍珠的态度是简单的，是一种远距离视野下的同情，而鲁迅的态度是“纠结”的，他的纠结在小说中以“复调”的形式表现出来——祥林嫂的人生悲剧，叙述者“我”的逃避与惶恐，以及“作者”欲说还休的复杂叙述态度。或许我们可以说，像这样复杂而纠结的叙述态度正显示了鲁迅置身其中的切身感受，而赛珍珠的“同情”虽然颇为可贵，但或许在她的内心中仍隐藏着对于异域文明的优越感。

在这个意义上，我们会发现，这部小说更像一部社会学或人类学著作，或者说，在其中隐藏着“东方主义”的内在视野。赛珍珠是在面向西方世界讲述一个中国乡村妇女的故事，正如早期人类学对低等文明的“客观”描述，意在确认西方文化作为一种高级文明的优越性。在小说中，赛珍珠虽然关注中国乡村妇女的命运，但她的目光也是“客观”的，小说中的人物仿佛生活在一个遥远的时空，作者所讲的也是一个“遥远的故事”。但对于身处于中国的中国人来说，赛珍珠的故事未免过于简单，小说中的人物也有些抽象化——“母亲”的形象不像生活在具体生活中的人物，而是某种观念（母爱＋东方）的产物。尽管某种程度的抽象化也是一种艺术化的方式，比如福克纳《八月之光》中的莉娜，或者海明威《老人与海》中的老人，但是在《母亲》中，这种抽象化无疑限制了作者在艺术上做出更为丰富复杂的把握。

尽管如此，《母亲》仍可以说是一部优秀的作品，小说对中国乡村生活的场景、细节、氛围的描摹，即使在中国小说中也很少有出其右者。“在一个农家茅屋的厨房里，母亲坐在炉灶后面的一个矮竹凳上，很伶俐地向着烧火的灶口里投着干草。火刚烧着，她四下随处捡几根柴火或树叶子，再加进去一些去年秋天从山上砍下来的干草。”小说的开头便将我们带入了母亲生活的现场，长句子所造成的舒缓的叙述节奏，很好地营造了小说的氛围，而有一种回环往复的音乐感。这种叙述语调贯穿始终，缓慢而悠长，正如“母亲”的一生。赛珍珠以诗一样的叙述方式，在平静的描摹中赞美了一个中国乡村妇女的生活，以及那包容一切的母爱。可以说在“母亲”这一形象中，凝聚了千百年来中国女性的美德，也凝聚了人类对母爱共同的赞颂。

赛珍珠的作品中虽然不乏东方主义的元素，但是我们只有历史地看待赛珍珠所塑造的中国人形象，才能对她在中西文化交流中的作用有一个公平的认识。在赛珍珠之前，在19世纪和20世纪初的欧美文艺作品中，中国人物大多是供人取笑、侮辱的丑角。1877年，马克·吐温与布莱特·哈特合写了一出闹剧《阿兴!》，剧中的阿兴为白人矿工洗衣，他不但常挨打，还被骂成是“愚蠢而又可怜的畜生”。20世纪初，在美国和欧洲流传最广的有关华人的文学作品，可以说是英国人罗姆创作的傅满洲系列小说，书中的傅满洲是个精明险恶的华人头目，妄想征服西方世界。傅满洲系列小说在20世纪30年代被好莱坞改编为电影，主要的情节是傅满洲兴风作浪，而苏格兰的史密斯爵士挺身而出，与之斗智斗勇，最后结局当然是白人最终战胜了野心勃勃的“异类”。我们可以看到，与这些作品中的中国人形象被“丑化”与“恶魔化”相比，赛珍珠在她的小说中所塑造的是更为真实的中国人，在她的小说中，中国人不再是奇怪、神秘、阴险、难以理解的人种，而是同世界上任何地方的人相似，在大地上生存的人群。

根据赛珍珠小说改编的同名电影《大地》，不仅在1937年获得了奥斯卡最佳女主角奖，也极大地改变了美国人对中国人的印象。关于电影《大地》，由于影片中的主人公王龙拖着辫子，并且由西方人扮演，也受到了当时一些知识分子的批评，引起了一些争议。我观看此片的直观印象，也感觉有些怪异，电影改变了原作中的一些重要情节，突出了王龙妻子阿兰的分量，是阿兰（而非小说中的王龙）得到了他们最初发家的那笔财富，王龙在电影中也没有再次纳妾，而是赶走了他的小妾荷花，与阿兰重归于好——这遵循了好莱坞的逻辑，也有利于改善中国人的形象，但不像原作那样呈现了那时代中国农民的生活逻辑。影片中蝗灾的场面颇为惊人，不过由两位外国演员饰演拖着辫子的中国人，确实给人以奇怪的感觉——原来他们是这样想象中国人的？——但我们也应该看到，这已是当时对中国人最不带偏见的表现了。

另外值得一提的是，不少美国青年正是读了赛珍珠的著作，才对中国发生兴趣，其中最为人所知的便是埃德加·斯诺和他的妻子海伦·斯诺，他们也与赛珍珠保持着长期的友谊，斯诺那本影响世界的《西行漫记》，最初便是连载在赛珍珠与其丈夫创办的《亚洲》杂志上。如果我们历史地看，从傅满洲这样邪恶的中国人形象，到赛珍珠笔下的“大地”与“母亲”，再到斯诺夫妇笔下“活的中国”，正是美国与西方文化对中国理解不断深化的过程，而在这一过程中，赛珍珠无疑占据着一个独特而关键的位置。

3

1934年，赛珍珠回到美国后，再也没有来过中国，但她终生从事的事业都与中国相关。1941年，赛珍珠夫妇在美国成立了“东西方协会”，通过举办具体的教育交流项目来促进东西方人民之间的相互理解。20世纪40年代初，赛珍珠夫妇与作家拉地摩尔、林语堂等人一起，倡导成立一个全国性组织——“废除排华法公民委员会”，赛珍珠担任主要发言人。1943年10月22日，“排华法”终于在出台长达60多年后土崩瓦解。二次大战期间，赛珍珠积极支持中国人民的伟大抗日战争，她所领导的“东西方协会”聘请我国旅美表演艺术家王莹担任董事和中国戏剧部主任，王莹在白宫参与的演出《放下你的鞭子》并高唱《义勇军进行曲》等活动，就是由赛珍珠促成并亲自主持的。在抗战高潮时期，赛珍珠还出版了小说《龙子》，讲述了一个家庭团结起来抗日的故事，揭露日本侵略者在中国犯下的种种罪行并向中国人民的英勇抗战表示敬意。1941年，《龙子》改编为同名电影，受到急于了解亚洲战区情况的美国人民的欢迎。赛珍珠对蒋介石政权有不少批评，成为当时美国了解中国国情的一个主要观察家。

赛珍珠也与不少中国作家保持着友好交往，林语堂的《吾土吾民》便是由赛珍珠作序在美国出版的。抗战结束后，她领导的“东西方协会”接待了赴美的老舍和曹禺，帮助他们了解美国社会和向美国人民介绍中国文化。赛珍珠还积极协助老舍在美国出版他的作品，她向编辑和书商们大力推荐《骆驼祥子》和《四世同堂》等作品。1945年，为避免和《骆驼祥子》争读者，赛珍珠将自己的小说《群芳亭》推迟了好几个月出版，《骆驼祥子》也成为20世纪40年代在美国畅销的寥寥几本中国题材小说之一。

赛珍珠还向美国与西方介绍中国文化，她翻译了我国的古典文学名著《水浒传》，并将书名改为《四海之内皆兄弟》。1938年，在诺贝尔文学奖的获奖演说中，赛珍珠讲的是“中国小说”，她说：“因为虽然我生来是美国人，我的祖先在美国，我现在住在自己的国家并仍将住在那里，我属于美国，但是恰恰是中国小说而不是美国小说决定了我在写作上的成就。我最早的小说知识，关于怎样叙述故事和怎样写故事，都是在中国学到的。今天不承认这点，在我来说就是忘恩负义。不过，完全为了个人的原因在诸位面前说中国小说这个题目倒是有些冒昧。还有另一个原因我觉得完全可以这样做。这就是我认为中国小说对西方小说和西方小说家具有启发意义。”在这篇演讲中，赛珍珠讲到了中国小说的传统——从神话、志怪小说到《水浒传》《三国演义》和《红楼梦》，也讲到了中国小说的地位——受到文言经典与文人文学的双重压抑，而受到普通民众的欢迎。最后她讲到了她从中国小说中所受到的启发，而这主要来自于“说书人的传统”。她在演讲结束的时候说：“不，一个小说家决不能把纯文学作为他的目的。他甚至不能对纯文学了解得太多，因为他的素材——人民——并不在那里。他是在村屋里说书的人，他要用他的故事把人们吸引到那里。文人经过时他无须抬高他的嗓子。但若一群上山求神朝圣的穷人路过时，他一定要使劲把他的鼓敲响。他必须对他们大声说：‘喂，我也讲神的故事！’对于农夫，他一定要讲到他们的土地；对于老头儿，他一定讲到和平；对老太太，他必须讲到她们的孩子；而对年轻的男男女女，他一定要讲他们之间的关系。只要这些平民高兴听他讲，他就会感到满意。至少我在中国学到的就是如此。”

在这里，我们可以看到赛珍珠的小说之所以受到普通大众的欢迎，不仅在于她写作题材的独特，而且在于她受到了传统中国小说观念的影响。她是面向大众的“说书人”，而不是致力于“纯文学”的作家——像她同时代的乔伊斯或福克纳一样。

而与多年后中国获奖作家的演讲——高行健的《文学的理由》、莫言的《讲故事的人》相比，赛珍珠的演讲似乎更能代表中国小说的传统。高行健所讲的只是文学相对于政治的“理由”——“我想要说的是，文学也能是个人的声音，而且，从来如此。文学一旦弄成国家的颂歌、民族的旗帜、政党的喉舌，或阶级与集团的代言，尽管可以动用传播手段，声势浩大，铺天盖地而来，可这样的文学也就丧失本性，不成其为文学，而变成权力和利益的代用品。”莫言则通过讲述母亲的故事强调了文学的民间传统：“我是一个讲故事的人。因为讲故事我获得了诺贝尔文学奖。”但是我们可以发现，高行健或莫言讲故事的方式都受到了西方文学的极大影响，而赛珍珠在中国小说中寻找到了自己的叙述方式。或许这是中西文化交流中一个有趣的现象，人们只有参照相异的文明才能更清晰地照见自己，也只有在相互交融中才能具有更加丰富的视野，才能形成一个作家独特的“艺术世界”。

另一方面，赛珍珠也指出：“我说中国小说时指的是地道的中国小说，不是指那种杂牌产品，即现代中国作家所写的那些小说，这些作家过多地受了外国的影响，而对他们自己国家的文化财富却相当无知。”这可以视为赛珍珠对中国“新文学”的一种批评。但是鲁迅在一封信中，也对赛珍珠提出了批评：“先生要作小说，我极赞成，中国的事情，总是中国人做来，才可以见真相，即如布克夫人，上海曾大欢迎，她亦自谓视中国如祖国，然而看她的作品，毕竟是一位生长中国的美国女教士的立场而已，所以她之称许《寄庐》，也无足怪，因为她所觉得的，还不过一点浮面的情形。只有我们做起来，方能留下一个真相。”中国人当然更能见出中国的“真相”，但是外部的视角并非都是“浮面的情形”。如我们前面所分析的，赛珍珠对中国乡村生活“常态”的描述，便是中国新文学作家所没有表现的。但赛珍珠对传统中国小说的推崇，也让她难以看到传统中国文化已无能应对现代世界，中国文化只有浴火重生，才能凤凰涅槃。

在赛珍珠的作品中，也确有“浮面的情形”。比如她在1956年所写的以慈禧太后为主人公的《帝王女人》，虽然对慈禧太后作为一位女性与“政治家”的难处有着深切的理解，但对中国历史与宫廷政治了解的匮乏，也使此部小说略显肤浅。从我们今天的视角来看，此部小说颇似《甄嬛传》，对宫廷内部的斗争有深入细致的表现，但与之不同的是，《帝王女人》也写了朝廷之上的政治斗争，以及中国面临“数千年未有之变局”的危难，这三重压力加在慈禧太后身上，她却只能以旧的权力思维面对新的政治形势，注定是一个悲剧人物。小说对慈禧太后多有体贴，但也有不少臆测与编造，这使此部小说的艺术质量大大削弱。

1949年新中国成立后，由于外交、政治和历史的原因，中美两国间的文化交流和民间接触全面中断。受国民党蒋介石反动宣传的影响，赛珍珠早在20世纪20年代对中国共产党就存有猜疑和误解，但这些内容那时在她的作品中很少有反映。到了20世纪五六十年代，我国在一系列政治运动中的失误，又通过各种渠道传入美国，其中包括一些恶意的诽谤。赛珍珠根据这些真真假假的材料写出了《暗箭难防》《银蝴蝶》《深耕记》《北京来信》《梁太太的三个女儿》等贬斥中国共产党的作品。但是赛珍珠也拒绝了台湾的多次访问邀请，她仍然希望能够前往大陆访问。1972年尼克松政府恢复了中美邦交后，赛珍珠不顾八十高龄，向中国政府提出访华要求，并计划以新的观点写一部《红色国土》。可是在长久等待之后，接到的却是

5月17日中国驻加拿大使馆发来的信，其中写道：“由于你长期以来在著作中丑化、中伤和诽谤中国人民和他们的领袖，我受权通知你，不能接受你的访华要求。”

1973年3月6日，赛珍珠带着遗憾，离开了人世。尼克松总统闻讯后称她为“一座沟通东西方文明的人桥”，“一位伟大的艺术家，一位敏感、富于同情心的人”。赛珍珠被葬在离她的宾州住宅几百码处的一棵白蜡树下，她亲自设计的墓碑上没用一个英文字母，只是在一个方框内镌刻了“赛珍珠”三个汉字。

陈映真是一面精神旗帜

听到陈映真先生去世的消息，我内心感到一阵悲凉，虽然我并未有幸与陈映真先生谋面，仅有一点文字之交，但在我的心目中，陈映真是我们这个时代最值得信任、期待的作家与思想者之一，伴随着他的离去，在这个日益纷乱复杂的世界上，我们失去了一位可以信赖的知识分子，一个“时代的良心”。在这个意义上，我们也可以更深刻地理解，1936年鲁迅先生去世之后，社会各界和青年学生所表现出来的那种悲痛。

作为一个作家和思想者，陈映真先生在文学、思想与社会各领域都取得了众所瞩目的成就，我并非陈映真与台湾文学研究的专家，只能从个人的角度谈一点感想。我与陈映真先生的交往极为有限。新世纪之初，中国大陆出现了“底层文学”思潮，我应人间出版社范振国先生的邀请，撰写了一篇文章《转变中的中国和中国知识分子》，分析介绍了围绕底层文学的争论，并在邮件中发去了曹征路《那儿》等代表性作品。那时围绕《那儿》等作品出现了不少评论，我想编辑一本《〈那儿〉评论集》，也写信给范先生，问陈映真先生是否有可能写一篇文章。过了大约一个月，他就传来了陈映真先生的文章《从台湾看〈那儿〉》。在这篇文章的开头，陈映真先生谈道：“朋友如获至宝似地拿了从网站上下载的、大陆作家曹征路先生（以下礼称略）写的中篇《那儿》来。后来又取得李云雷先生（以下礼称略）新写的论文《转变中的中国和中国知识分子——〈那儿〉讨论评析》。……读完《那儿》，心情很激动。读完云雷的大论，也让人思潮起伏。《那儿》在祖国大陆的读书界讨论，已阅两年许。为了免于狗尾续貂，想从一个半生生活在台湾的老作家的视角，说一说一些不成熟的感想。”在这篇文章中，陈映真先生结合他在台湾的经验，谈了左翼文学与艺术性、工人的阶级意识、外来文论的失效、光明与希望之必要等问题，让我们看到他的热情与理论兴趣。这篇文章是陈映真先生晚年最重要的文章之一，也是他很少的专门谈大陆作家作品的文章，或许在“底层文学”之中，陈映真先生看到了他所期待的中国文学，2009年中国大陆编选的《陈映真文选》也以此文收束。

读了这篇文章之后，我期待能有机会与陈映真先生见面。后来听说陈映真先生来到了北京，但是生了病，正在治疗，不愿意见人，我想等他病好之后或许能够见到，但没想到一直拖了这么多年也没有见到，更没想到最后等来的竟是他去世的消息！

在我的心目中，陈映真先生是一面精神旗帜，他的意义在于文学，在于思想，在于他的人格魅力，在于他对左翼文学传统的继承与创新，对底层民众的深厚情感，对祖国统一的坚持与热望，这些体现在他的作品和行动中，我们都可以看到，这也是我们最为宝贵的精神财富。陈映真的文学，在今天的文化语境中具有重要价值，无论是大陆还是台湾，无论是中国还是欧美，文学在整个社会格局中的分量都在减弱，文化消费主义甚嚣尘上，很多人更愿意将文学当作一种消遣与娱乐。但陈映真的文学并非如此，从最初走上文学道路开始，陈映真就将文学当作一种精神上的事业，是他直面世界、直面自我的一种形式，而陈映真最为卓越之处，不仅在于他继承了鲁迅的文学传统，而且在于他真正实现了艺术上的创造，他的

《将军族》《山路》和“华盛顿大楼系列”等作品，深刻地切入了台湾的历史与现实，让我们看到了幽暗历史的回声，以及人性在时代变化中的扭曲与畸变，至今仍是难以超越的经典。陈映真不仅是一个作家，也是一个知识分子，他有着自觉的理论意识与现实追求，是他为台湾打开了一个新的思想空间，让更多的人意识到台湾的真实处境，以及底层劳工的重要价值，而他创办人间出版社、组建中国统一联盟等实际行动，更是让我们看到了一位知识分子身体力行的风采与精神魅力。

陈映真是一面精神旗帜，他的意义在于台湾，在于中国，在于世界。今天的台湾知识界，吕正惠、蓝博洲、赵刚、陈光兴等学者都在重新解读陈映真，陈映真为台湾带来了左翼的传统和“第三世界”的视野，而这，在今天台湾的现实环境与文化语境中，尤其具有重要的意义。陈映真的视野可以让我们看到，台湾社会各界的议题虽然众多，却忽略了最为重要的议题，那就是底层民众的现实处境。在众声喧哗的文化泡沫之中，陈映真的声音可能会被边缘化，但伴随着现实的发展，更多有识之士将会在陈映真身上发现闪光的东西。

陈映真在中国大陆的接受，有一个历史的错位，王安忆、阿城、张贤亮、陈丹青、查建英等人，对陈映真都有过或排斥或“误解”，当陈映真在反思跨国资本主义的时候，刚经历过“文革”的中国文学界与知识界，正在反思社会主义的“伤痕”，那是在20世纪80年代。但是，伴随着中国逐渐融入资本主义世界体系，当年陈映真所批判的东西真的出现在了我们面前，我们的思想界也在重新认识陈映真，重新认识左翼文学传统，重新认识中国的社会主义道路，“底层文学”与“新左翼文学”的兴起，是文学界所做出的一个反应。而在学术界，虽然洪子诚、蔡翔等研究者已将左翼文学——社会主义文学推到了文学研究的最前沿，但是在中国大陆的语境中，在经历过“文革”的历史波折之后，“左翼文学”在某种意义上并不具有自明的说服力，在这样的时刻，陈映真作为“左翼文学”在台湾的传承者与创造者，以其精湛的艺术与精深的思想，让人们意识到了左翼文学的创造性与生命力。在这个意义上，我们可以说，陈映真及其文学传统，为我们打开了一个新的视野。而这样的视野，不仅限于文学与思想界，也与当今中国的现实密切相关。

在当今世界的整体格局中，伴随着英国脱欧、特朗普选举等事件，新自由主义所建构的世界观与历史观正在瓦解，底层民众对公平正义的追求，对贫富极端分化的不满，以“民粹主义”或“文明冲突”的形式表现出来。在这样的历史时刻，我们尤其需要重新认识20世纪的社会主义经验，重新探索超越资本主义的可能性，重新想象人类的未来。这可以说是人类重新认识自身历史的时刻，也是人类重新寻找自身道路的时刻，在这样的时刻，我们需要“重估一切价值”，需要反思“历史终结论”所带来的深刻影响，需要找到一条让底层民众可以发声的理论与实践的可能性，而陈映真所走过的路，也正是对这样的道路的探索。在这个意义上说，陈映真是一面精神旗帜，他的意义是属于未来的，他已经融入了一种伟大的传统，并将召唤未来的人们继续为公平和正义而奋斗。

附录

我的文学批评之路

我从事文学批评的时间并不长，但是文学批评如今成了我与世界相联系的一种重要方式，我时常问自己：我为什么要从事文学批评，我是怎么做文学批评的？通过文学批评，我最终想要达到什么样的目的或效果？

对于我们这一代从事文学批评的人来说，首先要解决的问题是，我们为什么要做文学批评？从事文学批评是一件艰辛的工作，也是一件寂寞的工作。在文学如此不景气的社会环境中，文学批评还有什么必要？与文学创作相比，文学批评缺乏吸引人的生动故事与鲜明形象；而与文学理论、文学史研究相比，文学批评缺乏在学院体制中的重要性。可以说在文学的整个环节中，文学批评处于一种颇为尴尬的处境。但是文学批评又是重要的，是文学生产过程中不可或缺的一个环节。从小的方面来说，文学批评要对具体的文学作品做出判断，要判断一部作品的优劣，要对其好处与坏处做出深入、细致、专业的分析，只有这样，才能建立起一整套文学评价的体系与标准。如果没有这样一套评价体系，整个文学界将会处于一种无序的状态，可以将一部很差的作品说得天花乱坠，也可以将一部艺术性很高的作品淹没，无法认识其真正的价值。在这个意义上，可以说文学批评维护了一种正常的文学秩序，为文学作品的优胜劣汰提供了一套评价机制。从大的方面来说，文学批评还要关注文艺界的新现象、新因素与新思潮，在文艺界的最前沿创造与引导新的文艺思潮。

在从事文学批评之前，我在北京大学中文系读博士研究生，在漫长的学习生涯中，我涉猎了不少西方文学理论，也积累了不少中国现当代文学史的知识，自己也尝试过文学创作。但当时我的一个缺陷是，对20世纪90年代以后的中国文学缺乏了解，也缺乏兴趣。我不知道中国文学的现状是怎样的，我们怎样做才能使中国文学朝好的方向发展，或者说我们怎样才能在现实的基础上创造理想的中国文学。这样，当时的理论学习便只是单纯的学习，文学史研究也只是单纯的史学研究，没有与现实中正在发生的文学结合起来，很多研究便缺乏问题意识与方向感，是一种“无的放矢”。

介入文学现场只是一个开始，在这样一个文学场域，需要你去发现新的问题，并做出自己的系统性解答，只有这样，才能真正发出自己的声音。在这个时候，仅仅依靠文学理论或文学史知识是不够的，我们需要融入个人的生命体验，需要融入情感、血泪与欢笑，需要融入对这个世界的观察与思考。当然这些体验与思考并不是系统性的，但是当我们开始具有“自觉”的意识，我们便会发现，并不是所有的人都有共同的感受，并不是所有的文学都有共通的“美”，我们应该寻找到一种方式表达自己的经验与情感，应该创造出一种我们自己的美学。文学是这样，文学批评也是这样。这是一个发现世界的过程，也是一个发现自我的过程，更是一个创造“美”的过程。

2005年以来，围绕曹征路的《那儿》及其他作品展开的“底层文学”讨论便是如此。在这一讨论中，不少人对“底层文学”持有强烈的批评意见，而我是“底层文学”的倡导者与推动者之一，正是这些批评让我意识到了我与“他们”的不同。这一不同包括两个方面：一是在身份与自我意识上，我来自社会底层，并与之保持着血肉般的联系，与其他评论家强烈的“精英意识”有着鲜明的不同；二是在知识上，我汲取了“新左派”的重要思想资源，对20世纪80年代以来的新启蒙主义、新自由主义有所超越，形成了自己观察世界与文学的独特视角。正是在这些基础上，我撰写了一系列文章，从理论与历史等方面为“底层文学”辩护，并探讨其健康发展的道路。在“底层文学”的讨论中，一个值得关注的问题是，当时曹征路、陈应松、刘继明、王祥夫、刘庆邦、胡学文、罗伟章等作家已经创作出了不少优秀作品，却并未在文学界得到足够的认可，而其中的一个重要原因在于他们的作品不符合主流的“美学”，但在我看来，在他们的作品（也包括一些“打工文学”）中，恰恰蕴含着另一种美学或美学的萌芽，需要引起我们的重视。

我们的时代是一个飞速发展与剧烈变化的时代，文学批评应该站在文艺发展的最前沿，不断发现问题、分析问题并做出自己的判断，创造并引导新的文艺思潮。这对批评家提出了新的要求，他不仅应该具有对文学作品的艺术敏感，而且应该敏感于整个文学界的发展与变化，并在这些变化中捕捉到新的经验与新的美学因素，从而抓住最具时代精神症候的变化，而这正是文学发展的动力之所在。对于一个批评家来说，真正具有创造性的工作，不在于以一套固定的文学评价标准去评判所有的作品，而在于在时代的变迁中把握住美学上的新因素——这种新因素在挑战着旧有的文学评价体系，也是正在形成的新的美学体系的萌芽，我们应该捕捉这些具有生长性的因素，并在与自己旧有知识的碰撞中形成独具特色的新视角。

2006年以来，我撰写了以“如何讲述中国的故事”为主题的一系列文章，这些文章所针对的问题主要是“五四”以来尤其是20世纪80年代以来的中国文学。这类作品是以西方文学为参照发展起来的，在这样的情况下，我们如何重建中国文学的主体性？之所以提出这样的问题，是因为在很多中国文学的作品中，我们看不到中国人的经验与情感世界，文学当然可以表现人类共同的经验与情感——那些生老病死、喜怒哀乐与爱恨情仇，但我认为如果某种经验与情感要表达得深刻、细腻与微妙，必然是与脚下的大地紧密联系在一起的。我所不满的是这样一种状况，20世纪起，尤其是最近30年来，中国人的生活方式与内心世界发生了天翻地覆的变化，中国经验是那么丰富复杂，却没有引起足够的重视与表达，而来自西方文学的某些观念性的东西（如恐惧、暴力、性等），却吸引了不少作家的注意，成为他们写作的主题。在这样的状况下，要不要讲述中国故事，如何讲述中国故事，便成为我所关注的问题。近年来，在贾平凹、王安忆、王祥夫、郭文斌、付秀莹等作家的作品中，我们可以看到，他们在尝试借鉴传统中国小说的形式讲述中国故事，他们在传统中国文学中发现了巨大的宝库，不再借鉴西方的文学资源，而开始借鉴中国的文学资源，这可以说是中国文学的一次巨大转向。但是在我看来，文学资源的借鉴只是初步的工作，借鉴《红楼梦》与借鉴《百年孤独》并无本质的不同，我们需要的不是“现代版的《红楼梦》”或“中国版的《百年孤独》”，我们需要的是能够表达出当代中国人经验与情感的著作，而这对作家提出了更高的要求，他们需要将借鉴转为创造，创造出一种新的形式以表达当代中国人的经验与情感——一种既不同于传统中国人，也不同于现代西方人的经验与情感。

在对这一问题的持续思考过程中，我逐渐提出了自己的系统看法，也在与思想界民族主义、文化保守主义的切磋中明确了个人的想法。一方面，相对于“文化保守主义”，我更注重当代文化的创造性，主张不归于“旧”而成于“新”，我们可以借鉴传统的文化资源，但不必以传统文化为旨归，我们应该在现代中国历史与现实的基础上，创造出一种“新文化”；另一方面，中国的“民族主义”虽然有其内在的合理性，但在民族复兴的语境中，我们需要警惕“中华帝国心态”与“扩张的民族主义”，需要反思民族主义内部隐藏的阶级压迫结构。我所主张的是与“底层”联系在一起的“民族主义”与“国际主义”。

关于“70后”作家的研究，也是我文学批评的一个重点，这是因为同样作为一个“70后”，我与他们有着相似的人生经历。而且“70后”作家处于文学格局的巨大转折之中，他们与“50后”“60后”作家所处的“文学场”不同，也与“80后”作家所处的市场化环境不同，而是处于一种“夹缝”之中。在对“70后”作家的研究中，除了对张楚、阿乙、石一枫、吴君、乔叶、肖勤等具体作家的评论与访谈，我还从整体上分析了他们的处境与所面临的问题。我认为，“70后”“80后”等概念的产生，便是一种具有症候性的文学事件。这既是“去政治化”的产物，也是“文学革命终结”的表征。我们可以看到，在20世纪90年代初“70后”作家的概念产生之前，作家很少被以年龄为标志划分类别，在此之前，正如“伤痕文学”“反思文学”“改革文学”“寻根文学”“先锋文学”等命名所显示的，作家更多地以题材及其所处的文艺思潮而命名。当然在这一命名方式中也会存在年龄因素，但相对于文艺思潮来说，年龄的因素并不占据主导的地位，这也可以解释为什么汪曾祺可以和莫言、韩少功等一起被称为“寻根作家”，为什么马原可以和苏童、余华等一起被称为“先锋作家”。所以，“70后”作家这一看似“自然”的命名，其实质在于年龄的因素取代了文艺思潮的因素，随着这一命名方式的普泛化，一种“稳定”的文学秩序便取代了一种可以在思想艺术层面进行交流、交融、交锋的文学场域。

但是另一方面，“70后”的命名也有内在的合理性，因为这些作家与20世纪50、60年代出生的作家相比，无论生活经验还是审美经验都已经发生了很大的变化，他们认识世界的方式，他们的成长经验与背景，他们的美学趣味与偏好，都有不同于前人的独特之处，对于一个作家来说，如何发现这些生活与美学中的新经验、新因素，做出不同于前人的探索，从而创造出新的美学，是值得去努力的方向。我认为“70后”作家所面临的问题，主要是如何处理作品与个人体验关系，如何历史地理解“现实”，以及艺术赋形的能力问题，这些问题制约着他们创作所可能达到的深度与广度。对于“70后”作家的关注，也是对我自身所处语境的关注，因为我们共同面临着文学的巨大转型。在我看来，最为重要的是将我们的处境“对象化”与“问题化”。现在我们的文学的处境并不是“自然而然”的，也不是“从来如此”的，我们只有将之纳入历史的脉络中，纳入理论的观照中，才能发现“文学”所存在的问题，也才能发现真正的生长点在哪里。在这个意义上，文学批评应该具有历史的视野与理论的眼光，仅仅依靠个人的“天才”与“灵感”，难以对当前复杂的文学状况做出整体把握与细致分析。

文学批评并不仅仅是关于文学作品的评论，文学批评还需要关注文学所置身的整个环境，文学在社会与文化领域中位置的变化，文学的生产—传播—接受过程，文学体制与文学整体格局的变化，文学与时代、政治、经济的关系，文学与社会学、思想史、文化研究的关系，等等，这样的观察方式让我们不再从一个孤立的视角看待文学，而将文学视为社会整体的一部分，我们可以在不同层次上把握“文学”及其内在变化。当然，与此同时，我们也需要注重文学自身的特殊性，文学具有特殊的内部规律，我们应该将内部规律与外部规律结合起来，以一种更具综合性的视角来观察文学。在这方面，我也撰写了一些文章，试图勾勒出当代文学格局的变化，并分析其未来的发展趋向。在我看来，我们的文学正在经历的转折，不仅是新时期以来的最大转折，也是新中国成立以来的最大转折，甚至是五四新文化运动以来的最大转折，我们需要一种新的方式去把握“文学”，在一种更加开阔的视野中去把握当下的文学问题。

在这个意义上，文学批评对于我来说，不仅仅是一项文学工作，也是观察与思考世界的一种方式。在我们这个时代，中国与世界都在发生最为深刻的变化，一个新的中国形象，一个新的世界图景，正展现在我们面前，这个中国是陌生的，这个世界也是陌生的，甚至连我们自身也是陌生的，我们还需要时间去重新认识自我与文学，重新认识中国与世界，但无疑我们已经走到了一个巨大的转折点上。在现在的文学作品中，我们可以看到这一转变的精神症候，而且正如我们所知道的，在最为优秀的艺术品中，隐藏着一个时代的精神密码或“集体无意识”，它们超越了简单的故事层面，直抵我们心灵的最深处，将我们难以表述的经验与情感以创造性的方式表达出来，通过对这样的作品的研究，我们可以更深刻地理解我们自己，也可以更深刻地理解中国与世界。

我想通过以上的简单介绍，大体可以了解，我最终想以文学批评达到的目的，一是发现并创造当今这个时代的独特的美学，二是探究人类灵魂的秘密，三是追寻正义的事业。需要说明的是，这三者是紧密相连的一个整体，可以说，正义的事业是建立在对人类灵魂探究的基础之上的，如果我们不能更深刻地理解人类的灵魂，也就不能更坚定地追寻正义的事业，而“美学”是我们在探究与追寻的过程中所创造的表现形式。另外一点，需要强调的是，我们并不是在孤立地探究人类灵魂的秘密，也不是在静止的状态中追寻正义的事业，我们是在一种动态的过程中，是在时代的发展中去探究与追寻，我们探究的是当今这个时代中国人的心灵秘密。但是优秀的作品能够超越时代与国别的限制，从狭窄走向开阔，从“自我”走向世界，从具体的时空走向永恒。“美学”如此，正义也是如此。以上当然只是我的一些设想，自己也远未达到，但是作为一个远景目标，“虽不能至，心向往之”，我希望在今后的写作中能够去逐渐接近。

我的“问题意识”及其形成

我自2002年在北大中文系读博士以来，即有意识地进入了当代文学研究领域。十二年来我的研究方向与重点做过一些调整，现在的问题意识愈益清晰，那就是以“当代中国文学的前沿问题”为中心，探讨中国文学从哪里来，到哪里去。在这个思维架构中，文学史研究与文学批评构成了研究的两翼。文学批评侧重于对最新的文学作品、文学现象、文学思潮做出观察与思考，试图探究中国文学正在发生什么变化，将会向哪个方向发展；而文学史研究提供了一个开阔的视野，可以从长时段的历史演变中观察当前的文学现象，从整体上把握中国文学的未来发展。对于我来说，文学批评与文学史研究是相互促进、相得益彰的，文学批评可以让我对当前文学的变化保持敏感，并不断形成新的问题意识，而文学史研究让我具有一种清晰的历史感与现实感，可以在大的历史演变中去思考中国文学的过去、现在与未来。

在这里，我想主要谈一谈我的“问题意识”的形成。“五四”以来，中国文学的一个重要特点就在于与时俱进，不断在时代的变化中提出新的命题，参与到时代的思想与社会问题的讨论之中。现在看来，我们师长一辈的学者，都是以这样的姿态开始他们的文学研究的。无论是“论20世纪中国文学”，还是“重写文学史”，无论是“在新的崛起面前”，还是“一体化”与“多元化”，他们所讨论的既是文学问题，也是一个时代最为重要的思想文化命题。他们都是针对当时文学环境中最为突出的时代问题，做出自己的分析与思考，并引导文学创作与文学研究范式的整体转变。他们提出并介入一个时代的精神命题，将自己的研究与时代的变化紧密结合起来，推动文艺与社会思潮的转变，这样的研究方式无疑是一种有机的、动态的、充满活力的学术。以此反观20世纪90年代以后的文学研究，伴随着学院体制的建立并逐渐严格化，更多学者的研究只是学院内部的自我循环，他们丧失了一种开阔的世界视野，也丧失了来自生命体验与时代经验的问题意识，所以很多人的研究便成了“无的放矢”，只是为稻粱谋而已。与此同时，中国与中国文学却处于日新月异的飞速发展之中，新的文学作品、文学现象与文学思潮不断涌现，置身于这样剧烈变化的时代，一个文学研究者如果无动于衷，可以说是并不称职的。

但是另一方面，我们也可以看到，我们师长一辈学者的著作都来自20世纪80年代的问题意识，我们只有将他们的讨论还原到当时的语境中，将他们的著作“相对化”与“问题化”，才能更深刻地理解其历史价值，也才能够给我们以新的启示。20世纪80年代的问题意识主要在于，“文革”结束之后，左翼文学的“一体化”及其纯粹化为中国文学带来了巨大伤害，那个时代的核心命题，就在于如何面对和修复这一伤害，为中国文学开辟新的道路与可能性。“论20世纪中国文学”摆脱了此前阶级斗争的理论视野，以历史主义的角度将中国文学视为一个“主体”，梳理“五四”以来现代文学的传统，并将之与新时期文学连接起来，同时则将左翼文学边缘化了。“重写文学史”所针对的也是左翼文学极端化的史观，所谓重写也就是在左翼文学史观之外的重写，开拓新的研究空间。“在新的崛起面前”则召唤一种新的写作方式与新的美学原则，以之来摆脱左翼文学激进化之后的僵化书写模式。而“一体化”与“多元化”这一文学史研究框架的提出，既是对20世纪40年代以来“人民文学”发展轨迹的描述，其中所暗含的价值判断，也包含了对左翼文学“一体化”的批评，以及对20世纪80年代文学“多元化”的肯定。在我们今天看来，上述论述都是有效的，它们都对历史的创伤做出了深刻的反思，为中国文学的发展提供了新的可能性。但是另一方面，这些论述的有效性也是在20世纪80年代特定语境范围之内的，当它们暗含的批评对象在社会文化领域不再占据主流时，其问题意识的针对性便削弱了。所以，对于今天的我们来说，重要的不是学习师长一辈著作中的思维框架与具体结论，而是把握他们与时代所构成的关系——面对一个时代的转折与变化，他们提出最核心的思想命题，并通过介入、讨论与争鸣，引导或影响文艺与社会思潮的进步。

那么，在当今这个时代，最核心的思想命题是什么呢？在经历了30多年的演变之后，我们该如何认识与把握当前的中国文学呢？这并不是容易回答的问题。要回答这样的问题，不仅需要我们拥有文学知识，也需要代入我们的生命体验与时代经验。但是很显然，相对于20世纪80年代的问题意识，我们这个时代已经发生了巨大的变化，现在不仅激进化的左翼文学早已不见踪影，甚至带有左翼文学倾向的作品也很少到见了。20世纪80年代的文学理想——文学的多元化与独立性——在短暂的历史时期虽曾得以实现，但很快遭遇到了新的问题。如果说20世纪80年代呼唤的“多元化”，只是“新文学”传统——包括左翼文学、自由主义文学、“为艺术而艺术”等不同流派——内部的“多元化”，那么很快“多元化”便越过了新文学的界限，被“新文学”压抑了半个多世纪的通俗文学（武侠小说、言情小说、官场小说等），以及新出现的类型文学，在市场经济、消费主义、新媒体等新的历史条件下，占据了文学市场的主流，而“新文学”传统中的不同艺术追求与艺术理想，在整体上都被边缘化了。在这种新的历史境遇中，便生成了新的问题意识，文学研究的重点与中心也在发生转移。以前我们认为重要的那些问题——不同艺术派别的论争及其是非，以及不同历史阶段的“断裂”与承续——在新的问题视域中，便不再像以前那么重要了，更为重要的问题是“新文学”传统何以被边缘化，“新文学”将来的命运如何？我们如何重新认识“新文学”发生以来的流变，以及“新文学”不同派别的内在一致性？

在这种新的视角中，很多以前不会进入我们研究视野的问题便出现了，并且变得越来越重要。比如在20世纪80年代，当我们以自由主义文学、“为艺术而艺术”等观念批评左翼文学时，很难意识到左翼文学、自由主义文学、“为艺术而艺术”等不同的艺术流派与理想，其实也有着内在一致性。而这种一致性只有在20世纪90年代以后才能突显出来，那就是当“文学”越来越被理解为一种娱乐或消遣的方式时，我们才能意识到，至少在将文学视为一种艺术或精神上的“事业”（而不是游戏）这一点上，以上不同的艺术追求有着一致性。在这个意义上，“新文学”内部的矛盾或许并不如我们原先想象得那么大，更大的分歧其实存在于“新文学”与通俗文学之间，只是在20世纪80年代我们仍处于“新文学”传统的笼罩之下，尚不具有这样的问题意识。再比如在20世纪80年代，当我们介入思想文化论争，表达自己的观点，批评其他的艺术观念时，也很难意识到“文学论争”这一运行机制正是“新文学”内在构成的一部分，也只是特殊历史境遇中的特殊经验。只有在20世纪90年代之后，当不同的思想艺术流派及其论争越来越少之时，我们才能意识到，文学通过不同思想艺术流派的讨论、争鸣、批评，介入到一个时代最重要的社会与精神问题的讨论之中，这样一种新文学的基本运作机制并不是从来就有的，也不是长久不变的，“文学论争”的产生也有其基本条件，那就是认为文学是一种重要事业（值得争辩），以及坚持个人观点的必要（应该争辩）。而当这些前提逐渐失去时，“文学论争”的消失也就不足为奇了。当我们以这样的视角重新审视文学史时，重要的或许不是以后见之明评判各方观点的是非，而是在一个动态的场域中思考论争何以可能和如何可能。只有在这个前提之下，对论争各方观点的评析才具有生产性。

对于当代中国人，尤其对于中国现当代文学的研究者来说，“新文学”的观念奠定了我们的基本文学观念，“新文学”的运行机制也构成了我们对文学史的基本认知。“新文学”的终结是指这一套基本的文学观念与运行机制——文学是一种精神或艺术上的事业，而不只是娱乐与消遣，文学通过思想艺术争鸣介入社会——已经面临巨大的危机，这是一种总体性的危机，也可以说是“五四”新文学自诞生以来所面临的最大挑战。这一巨大的变化将对文学的生产、传播与接受带来整体性的影响，也将对文学的出版、研究与教育机构（出版社、作协、研究所和大学中文系）带来重大的变化，更将对中国文学的未来发展产生难以预测的新变，值得我们关注与思考。在这个新的问题意识中，我将“新文学”视为一个整体加以研究，其内部包括不同流派、不同阶段，中间充满了论辩与“断裂”，但又有着内在的一致性，而整个20世纪的中国文学，也可以看作新文学“一体化”及其解体的过程，如果说“五四”时期通过对旧文学与通俗文学的批判，建立了“新文学”在文学格局中的主导地位（以及在新文化、新思想中的重要地位），那么现在我们正在经历相反的过程。在历史的终结处，重新审视“新文学”的发展及其曲折，便会有与此前不同的视野与问题意识。以这样的视野观察当前的中国文学，也会有一种更清醒的历史意识与现实感。

当前的文学界有一些重要的文学现象，显示了中国文学发展的新趋势。“底层文学”是新世纪出现的一种新的文艺思潮，它与中国现实的变化，与思想界、文学界的变化紧密相关，是中国文艺在新形势下的发展，也是“人民文艺”在新时代的发展，可以说是新世纪中国最为重要的文学思潮。而“非虚构”的提出及其在文学界引起的广泛影响，让我们意识到这样的提法切中了当今这个时代文学的病症。这一概念的核心是对“虚构”文学所存在的问题的一种反思或反拨，试图以一种更直接的方式重建文学与世界的关系。而在方法上，这一概念是对既有文学形式与分类的一种超越，它以一种新的区分（虚构/非虚构），打破了现有的文学格局，以文体变革的形式呼唤一种文学思想与文学观念的革命。

如果说“底层文学”和“非虚构”仍可以说是“新文学”面临新现实的内部变革，那么“官场小说”“科幻小说”“网络文学”则越过了“新文学”的界限，它们的出现与兴盛显示了中国文学发展的另一面向。“官场小说”远承被“新文学”批判的“黑幕小说”，近承20世纪80年代的“改革文学”，但与“改革文学”不同的是，“官场小说”以权力斗争为叙述的基础与动力，而在“改革文学”中，虽然不乏权力斗争的因素，但权力斗争是附属于思想观念斗争之下的，改革或保守的政治态度是“改革文学”的核心关注点，“官场小说”则抛开了这一切。作为一种通俗文学，“官场小说”的研究价值在于它提供了一种最为实际的中国经验，以及复杂微妙的现代中国的人际关系。“科幻小说”则相反，这一在20世纪中国文学中并不发达的文类，最近的崛起显示了中国人想象力的恢宏飞扬，而在其背后，显示了中国人面对世界与未来的自信——在“谁能代表人类”“谁能想象未来”等问题上，中国人也可以发出自己的声音。“网络文学”的兴盛，则让我们看到了新媒体革命对中国文学带来的巨大影响，“网络文学”的类型及其生产—传播—接受方式，不仅改变了文学的整体格局，也正在改变“文学”的内涵，值得我们关注与研究。

相对于以上具体的文学现象与思潮，我认为对当前中国文学来说更为重要的是“如何讲述新的中国故事”。所谓“如何讲述新的中国故事”，是指在新的时代，我们如何讲述出与以往不同的新的中国故事，如何塑造出新的中国人形象，如何建构一种新的现代中国美学。在我看来，新的时代已经超越了近代以来启蒙与救亡的总主题，中国文学正在探寻新的主题与可能性，当前不同层次的文学作品中都显现出了中国人的文化自觉；中国人的形象正在发生变化，在国外的中国人形象不再是“落后者”，传统中国文化也不再被视为愚昧。而国内的中国人形象也发生了变化，中国人不再以中国农民的形象为主要代表，而更多地以中国都市人群为代表；不少中国作家开始探索新的中国美学，突破西方传统小说的规范，更关注中国人独特经验与情感的表达。在这个意义上，我认为“讲述新的中国故事”是当代中国文学的一种新主题与新趋势，这意味着我们应该重新认识中国，重新认识世界，重新认识我们自己，我们要对既往的经验与知识系统保持一种反思性的开放态度，我们要有能力容纳并思考新的现实与新的经验，并将之熔铸为新的知识与新的美学。“新的中国故事”既是历史的创造与展开，也有赖于作家创造性的感知和表达，如何讲述新的中国故事，对当代中国作家是一个巨大的机遇与挑战。在这一过程中，作为一个研究者，如何敏锐地捕捉中国文学中新的经验与新的美学元素，并建构一种新的美学评价体系则是我们需要去努力的。

在当今这个时代，我认为当代文学研究的核心命题是“新文学的终结”与“如何讲述新的中国故事”。如果说前者指向过去，那么后者则面向未来。前者所指涉的不仅是文学在文化、社会领域的边缘化，也包括网络化、数字化、移动化的新挑战。这样的挑战可以说是多重危机的重叠，包括印刷文明的危机、文学的危机、“新文学”的危机。我们只有清醒地意识到文学在当代文化与社会格局中的位置，以及在历史整体演变中的节点，才能更清晰地承担其使命——重建文学与民众、世界的血肉联系，讲述“新的中国故事”，想象并创造一个新的世界图景。